珍珠港情报之谜

郝在今 著

作家出版社

尾崎秀实

中西功

郑文道

中西功在上海的住处"留青小筑"

中西功（右）、西里龙夫（中）、尾崎庄太郎（左），1941年摄于上海。

郑文道被捕的地方

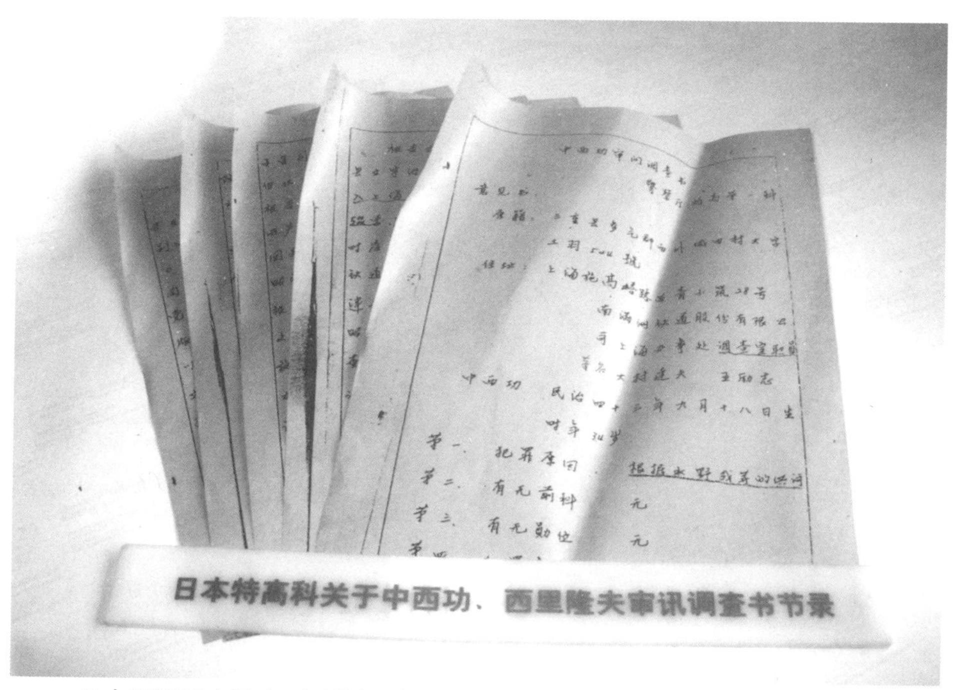

日本警视厅审讯中西功的记录

郑文道在青岛的故居

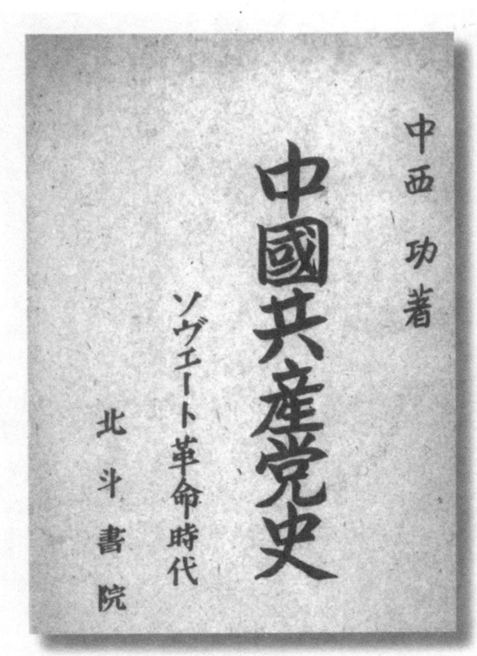

中西功狱中著作《中国共产党史》

中西功回忆录《在中国革命的风暴中》

一伙日本高级间谍，暗中支持中国人民抗战，提供日本袭击珍珠港的战略情报。

异国兄弟，生死相助，日本人中西功甘当“卖国奴”，中国人郑文道自杀护友！

这骇人听闻的传奇故事，并非纯属虚构……

主要人物

中西功　日本三重县人，1910年生。中共秘密情报员，日本南满州铁路株式会社调查课长、中支那派遣军顾问。

郑文道　中国广东中山县人，1914年生，中共秘密情报员。

韩　霜　女，中国国民党军统成员。

塚　下　日本驻沪领事馆特高课长。

隆　子　女，日本杂志编辑。

梅　笛　女，中共秘密情报员。

薛有朋　大学教授，中共上海情报组组长。

洞　井　日本驻沪领事馆总领事、上海东亚同文书院院长。

西里龙夫　日本熊本县人，中共秘密党员，南京汪精卫政府通讯社顾问。

关　南　中共秘密情报员，南京汪精卫政府外交部司长。

麦　尔　美军情报官，记者。

林得山　大韩民国独立运动成员。

陈　幕　军统上海站站长。

金　原　日本支那派遣军总司令部二课课长。

中西方子　女，中西功夫人。

会　子　方子妹妹。

尾崎秀实　日本读卖新闻记者、日本首相府顾问。

佐尔格　德国记者，苏军情报组长。

史沫特莱　女，美国作家。

目 录

陆军、海军、宪兵、外务省、满铁。满铁特务中西功返回中国，备受关注。中共中央高度重视对日情报工作，高级干部潘汉年潜入敌后，部署薛有朋设法“打入”。对手不是一般的敌人，而是谍报专家，你想打入他，他还想打入你呢！最不信任日本人的郑文道，专责考察中西功。

第八章　礼仪
——秘密接头方式 …………………………………… 130
如何识别间谍？那是一门复杂而高深的学问，叫作反间谍。从餐厅到舞厅，郑文道同中西功接头总是格外别扭。异国文化差异？第三者插足干扰？郑文道识别敌我却是直截了当——生死考验。同生共死是战友，不共戴天是仇敌。当街刺杀，生死考验就在眼前，郑文道依然看不准中西功的真实态度……

第九章　《支那抗战力调查》
——情报分析报告的制作 ………………………………… 148
情报工作也要“互为师生”。日本特务中西功认为，毛泽东的《论持久战》是最好的情报分析报告。中共党员郑文道向中西功学习情报分析，提供假情报诱骗敌人。高明的打入，不仅要打入敌营，而且要打入敌人的生活圈子。郑文道结交日本姑娘隆子，却遭到中国恋人梅笛的误解。

第十章　“卖国奴”
——双重间谍的双重困扰 ………………………………… 166
人们都说隐蔽战线危险，岂不知，最难的不是舍生忘死，而是忍辱负重。舍弃生命只在一念之间，忍受骂名却是

新设中央情报部，急令各系统全力侦察：日本南进还是北进？情报分析员，必须具备社会科学家的学术素养，必须具备作战参谋的军事谋略，还要具有艺术家的敏锐直觉。东京爆发“国际谍报团”案件，牵连上海，中西功撤不撤？顶级间谍，必须具有超人的胆识，才能超常发挥自己的潜能。这，就是孙子说的“死间”吧？

第十四章　深入虎穴

——内线侦察的上乘之道 …………………………… 230

情报工作程序：第一拿到信息，第二分析判断，第三核实印证。拿到信息并不简单，从公开信息可以判断大的趋势，从机密信息才能得到具体决策。分析判断也很复杂，不只需要理论学术，还要重视直观直觉。核实印证更要谨慎，先要排除假象，还要提出建议。如此提供情报，才能辅助决策。完成如此全程，才是合格的情报员。中西功明知反间谍机关正在追查自己，却毅然返回日本实地侦察，又重返中国就地核实，明知山有虎，偏向虎山行！深入虎穴的勇士并不孤独，郑文道始终在身旁掩护。这同志加兄弟，直让人生死相托。

第十五章　死间

——秘密战争提前对决 …………………………… 246

公开战争即将打响，秘密战争提前对决。世界大战到了危急时刻，战略间谍也得做死间。孙子兵法将间谍划分五种：因间、内间、反间、生间、死间。情报送回，间谍死去，这最凶险的死间，就是间谍生涯的极致——间谍与情报共死生！中西功冒死窃密，郑文道以命相护，宁愿自杀也不能泄密。洞井却能抓到郑文道的死穴——

第一章

国策学校

——男女间谍的孵化器

姑娘韩霜，芳龄十七，居然幸运地考上全国最好的大学。

1931年的中国，高等院校屈指可数，一个省也就一所两所。上小学等于考秀才，升中学相当中举人，考上大学那就是皇帝殿试的进士。大学生！毕业就当公务员，最次也是个小学校长，一生无忧。这种求学生活，足以让人羡慕一百年，到了二十一世纪的时候，大学生还有这么值钱吗？

只是，只是这二十世纪的大学学费太高，乡绅富户只能供养中学生，大学生那得是殷实商家，以韩霜的家境，着实勉强。

可韩霜不干，你老爸砸锅卖铁也得供我上大学，上大学就是姑娘我一生的前程！

书香门第的老爸，当然不能反对女儿上大学。听说，听说有种叫作师范的学校，不但免除学费，而且供应食宿，上那种大学等于白上，像我们这种家境的，都考师范呢。

可老妈不干，那师范生毕业只能当小学教师，我家女儿将来可是要作公务员的！

全家相争，女儿想上的大学老爸供不起，供得起的师范老妈又不让考，这高考择校，就成了韩霜跳不过去的龙门，除非这天下有个减免学费又不是师范的大学。

这学校，还真找到了。

不是师范，却是学费食宿费置装费一概全免。不是那皇城脚下的北大，却位于全中国最繁华的都市。不是那留美预备班清华，却是上学就等于出国。

这样的学校哪里有？怕是虚拟的吧？

一个瘦姑娘，一个大皮箱，两个相伴去远方。韩霜嫌弃这皮箱比自己人还大，老妈却说皮箱就是人的身份，只能大不能小。

皮箱与韩霜上路了，一只手提不起两只手提，两只手提不动肩膀来扛，细竹竿挑起一座山。

离开家乡的小镇，坐上人抬的滑竿；行出辽阔的四川盆地，乘上机器大轮船；万里迢迢到了上海，韩霜就不用自己提皮箱了，雇个黄包车夫。老妈预备了这份钱，到大地方，有身份的人不能自己动手。

怀着老妈的期望，韩霜满上海寻找自己的学校。

这上海为何叫作大上海呢？因为这是全中国最大的城市。不，老妈说了，那上海是全亚洲最大的都市，比日本的东京还大。韩霜的老妈不是一般的老妈，见过大世面。有了这样的老妈，女儿也不该是一般的女儿，应该见见更大的世面……——

眼前一幢宏伟的大厦！

一、二、三……四层？韩霜的家乡，最好的房子也只有两层，这大厦高得像佛塔，谁能住进这么好的房子呢？

这房子的门槛一定很高，高得不可逾越……

大门到了，只有门洞，没有门槛。

没有门槛不是人家这里不尊贵，而是尊贵得不能有门槛。一辆通身闪亮的汽车，飞快地驶入门洞，进门不走路才算贵人。

汽车进去了，黄包车停下了，就停在这门洞之外。原来，这里就是韩霜要找的学校。

这学校尊贵，黄包车夫不敢进门，放下皮箱拿了车费，赶紧溜到一边去。皮箱放在当地，韩霜呆在当地，皮箱和韩霜都不敢进门，这地方太尊贵。

一列大厦，横跨整个街面。

大块的花岗石基座，粗大的花岗石柱子，明亮的玻璃，坚实的钢窗……

这建筑处处都在提醒——我比你家那青砖纸窗贵！

望着这最贵的大厦，韩霜的眼睛贼亮。

贵怕什么？我考你这个学校，奔的就是这个贵。

这门洞真宽啊，宽为贵，这门洞真高啊，高为贵，再高也有顶，顶上是门楣，门楣还有浮雕？

这倒要仔细看看，门楣浮雕，在哪家都有故事。韩霜家门的砖雕，故事是麒麟送子，重男轻女，姑娘进门不看它。

这里的石雕，也是个男人，一个身穿盔甲的武士。

武士个头高，又骑着高头大马，一切都高，就连武士的鼻子也高，显然是个西洋人。

这就是西洋童话的“白马王子”吧？

能够亲眼看到白马王子，姑娘真是高兴，人家西洋不重男轻女，王子娶了“灰姑娘”。

灰姑娘韩霜，勇敢地提起自己的皮箱，身份低怕什么，里面有白马王子等着我呢！

蹑手蹑脚走进门洞，那感觉就像灰姑娘溜进宫廷舞会，又胆怯又兴奋，全身每个细胞都在发痒发热。

刚刚走过门楣的石头王子，迎面拥来一群活王子，众多男生来迎接新生。

这么多男生！

眼花缭乱的韩霜，抑制激动，偷偷打量，只见来人中有个男生相当突出，头颅短脖子粗像只豹子，足以保护柔弱女生。

这种男人我喜欢！

韩霜主动迎上去："学长好——"

那男生的笑脸登时变成苦脸，眼睛也故意转开，仿佛看到个丑八怪。

韩霜的心顿时凉了，灰姑娘不是想当就能当的，你得有本钱。看看身边的女生，个个如花似玉，而韩霜自己，瘦得像个竹竿，不但腰细如竿，而且胸脯和屁股也如竿，丑陋的竹竿女呀！

竹竿女不能取悦肌肉男，却也有丑男侍候。一个满脸沧桑的男生过来，为韩霜提起皮箱。

韩霜和皮箱，被送到"中华寮"，中国学生集中居住的宿舍。

花岗岩大厦背后，隐藏个狭小的石库门院落，华生男女总共不过几十人，六人一间，可怜兮兮。

原来，这是一所中日双语学校，既有华籍学生，也有日籍学生。韩霜进门说了汉语，于是被那个日籍男生拒绝，又被这个华人男生接下。

皮箱进入石库门了，韩霜还是不想进，回头望望，前面就是那花岗岩大厦，那里是日籍学生居住的"日本寮"。

韩霜这个后悔呀，后悔进门打招呼没说日语。

韩霜的老爸虽然是中国人，老妈却是日本人。老爸年轻时留学日本，不但拿回了当外交官的资格，还娶回个日本老婆，成为四川小镇的一段佳话。来自东洋的老妈，教会女儿说日语；出过东洋的老爸，为女儿选择了中日双语学校；眼看女儿又要续写佳话，谁料想这双语学校还有双重待遇、

姑娘韩霜，中日双语，为何不能住进那花岗岩大厦？

开学典礼暨三十年校庆，在大操场隆重举行。

来宾个个身份显贵，却人人谦恭有礼，大家都是校友。那上海市社会局局长吴开先，比现任校长洞井还低了一届。

现任校长洞井先生，巍然屹立在主席台中央。黑框眼镜，仁丹胡须，一幅大学者派头，只是领带的领结偏大，衬得个头矮了些。洞井先生熟练地使用日中两种语言，向全体与会者特别是新生，讲述本校的光荣历史。

“上海东亚同文书院”，创建于公元1901年。那年，八国联军进占北京；那年，富于远见的东京政治家，在上海创办双语学校……

学生队列中，韩霜有些诧异，北京、东京、上海？那可是两个国家的城市啊。日本人干吗花钱到中国办学呢？中国也去日本办学吗？

“国策学校！”

洞井校长慷慨激昂：“我们东亚同文书院，不是一般的私立学校，我们隶属大日本帝国外务省，我们的毕业生，必将进入政府的外事机构！”

外交官？那可是韩霜最向往的职业！要不是老爸当了外交官，就不会娶回日本老婆，没有日本老妈，哪有韩霜自己。

“误判！”

洞井声色俱厉，“错误的判断，乃外交之大忌。”

全场无不动容，韩霜吓得不敢喘气，这校长说什么严重的事情呢？

洞井的语气又和缓下来：“国家之间，就像邻里之间，本来应该亲善相处。可是，为什么又会打仗呢？就是因为对方误判我的意图。比如说，清朝就经常误判日本，以至发生甲午大战。而日本呢？我们总是千方百计克服误判。我们同文书院之所以设在中国的上海，就是为了就地了解中国。”

校长这话在情在理，韩霜听懂了，人家渡过大海来中国办学，总要有个目的。韩霜也要积极参与，好好学习，克服那个什么

"误判"。

台上的校长明察秋毫，早已看到学员的积极感应。

"你!"洞井的手臂突然指来，"你要成为中国官员中的知日派!"

"你!"洞井又指向韩霜身旁的女生，"你要成为日本官员中的知华派!"

两个女生当即成为全场注目的对象，日生隆子脸庞胀得像个皮球，华生韩霜身条挺得像支竹竿。

洞井的语气十分和蔼："你们两个同学克服误判，相互团结，那就是日中亲善的象征啊!"

亲善!

听到这甜蜜的词汇，韩霜不禁想起家中的老妈，老妈看着老爸的时候，语气总是这么亲善。

韩霜也想亲善，首先亲善那个误判自己的肌肉男生。转头寻找，却只能找到隆子，隆子的眼睛正在透出无限的亲善。

韩霜的心酥软了——

我真的上了最好的学校……

郑文道也在择校。

广东青年万里迢迢奔向东北，只因家父经营人参，非要儿子到产地就学，以免误判药材品质。郑文道从香港登船，明明是人，却被叫做"黄鱼"，无票搭乘不算人算鱼。在这艘丹麦货轮上，郑文道躲在舱底的锅炉房，没日没夜抡大锹，往烈火中扔煤。尽管这工作又热又累，但郑文道心甘情愿，省下路费可以旅游啊。

每当休息时分，郑文道总是溜上甲板，偷窥沿途风光。福州，舟山，上海，青岛、威海……这航程走过多少港口，里程长过珠江，广东小子得以看到祖国的伟大。

远航终点是大连，北方大港。没有见过雪花的南方青年，在大雪纷飞中热泪盈眶——多好的地方!

上岸就被拦住，“黄鱼”被要求拿出护照。护照？郑文道这才知道，到大连就是出国——这中国领土早已被割让，现在是日本的“关东州”。

这种状况郑文道并不生疏，广东就有个割让英国的香港。但是，中国人到那里并不需要护照，对于普通百姓，该怎么过日子还是怎么过日子，英国主子懒得管华人。可大连不同，每天早起，所有人都要向东鞠躬，敬拜日本天皇，不管你是日本人还是中国人。不，这里已经没有中国人，中国人都被日本了！所有的学校，都用日语教学，中文被禁。在大连问路，说中国话要用悄悄语，好似间谍，什么间谍，这就是亡国奴啊！

你可以当“黄鱼”可以烧锅炉，却不能当间谍不能当亡国奴！

放弃东北求学，郑文道再当“黄鱼”，回返中国领土。抵达上海，又得知，这里有所待遇优厚的学校。

来到这“上海东亚同文书院”的门口，郑文道的脚步迟疑了，这富丽堂皇的校门，怎么有些像那大连的日本建筑？不会吧，这大上海并非那“关东州”，这里虽然有外国租界，但还算中国领土，怎么能有日本学校呢？

校门外游荡的男生，被校门内的女生注意到了。作为小地方来的小女生，韩霜处处留心，偷偷溜出校门，果然发现个怪人：那家伙在街面转悠，双眼不离同文大楼。

男生看学校，女生看男生，看着看着，就觉得这男生不是一般男生，也许是个人物。

衣着俭朴，肘间还有补丁，可那补丁不像补丁像装饰，精致。

神情漠然，目不斜视，可那漠然中隐含冷峻，自负。

这种男人，就是那法兰西小仲马笔下的落难公子吧？

童话里面的白马王子我找不到，同学里面的肌肉男咱高攀不上，这落难公子就比较现实，他能看上贫贱的茶花女啊。

这种男人我喜欢！

韩霜上去搭讪，却看到有人已经抢先……

“您好！”

郑文道惊讶地发现，对面有人向自己致意，传统的拱手礼。

“鄙人中西功。”来人双目有神，“我能为您做些什么？”

郑文道也礼貌地拱手还礼，这位“钟先生”，国语比自己这个广东人还标准。

韩霜看到了，看到那两人接头。

早就觉得那落难公子像个日本人，果然得到证实，那上去搭话的中西功，正是同文的日本学生。那两人神神秘秘，谈些什么？

郑文道正要向钟先生打听这同文书院的情况，又看到一个女生向自己走来，热情洋溢。眼前两个学生，男生文质彬彬，女生落落大方，这同文叫作“书院”，名号就充满我中华文化的气息。

“中西桑！”女生用日语向学长致敬，而后又向郑文道深深鞠躬，日本式女子鞠躬礼。

这二人原来是日本人？郑文道感到被欺之辱，转身就走。我才不上你日本学校！

对方的无礼，把致礼的韩霜窘在当地。就在这校门，韩霜已经两次受辱，两次都是日本男生！

老妈说过，日本人重男轻女，比中国人更甚。老妈之所以选择老爸，就是为了躲开日本男人。

只见那“日本男人”头也不回，大步离去，仿佛在证实韩霜的判断。

韩霜气得要走，又想到身边还有个日本男人……

中西功也被郑文道的无礼冻在当地，却顾不上生气，正好练习功课。

洞井校长教导：判断一个人的性格，不仅听其言，更要观其行，他的语言会有意误导你，他的动作却会出卖他的真实。

冷眼旁观，以体势心理学判断，步幅小步速慢是犹豫性格，步幅大步速快是果断性格，可先生你步幅很大步速却慢，这是什么性格呢？

“拽什么拽！”韩霜凑近帮腔，“你以为你是欧罗巴贵族？瞧不起我们中国人？”又想到身边人不是中国人，“瞧不起我们亚洲人？”

这语无伦次的斥责，反而启发了中西功，解读了那种特殊步伐。

步幅大，表明行走者急于离去的反感态度；步速慢，表明行走者藐视对手的镇定态度；步幅大而步速慢，这是一个自尊而执著的人啊！

中西功来上海读书两年了，见过数不清的中国人，熟悉了中国式礼貌、中国式谦卑，那种态度让你无法结交真正的朋友，也无从了解真正的文化。今天，今天第一次看到，看到一个中国人如此公开地表达反感。

你反感我好啊！

中华古训：良药苦口，忠言逆耳。我中西功到中国求学，就是专门收集这苦口逆耳，我特别需要一个反感我的人作诤友，那有利于克服我对中华文化的误判。

望着远去的背影，中西功深深叹息，错过了一次机会……

韩霜在旁，仔细打量，不是打量那离去的落难公子，而是打量这眼前的日籍男生。

高年级学长中西功，在同文学生中颇有名气，学习好，品行好，长得也好。体魄虽然不如那肌肉男强壮，额头却更加宽阔，最惹眼的还是一双眼睛，精光四射，一看就是个聪明人。

这种男人我喜欢！

学得好不如嫁得好。韩霜上大学，第一目标不是学习，第二目标不是就业，第一第二第三目标都是找老公。同学里面适龄男人最多，上大学正是找老公的最佳机遇。

找老公，当然要找好的，家世再好不如本人有出息好，肌肉再强不如聪明更强，聪明人才是最佳择偶对象。

这中西功显然够好。只可惜。只可惜他是个日本男人……

日华学生之间的隔阂，校方也注意到了。解决问题的方法，就是把同学变成同桌。

教室内两两并桌，一个日生，一个华生，日华并肩而坐。同桌间不免经常交流，可以消解日华之间的误解。这种安排也得到日华同学的拥护，同桌间可以相互传译，便于双语教学。

这一课叫作“情报学”，日籍教师授课。

“我大日本帝国，以情报立国。古代，十八次派出遣唐使，乘船渡海，到中国搜集情报。现代，官、产、学、研，举国一体……”

情报学？这古怪的学问让韩霜听不懂，尽管十分崇敬外国老师，尽管十分注意听讲日语，但韩霜还是听不懂。这学校不是培养外交官吗？外交官的使命不是国与国之间的亲善吗？那老师为何又大讲搜集情报呢？

请教同桌的日本同学吧，这肌肉男正在埋头打瞌睡。

就你这样，听课比我还困难，还看不起姑娘我？这家伙叫作什么“塚下”，那坟冢之下不是死人吗？真不知日本人是怎么起名的，怎么难听怎么叫。

报复他！韩霜故意转头去看酣睡的同桌，导引老师的注意。

“砰！”教鞭狠狠敲在课桌上。

耳朵贴在桌面睡觉的塚下被惊得跳起来，又撞翻了桌子。

老师劈头就打：“日本以何立国？”

“情报立国！”塚下脱口而出，娘胎里就背熟了。

老师满意了，韩霜却更糊涂了。中国人常讲实业救国，教育救国，日本怎么是情报立国呢？

下课了，疑惑不解的韩霜，不敢追问老师，孤零零走出教室。

关南凑了过来。这个满脸沧桑的男生，是华生中年纪最大的，一向照顾年轻的韩霜。他明明出生在山海关之北的东北，却偏要叫作“关南”，果然，到山海关之南来就学了。

关南小声说：“日本的外交官，个个都是间谍。”

间谍？

韩霜大吃一惊，竹竿身条差点折断，间谍不是坏人吗？

“我们误判了这所学校！”关南十分懊悔，“我怎么不想想，每年毕业上百人，日本外务省用得了这么多官员吗？这些日本学员个个精通汉语，都是搜集我中国情报的间谍啊！”

间谍？外交官？外交官？间谍？

韩霜被关南搞晕了，韩霜想当外交官但不想当间谍，可关南非说外交官就是间谍，那韩霜不是就非得当那不喜欢的什么间谍吗？

我不喜欢不喜欢！被关南弄晕的韩霜，反而对关南产生了反感，你说我误判了学校？谁能保证你就不是误判？

韩霜怀疑地看着这个同学，这个曾经在校门迎接自己的华人同学，满脸诚恳，满脸皱纹，满身也是皱纹。同文书院的校服，穿在塚下身上精神，穿在他身上窝囊。

你是嫉妒人家吧？

韩霜拿定主意，我既然上了这日本学校，那就首先要知日，不能光听你中国人的。

如何知日？洞井校长早已指路——要和日本同学亲善。

亲善谁？不能是塚下，只能是隆子，那塚下你亲善不上啊。

满校园寻找隆子，却发现那皮球脸正同肌肉男钻树丛。一男一女，你两个搞什么私密？

蹑手蹑脚，追踪过去，眼前却是惊人一幕——

赤裸上体的男生趴在地下，背上骑着女生！

耍流氓？韩霜惊得捂住嘴巴。

那隆子却嘻嘻笑着，指挥胯下的男生快快行动。

那塚下背上驮着女生，开始练习俯卧撑。

韩霜这才明白，这是人家日本学生的体育锻炼，并非流氓。

见韩霜来了，隆子缓缓起身，平常地招呼，仿佛刚才不过是骑马而已。

塚下则纵身而起，不但不害羞，反而更加得意。

听到韩霜的幼稚问题，日籍男生傲慢地教训华籍女生："间谍学校有什么不好？我们同文书院待遇这么优厚，政府傻了？下这么大本钱投资，不生产间谍不就亏了？"

间谍！

这恐怖的名称让韩霜不寒而栗，难道自己的同学都是坏人？

塚下却更加兴奋，兴奋得手舞足蹈。

间谍，那是个改名换姓的神秘人物，他由秘密组织委派，潜伏敌营，刺探情报，神出鬼没，暗杀破坏。间谍，那是个最凶险的行业，你要烈士般勇敢，你要智士般聪慧，你还得艺人般表演，骗过那火眼金睛的反间谍专家……

别说了别说了！韩霜捂住耳朵，不敢再听。你可以不听那关南的，他也许是华生嫉妒日本，你却不能不听这塚下的，这日本人不会污蔑日本。

这东亚同文书院，确实是个间谍学校，孵小鸡般成批出产，出产的不是正常人，而是男恶魔女妖精……

越思越想越恐怖，眼前这手舞足蹈的塚下，似乎是个魔法师——

我不是进了最好的学校，而是进了最坏的学校！

退学？

看看塚下，看看隆子，男女同学个个满脸洋溢着骄傲，人人期冀着美好的前程。

韩霜可以不听塚下的，男生都爱干坏事，韩霜却不能不听隆子的，隆子是个温柔善良的女生。

善良的隆子，温柔地诉说："间谍，其实并不可怕，中国古代的四大美女，个个都是间谍。”

美女间谍？这匪夷所思的说法，韩霜闻所未闻。

也是，你不得不承认：西施是越国的间谍，卧底吴王身边使坏；貂蝉是王充的间谍，离间吕布和董卓的关系；就连那远嫁匈奴的王昭君，也可以算是外交间谍；可那杨贵妃呢？她可是个不问政事的女人。

隆子笑了，你们中国人都以为杨贵妃在安史之乱中被害，其实那是误判。杨贵妃没有死于马嵬坡，而是活在日本。马嵬坡的女尸不过是个替身，杨贵妃真人偷渡出境，成了日本天皇的密友！

望着目瞪口呆的韩霜，塚下十分得意：“你们的杨贵妃，其实是我们的女间谍！”

女间谍？

这充满诱惑的名称，让韩霜心智恍惚。四大美女从眼前掠过，个个风情万种。

恍惚之间，韩霜又想到更加恐怖的问题：自己的老妈会不会也是女间谍呢？

日本如此重视情报，而且特别培养女间谍，通过跨国婚姻，到异国长期卧底。

那么，我的老妈，也可能是个日本女间谍，利用我老爸的感情，到中国当间谍。

老妈是间谍，老爸怎么办？离婚吗？

也许，老爸知道老妈是间谍，只是不予揭穿，放长线钓大鱼？

那么，老爸也是间谍，中国的间谍？

有可能啊，既然日本到中国留学是间谍，那么老爸到日本留学也许本来就是间谍？

可怕啊可怕，养育我韩霜的老爸和老妈，居然都是间谍！

越思越想越恐怖，恐怖得韩霜不敢再往下想。你可以退学，退出这间谍学校，但你能退出生吗？退出自己的双亲？

越思越想越无奈，无奈的韩霜不再思想，思想太累。

既然我已经出生了，那么，这出生就不算恐怖。既然我已经上学了，那么，这上学就不算恐怖。既然我已经和间谍结缘了，那么，这间谍就不算恐怖。

韩霜想通了，不是用脑子，而是用心情。老爸老妈虽然是间谍，可间谍的日子不也挺让人喜欢?

间谍学校就间谍学校吧，只要你不让我不喜欢……

第二章

“忍者”与“渴者”

——间谍变迁史

间谍学校，似乎并不可怕，对于学校附近的商贩，这里的学生都是大客户，对于学校附近的居民，这里学生也是东洋景。

一个本地学校，学生不仅有男女两性，而且来自中日两国，两国男女还各有所长——“日寮男，华寮女。”

每天早操，日寮男从头到脚不穿衣裳，只在胯间围个丁字带，呼喃吼叫练相扑！这裸身出演，哪个上海女人见过？

华寮女当然不会裸体，长裤长褂打太极拳。青春妙龄的大姑娘排成一列，慢悠悠摆起姿势，那也是免费节目啊。

每当清晨，都有不少居民来到同文书院，趴在栅栏外面观看东洋节目。这围观，又激励了同文学员，大家练得更起劲。

你们爱看，我就不爱看？韩霜偷偷溜出华寮队列，去日寮偷窥裸身男生。

蒙着衣服，王子是王子，贫儿是贫儿；露出真身，那就健儿是健儿，病夫是病夫。日寮男生满场乱跑，个个体魄野蛮，最惹眼的还是塚下。这家伙上课低头缩脑，下操场就神气起来，肌肉男啊！日寮女生围着塚下乱叫，那隆子还是个贵族小姐呢。

韩霜挤开隆子，接近塚下。只见塚下敞开衣襟，鼓起肌肉，四围亮相，那胸大肌比女人的乳房还大，居然还能快速抖动！

满场女生兴奋地尖叫，塚下又当众脱衣，得意洋洋地抛向空中！众女生疯狂争抢，韩霜跳得高，脸上迎来一团。

怎么臭烘烘的？拿下一看，原来是个大裤衩子。

恶心！韩霜把男人内裤丢给隆子，扭头走开。

肌肉男不如聪明男，还是去找那个中西功吧。

韩霜找不到中西功，中西功不在日寮的队列，像韩霜一样，溜号了。

中西功这个日生，悄悄来到华寮，不是偷窥女生，而是偷学拳法，这边的拳法没见过。

这套什么太极拳，女生打起来尚有可观，有些类似日本的歌舞伎舞蹈。可男生也如此动作，就委实不能让人欣赏，打拳不像打拳，跳舞不像跳舞，阴柔得像个女人。比起来，还是日本的大相扑阳刚，比体重，比力量，男人气！

看不上也得学，只因为这东西日本没有。洞井老师说过，中华文化异常玄妙，有些东西表面上看起来毫无用处，内里却蕴含无穷文化。所以，中西功下定决心，收集所有没见过的东西，中国东西。

怎么学？别人是有样学样，中西功不耐烦，中国有言：切磋。学文要对谈，学武要对打，中西功大步上前，找了个对手，一个相扑动作撞过去，那位就踉踉跄跄。

再找谁练？拳手们一个比一个瘦，统统病夫相。拔剑四顾心茫然，没有对手啊！

放弃学习太极拳？

中西功还不甘心，又瞄上了教头。

在中华武术界，教师不叫教师，叫作教头。中西功对这个称呼很感兴趣，不但教授你的拳脚，而且教导你的头脑。

眼前这个教头，一身白绸裤褂，别无装饰，身材中常，眉目平和，从哪里看都看不出任何过人之处。

中西功自信有能力对抗这个教头，又想到还要师道尊严，不能上去就撞。先试着用掌推吧，对手的双掌绵软如棉，再加力吧，还是推上棉花，有劲使不上。

中西功不耐烦了，索性用肩头撞去，你的肩膀不能也是棉花吧？

那教头肩膀一闪，中西功的硬肩撞空了。再撞，还是空，再撞，还是空，中西功在和虚空较量，没有对手？

中西功被弄得恼了，双手伸出，紧紧抓住对方肩膀，看你还往哪里躲！

对手不再闪躲，而是脚步横移，似有挣脱之意。中西功哪里肯放，抓紧，加力，反而把对手甩得双脚离地。

中西功双臂用劲，对手的身体似乎很轻，中西功转圈抡甩，对手的身体在空中飘舞，在这种情况下，中西功只要双臂一绞，对手就会滚翻在地。

加力，抡圆，绞翻——倒！倒下的明明是对手，接地的却是中西功自己，那教头反而借力立稳。

中西功狼狈地爬起来，不知自己败在何处，力量不够？

教头微笑："这就是太极拳。"

以柔克刚，借力打力，后发先至，制敌无形。

中西功服了，这就是中华文化的魅力，深邃，玄妙，日本人难得其味。

拜师吧！

我既然来中国学习中华文化，那么就应该向中国老师学习。

这位中国老师名叫薛有朋，也是同文毕业生，而且和洞井校长同届。他也有老师，而且是日本老师。

这让中西功觉得有趣，中日两国，谁是老师？

韩霜在日本寮找不到中西功，灰溜溜返回华寮队列，却发现该人正在阑珊处，跟华人老师学习太极拳呢。

别人动作柔和，这家伙肌体僵硬，别人没精打采，这家伙精神抖擞，华寮队中混进个日本男，又别扭，又出彩，让人看了哭笑不得。

这种怪事，也只有这个中西功了。

韩霜早就关注此人。入学之前老妈提醒，女孩子上大学，首要任务不是学习，而是找老公。找老公要挑家世，华生当然不如日生，日本比中国富啊。找老公要看前程，那塚下就不如中西，中西功非但学习成绩拔尖，而且深得洞井校长的赏识，毕业肯定能当上外交官。更为重要的是，这男生不但具备老妈的全部条件，而且符合女儿的心意——这个日本男人从不欺负女人。

眼前又是明证，他特意加入华寮太极拳，莫非为了接近华人女生？

我喜欢这样的男人，哪怕他是日本人。

韩霜笑盈盈凑到中西功身边，却发现男生眼里没有女生。中西功那一双精光四射的眼睛，始终盯着个老头……

薛有朋？

韩霜知道这个人，一个中国老师，就因为认识洞井校长，居然混进日本学校教书。我同文的优势是日语教学，谁稀罕你讲中文。

只是弄不明白，中西功个日本高材生，何必崇敬地望着个庸师？你看他还不如看我呢。

中西功没有看韩霜，而且继续练习着太极拳，这太极拳虽然动作舒缓，却把人练出一身汗水。

中西功感到口中干渴，却舍不得离队去喝水。薛有朋老师说了，太极拳法像长江之水，源源不绝。中西功觉得，这文化滋润比喝水还解渴。

洞井校长曾经讥讽中西功，“你是个渴者。”

“渴者”？

中西功乐意承认这个评价。我确实渴，不是渴水渴酒，而是渴望知识，渴求学习。

渴求学习的中西功发现，那薛有朋老师，不但拳法如长江，而且人品如长江，他心中有无穷无尽的中华文化知识。

中西功钦敬薛有朋，钦敬这个中国老师超过所有的日本老师。这不是薛有朋抢风头，而是洞井的推荐。

何谓东亚同文？

那就是：东亚各族同文同种，共存共荣。我日本是个岛国，只有放眼大东亚，才能赢得广阔的发展空间，只有借助东亚文化，才能找到登上大陆的桥梁。何谓东亚文化？追根溯源就是中华文化。世界大国无不重视情报，全世界最早的情报论著却在中国，《孙子兵法》的第十三篇《用间》！所以，每个同文学子，每个期望成为高级间谍的日本人，都要熟练地掌握中华文化，比中国人更中国！

在洞井校长的引导下，中西功潜心钻研中华文化，不仅练习日式大相扑，而且学习中式太极拳；不仅攻读日文书籍，而且钻研中华经典。洞井十分欣赏这个学生的悟性，又加以点拨：入门不够，还要登堂入室。

登堂入室？

这种比喻式教学，令人费解。

隆子以为：入门就是上学，登堂入室就是学习不能浅尝辄止。

塚下认为：入门就是进入间谍行当，登堂入室就是盗窃情报！

中西功则认为，隆子说得太浅，塚下说得太深，这中文隐喻，恐怕还得请华生解释。

韩霜出言爽快：入门，那是送外卖的，登堂入室才是客人，这是教你重视人际交往。

一言点醒梦中人，中西功恍然大悟，恭请韩霜辅导自己——学习中国的人际交往。

韩霜乐得接收中西功的请求，你想结交中国人，我想结交你！

论阅读日本文字，韩霜不如中西功，论交往中国人，中西功就不如韩霜。韩霜领着中西功，中西功身后又跟上个隆子，三个年轻学子溜出同文大门，闯进上海滩。

上海滩，远东最大的国际都市，外行说这里是“冒险家的乐园”，情报界说这里是“间谍天堂”。走入上海街头，天上掉下一片树叶，就会砸死三个间谍。

间谍喜欢黑暗，这上海滩就是个不夜城，这夜晚，虹口的内山书店灯火辉煌，庆祝鲁迅寿辰。中西功被韩霜带到这里，心中还在诧异：这文人聚会，有间谍吗？

鲁迅、茅盾、夏衍、阳翰笙……韩霜让中西功一眼看到众多中国文豪。

不只中国人，这里还有美国女作家史沫特莱，那可是上海滩的交际明星，别的交际花巴结财富大亨，她史沫特莱专门结交文化大师。

文化大师就在眼前，隆子立即开忙，举着自己的小本本，挨个求名人签字。中西功则有些羞涩，一人躲进角落，观察。

名人群中，一个日本同胞相当活跃，朝日新闻报的记者尾崎秀实，穿梭于各国大师之间，遇到华人说汉语，遇到洋人说英语，如鱼得水。

中西功非常羡慕。我要是学到那个本事就好了……

上海滩是个不夜城，同文书院的夜晚也不寂寞，所有的窗户都亮着灯。

练功完毕，满头大汗的塚下回到自己的宿舍，却发觉同屋的中西功不在。这让塚下有些嫉妒，这些日子，中西功同女生来往颇多，不止华生韩霜，还有日生隆子。

隆子！

想起隆子，塚下就饥饿难耐。出身贵族的隆子，在同文学员中家世最高，出身贫民的塚下，在同文学员中家世最低，身份低微的塚下甘愿为高贵的隆子小姐效劳，而隆子小姐又对塚下释放好感，这未免使人想起一段日本故事，小姐嫁给家臣的佳话。

美好的故事正在演进，中间插入个中西功，那家伙学习成绩好，不但校长宠爱，女生也喜欢，隆子近来经常跟随中西功外出。

想到恨处，塚下果断行动，从床下拉出皮箱。

箱里一套黑色装具，黑靴、黑裤、黑衣，再戴上黑色面罩，从头到脚只露黑白双睛……

活跃的会场，活跃的女生，韩霜拉着隆子，两人在内山书店里乱钻。中西功恭恭敬敬，呆鸟般遥望大师，韩霜却更有勇气，拨开人群挤向主角。

“您是不是喜欢日本？”

此问颇有挑衅意味。谁都知道，鲁迅先生曾经留学日本，今天聚会的内山书店老板也是日本人，可近来日本军队在东北频频挑衅，又让中国人怎说喜欢？

鲁迅老师并不为难，看看眼前的小女生，望望满堂的日文书，醇然笑道：“日文书反映新知识很快，我虽然老了，却喜欢新东西。”

喜欢新东西！

中西功听到了，在远远的角落里也听到了，这哲言足以穿越空间……

十八岁时，中西功以三重县第一的成绩考取全县唯一的官费生，远赴中国留学。中国！中西功从小就知道，中华文化是日本文化的根源，中国大陆是日本列岛的拓展空间，日本青年要想有出息，就得去中国。

轮船驶近上海港，年轻的心剧烈地跳动，难以承受那初次相逢的激动。

大！第一印象就是“大”！土地比日本大，寺庙比日本大，公园比日本大，室内空间也比日本大……

从岛国走出，中西功奔的就是大，登上大陆，中西功担心的也是大，中国人会不会以大欺小呢？

今天，中国最伟大的思想家鲁迅，居然说爱看日文书。这说明，中国不仅国土大，中国人的心胸也大……

大陆再大也不如海洋大，韩霜的注意力，转向一个西洋人。

在这间屋子里，有人鹤立鸡群——个子最高，头发最黄，皮肤最白，眼珠最蓝，这来自西洋的美国记者麦尔，比所有的东洋人更扎眼，简直就是白马王子现身。可惜不能说话，开口就是上海腔调，软绵绵腻味人。倒是他身旁另一个西洋，虽然年纪老得已是国王了，虽然左腿有些跛，但那笑容，那眼神，看着你不说话就让你舒服，感觉自己是白雪公主，受到王子的重视。

“你要提防他！”女作家史沫特莱突然插入，“他是猎艳高手，还是德国间谍！”

韩霜大惊，不是惊讶男人的恐怖，而是惊讶女人的爽快。“间谍”！“猎艳”！这么难听的评语，让她说得像派送糖果。

“你把他还给我，我把他送给你。”史沫特莱把麦尔推给韩霜，拉着佐尔格走了。

一对老男老女勾肩搭背而去，羡煞年轻的韩霜。望望身边的麦尔，也想试试，却又不敢，中国姑娘对男人不好太主动……

满堂热闹混乱，谁也没有发现，暗中还有一双偷窥的眼睛。

黑靴、黑裤、黑衣、黑面罩，周身黑色的塚下，隐藏在内山书店的屋顶，偷窥室内情况。

隆子小姐的交谈对象，不是中西功，也不是别的男人，而是一个金发碧眼的老女人。这就可以放心了，隆子小姐没生外心。

那可恶的中西功，缩在角落没人搭理。这也令人欣慰，那情敌的魅力有限。

满堂所有的人们，公开交往，没有显示任何秘密。这就显得无趣，不能带回情报了。

塚下遗憾地离开窗户，纵身一跃，跳下高高的屋顶，沉重落地。

“贼!”

一声惊呼，屋内人都涌向窗户，只见一个黑影掠过，如飞而去。

人们轰然大笑，这贼怕是找错了地方。

麦尔打趣：“先生慢走，进来坐坐?”

韩霜鄙夷：“太夸张了，当个小贼还要穿上侠客装?”

隆子却很认真：“他不是贼。”

“那他是什么人?”

中西功思忖着：“像个忍者……”

忍者?

韩霜从未听说这种名称，那是一种特殊的间谍吧?

中西功不肯应答，这忍者似乎并不光彩。

隆子悄悄拉开韩霜，用旁人听不到的微小声音解释。

忍者，那是日本特有的一种特殊人物，他们个个武艺高强，人人神出鬼没，有些像中国的侠客，也有些像西洋的间谍。中西功和塚下的家乡三重县，就是有名的“忍者之乡”。

忍者？侠客？间谍?

韩霜又被弄晕了，日本人这是什么逻辑，外交官都是间谍，间谍又是忍者，忍者又是侠客?

想到侠客，多少还有些好印象，行侠仗义的好汉。

那中西功也是侠客吗？如果他就是忍者，那忍者并不可怕，如果他是间谍，那间谍也有些招人喜欢……

别人忙着男交女往，中西功却抓紧机会请教尾崎君，请教那登堂入室的问题。

入门，是师生关系，上下尊卑；入室，是亲友关系，平和亲近；这是两种有分别的人际关系。我们日本等级森严，上下之间互不交往，很容易导致误判。中国人克服误判的途径，就是交朋友，把人际关系拉近。

“交朋友?”中西功恍然大悟,“洞井先生常说,我们同文学生,要比中国人更中国。”

“他那不过是间谍的伪装术!”尾崎秀实显然看不上洞井,“你毕竟不是土生土长的中国人,伪装中国通,反而令人生厌。”

“您的意见……”

“我追求的是人生境界。”

人生境界?尾崎君如此看待人际交往?中西功渴求这个答案。

“不让别人拿我当外人。”

不让别人拿我当外人?

中西功一时难悟。这满屋男女,来自多少国度,持有多少偏见,谁都拿别人当外人啊。

“我们是国际主义者。”尾崎挥手划了个大圈,留下中西功,迎向史沫特莱和佐尔格……

黑色的夜,黑色的人,黑色的塚下在黑色的夜晚狂奔。

奔到同文大楼,弃门不入,径直冲向楼壁,抓住落水管攀援而上,从窗户进屋!

进了屋,卸下黑装,塚下才喘了口气。好久没有享受这忍者行动,憋气啊。

双膝跪地,恭恭敬敬,把黑色衣装一一叠好,一件一件,放入箱中。

这是忍者的仪式,每当执行任务,必行着装礼,即使是白天行动,也要穿上全套黑衣。黑色,不但是夜晚的颜色,而且是忍者的颜色,忍者隐于暗。

塚下家族是传承八代的忍者世家,家族男子自幼研习忍术,隐身术、盗窃术、暗杀术,被捕之后的忍打不供术,术术都要精通,精妙全在一个“忍”字。

统治国家离不开武力，日本贵族无不重用武士。武士忠诚，武士勇敢，可武士也有缺欠，不能忍。遇到失败，武士总是自杀了事，丢却了主公的大业。忍者却能忍受武士之所不忍，忍受失败，忍受屈辱，忍到反攻胜利。

武士扬威于白天，忍者潜行于黑夜，日本皇道有明暗两途。到了维新现代，武士被军队取代，忍者就变成间谍。

间谍，这是个多么伟大的行业。人类史上，最早的行业是妓女，第二个行业就是间谍。出身忍者世家的塚下，毅然投考同文书院，期望将来做个伟大的间谍，光大忍者世家。

没想到，同文这间谍学校，不重技击重知识，塚下的特长无从发挥。塚下失落，中西功却得意，让三重同乡的面子无处搁。

塚下嫉恨地望着对面的中西功床铺，发现床头柜上有东西。四望无人，一把抓过，纸里包着只蹄膀，又肥又香。

饿欲大发，塚下侧耳倾听，四下还是无人，开口咬吧。

咬！咬！咬下的不是蹄膀，而是皮球脸……

中西功没有料到塚下之饿，口中正渴。满堂的文人雅士，人人自如地交谈，每人手里端个杯子，时不时抿上一口。

满桌的免费饮料，中西功却不敢上前索拿，自己是混进来的，缺乏资格。

孤独的中西功，隐身角落，看着人家细酌慢饮。你们喝的是什么？西洋红酒还是东洋清酒？南国咖啡还是北国浓茶？

中西功也想喝了，可惜手中没有杯子，杯子都在别人手里。那个桌上有酒杯，那个桌上有茶杯，我该到哪个桌上找杯子？哪个圈子不拿我当外人？

看着应对自如的尾崎秀实，中西功心生羡慕，我的同胞能够做到“不让别人拿我当外人”。

想起刚才窗外的黑影，那种偷偷摸摸的行径，不禁惭愧，替同胞丢脸！

尽管同出忍者之乡，但中西功并不打算继承那种传统。不计青春地苦练异术，不择手段地残害人命，终生做着不能见人的勾当，却只是为了忠于一个领主？岂不知那领主管辖的地盘不出一个县，还是个白痴！

那是一种正常人无法忍受的生活，所以，中西功才要走出三重县，走出日本国。

自从来到中国，自从结识薛有朋，中西功感到眼界开阔，在家乡之外，还有辽阔的大陆。今天在这里，中西功又见到了鲁迅，见到了尾崎秀实和史沫特莱，中西功感到心胸开阔，在亚洲之外，还有世界。

这世界，有一种境界，叫作“国际主义”……

忽有所悟。

这世上，所谓人际关系，无非是圈子，家庭、学校、乡里、国家、种族……人们依照关系的亲疏结成一个个圈子，圈子以内误判也能容忍，圈子以外误判就会积怨。积怨如何？忍，忍不住就打，战争就是这样酿成的。但是，也有人反对战争，主张国际和平，他们能够跳出圈子啊。

我自已跳出圈子，才能不让别人拿我当外人？

中西功突然增添了自信，起身去拿杯子。

我不作忍者，我是个渴者，我渴望与君共饮……

第三章

大相扑

——间谍为谁而战？

交朋友不难，交往异族朋友也不难，同文书院本来就是跨国学校，校内就有交往资源。可是，自从这个日子来临，中西功就难以交往中国同学了。

1931年，9月18日。

沈阳第一枪，举国沸腾，就连平和的上海滩也乱了。中国人纷纷上街，抗议日本关东军侵占中国东北；日本侨民纷纷上街，支持皇军开拓满洲；两股游行队伍隔街叫骂，不时发生肢体冲突。

同文也被撕裂。

关南等中国学生，跑出校门加入中华学联的抗议行动；塚下等日本学生，跑出校门参加日本侨民的庆祝行动；两股队伍中都有穿着同样校服的学生，同样制服的人分成两派，每斗当先。

紧急时刻，校长出面了。洞井颁布严厉措施，禁止同文书院的学生走出校门：你们的任务是学习不是打仗！

同文书院的中日学生，不得不重新坐进同一间教室。上街吵架，入门并坐，未免尴尬。所幸这是一堂书法课，学生各自盘腿坐地，相互间保有距离，不必交流。

中西功提起毛笔，战战兢兢不敢落笔，仿佛动笔就是动手，就会引起同学纷争。

同学们倒是开写了，谁也不理谁，谁也不管谁，各写各的。

中西功长吁一口气，运笔，运笔还不敢太重，侧耳倾听……

怎么？耳边沙沙作响！这柔软的毛笔在柔软的宣纸上运行，怎能出声？

这意味，书写者胸中充满不平之气？中西功悄悄观察，只见同学个个面容严肃。

韩霜盯着隆子，隆子写一笔，韩霜写一笔，笔画相同，笔力更劲！隆子低头握笔，不敢看韩霜，笔下的字迹却颤抖起来。

塚下盯着关南，关南也不回避，两人眼睛对着眼睛，手下还在狠狠运笔，戳破宣纸，戳断笔头！

这哪里是书法练习，这简直是在隔空交战！中西功浑身发紧，这教室里的空气越来越紧张，快要爆炸了！

必须缓和，必须缓和气氛，中西功匆匆写下“结束”二字，满脸堆笑，请教身旁的韩霜：“这两个日文汉字，如何译成中文？”。

那韩霜毫不领情，白眼一翻，写下“打仗”二字。言外之意——你要与我“结束”同学关系，那就准备“打仗”吧！

中西功的中文虽然不够精通，却也知道这“打仗”不是好事，这华人同学显然是误解了。

隆子见势不对，赶紧过来解围，写下“团结”二字。

日文汉字“结束”，翻译成中文应该是“团结”。其实这也符合汉字古意，把散丝捆结成束，正是象征团结。中西功和韩霜之间的误判，来源于两国文字的同源而异流。

不过，你可以把“团结”误判为“结束”，却不该扯到“打仗”啊？塚下跳起来质问韩霜：“人家要同你团结，你为何要打仗？”

关南见势不对，悄悄拉拉韩霜的衣襟，不要闹僵了。

韩霜才不管那么多，抓起毛笔，在三组汉字之间狠狠划了两道，这就形成："打仗=结束团结"。

这公式的含意十分明显：你日本在东北开战，就结束了中日团结。

决裂？

三个日籍学生面面相觑，国家之间的打仗，已经不可避免地影响了同学关系。

塚下不干了，我东亚同文书院招收华生的目的是培养亲日派，怎能容你对日本有二心？

塚下冲过去，挥手打了韩霜一个耳光。韩霜一时愣住，没料到对方比自己更激烈。韩霜身后的关南怒不可遏，抢上前一头撞向塚下！

开打！

华生相帮关南，日生相帮塚下，双方乱殴起来。"九一八"以来积蓄的怒气，终于得到释放的机会，人人放手乱打！

教室满堂大乱，就连女生也全体投入，韩霜疯狂撕咬，隆子忙着拉架，没有动手的唯独中西功一个。

期望同学团结的中西功，没想到突然爆发教室战争。这都是我的两个字引发的，我中西功是罪魁祸首啊！

痛心的中西功又看到，人数较少的华生吃亏了，关南被塚下骑在身下。

"哇！"一声怒吼，塚下被撞飞。

人们惊讶地看到，日生中西功打倒日生塚下，扶起华生关南。

一场中日大战，怎么连阵营都乱了？

校内打架，校外打仗。

9月18日沈阳事变，10月6日，吴淞口驶入四艘日本军舰，日本海军陆战队登陆上海。同时，中国第十九路军也调驻上海。两军对垒，上海的空气弥漫火药味，华人、日本人、欧美人，万国汇聚的租界居民，第一次有了共同的感觉——要打仗了！

郑文道早就盼望这一天。

东北之失，失在不抵抗，上海不能再失！学界，商界，上海各界组成救国会，支持十九路军抗战！

自古书生多意气，投笔从戎乃英豪。郑文道不说空话，申请参军参战。可是，组织上偏偏看重郑文道的语言才能，让粗通日语的郑文道专门去做日本工作，通过宣传，瓦解日军士兵的斗志。

抗战优先，郑文道不得不服从组织安排，这就认识了尾崎秀实。通过这个日本记者的笔，将上海的真实情况，呈现于日本报端。工作继续深入，郑文道又认识了美国记者麦尔，认识了为麦尔工作的中国女学生梅笛。

娇小的梅笛，站在高大的麦尔身旁，显得柔弱无力。可是，这江南女子的一颦一怒，却有一种让人同情让人尊重的力量。梅笛撰写的英文稿件，麦尔总是照发不改。郑文道也讨要梅笛的中文稿，那真是大气横空，文笔如枪！

同外国人打仗是抗战，同外国人交往也是抗战。上海滩的交际场所，常常出现郑文道和梅笛相伴而行的身影……

中西功打算结交关南。

自从来到中国，中西功见识了中国之大，也见识了中国人之散。按照洞井的说法，日本的太阳旗是阳刚，中华的水龙旗是阴柔，日本人到中国，就是小石头投入大湖泊，兴风作浪！

果然，万余兵力的日本关东军，就能把数十万中国军队赶出东北大地。果然，数千日本海军陆战队，就能搅乱大上海。中国人气愤，气愤的后果是政府步步退让。中国大，中国人散，这样的大而散，不如日本的小而强！

正当中西功对中国的看法下降之时，关南变了。一个性格懦弱的中国学生，居然敢于出战强悍的塜下。这是否说明，大而散的中国，还蕴含什么未知的强力？

中西功打算结交关南，关南却向中西功告别。

此夜黑暗，自从九一八，上海滩熄灭了霓虹灯，不再是不夜城。

黑暗中，关南的眼睛闪闪发亮："中西君。我要退学了。我再也不能忍受日本人！"

中西功浑身发冷，自己也是日本人啊。

"你，你去哪里？"

"我必须投入战斗。"

"战斗？你个柔弱书生，连塚下都打不过，怎么战斗？"

"我们中国人多，我们每人伸出一根手指，就能碾碎日本！"

黑暗中，中西功看不到关南的表情，却能感到，一股强大的气场正向自己袭来，这股气足以摧毁坚固的同文大厦。

不需判断，也不会误判，现在肯定是日本不对。就连关南这样善良懦弱的中国人都被激怒，我日本怕是没好下场。

作为一个日本人，作为一个同情中国的日本人，我该怎么办？

帮日本，还是帮中国？

天亮后，同文人发现，校园里少了许多学生，华籍学生。

前些日子，这些华生还在和日籍学生争斗，现在他们走了，日籍学生却感到冷清，大家凑到一起议论，又无话可说。

只有塚下乐观：这是淘汰白眼狼！那些华生吃着我日本穿着我日本，关键时刻不帮我。隆子却埋怨塚下：都怨你欺负人家！

中西功没有参与讨论，中西功关注着其他华生，其他华生是否都跟着关南退学？韩霜呢？

出人意料，韩霜不退。

九一八那天，具有一半日本血统的韩霜，企图住进日本寮的韩霜，一夜就变了心思——反日！

日本租界拿我当二等公民，日本学校拿我当二等学员，我不生气，二等早晚变成一等。可现在，日本军队在东北动手了，塚下在上海动手了，日本不给我活路，不反行吗？我敬佩那关键时刻挺身而出的关南，是条汉子！

可是，关南走了，韩霜却不走。虽然讨厌日本人，但韩霜还是期望拿到这所学校的毕业文凭，不是为了外交官，而是为了间谍。听说，中国的执政党设有一个专门的特工机构，叫作党务调查科，国民党领袖蒋介石非常重视谍报工作，急需间谍专业人才。奇缺人才的中国没有间谍学校，韩霜若是从这个日本间谍学校毕业，一定会得到中国官方的重用。要反日，到那个时候再反也不迟，我当中国间谍！

韩霜打定主意，你塚下再逼迫我也不走。凭什么我走？这里是我的国家，要走应该你走！

对于韩霜这些突兀的变化，中西功难以理解。一会儿亲日，一会儿反日，一会儿又不吭气了，这华人同学到底是什么性情？

了解中国，了解中国人。这不仅是上海东亚同文书院的宗旨，还是中西功的个人志趣。

古老的中国，史上曾经多次遭遇外来侵略，但最终总是反败为胜，这是为什么？

现在的中国，再次遭遇外来侵略，这侵略者又是我的祖国，那么，这场战争的前景，就更加令我关注。

还有不少日籍学生，兴趣与中西功相近。刚刚毕业的西里龙夫，不去任何机构就职，而是在同文书院近旁租了个铺面房，开了家日本料理店。每天夜晚，这里都有众多同文学生聚饮，酒歌传到同文学寮，人称“西里的吟唱”。

外人不知，就在这吟唱声中，一个小团体悄然形成。

西里龙夫、中西功、手岛博、安斋库治、水野成……同文书院的十几个日籍学生，共同反感帝国的侵华政策，秘密组成个读书会。

读书会特意邀请华籍教授薛有朋授课，讲授中华文化，讲授中日关系……

什么都怕组织，组织一成立，局面立即改观。过去的同文书院，学生听老师的，老师听校长的，校长听外务省的，于是，所有的学生都被政府的侵略政策绑架。读书会成立，立即组织斗争，先从母校开刀。

西里龙夫主张走出校门，参加上海学联的抗日宣传。中西功认为不妥，那会惹起外务省的警觉，我们不如先在学校内部下手。两方争执不下，都请老师决断。薛有朋提出，斗争也要讲究策略，可以先要求学校实行民主管理，拿到民主权利后再将斗争升级。

同文书院实行半军事化管理，不但管教学还管生活，每天日程细化到分钟，上课迟到要罚站，出校吃饭还要请假，简直就是法西斯。国家提供的公费资助，校方统统扣留，从食宿到校服到笔记本毛笔，统由校方购买发放，肯定克扣贪污！

读书会暗中发动，立即得到全体同文学生的响应，谁不希望改善生活？对于学生提出的改革要求，校长洞井傲慢地予以拒绝，我同文没有民主传统。可此时的学生非洞井当学生时的学生，读书会暗中组织，全校学生群起罢课！

一场学潮下来，校方让步，学生胜利。费用按人头下拨，学生自由使用，男生可以畅怀喝酒，女生可以大买时装，人人畅快。

人人畅快，塚下不快。

什么民主改革，在塚下这里毫无概念。忍者的权力并非来自民主，而是来自忍耐，通过忍耐赢得领主的理解，领主就会赐予权力。现在，塚下的领主就是校长，你们逼迫校长让权，就是与我为敌！

冢下虽然反感学潮，却并不出面，忍者要忍，间谍要隐，冢下要通过隐身观察，抓出学潮的领导人，密报洞井。

可惜，这学潮的活跃分子，居然是隆子。一个贵族小姐，天赋神权统治平民，你何必替他人去争取民主？不好用心的冢下，也不得不用心了，用心去研究这个隆子。

隆子小姐虽然是贵族出身，却天生没有贵族意识，从不歧视别人，不歧视华生，当然也就不歧视日生，不歧视出身低微的冢下。所以，她会出于同情，支持学潮争取民主。

这种性格不适宜当间谍！同情心重，你会容易被敌方误导。洞井校长说过，间谍没有人性。

可这种性格又对冢下有利。没有同情心，贵族小姐能看上贫民子弟？间谍不要人性，冢下也不要人性，可隆子最好保留人性……

对一个女人的分析，居然引出间谍是否有人性这样的哲学问题？冢下不得不承认，自己学习太差，干不了情报分析这种高级业务。

扬长避短，冢下还是走行动特务的路线吧，侦察隆子！

一侦察就发现问题——隆子迷上了中西功的校外活动。

不能让别人抢走我的隆子！

冢下悄悄跟踪，跟踪隆子来到料理店。这西里龙夫的小馆子，似乎在排斥冢下，隆子进门一片欢呼，冢下一进门，吟唱就停息下来，仿佛来了外人。

我冢下不是中国人，我是日本人，日本人怎能拿日本人当外人呢？

冢下感觉，那帮同学似乎在搞什么秘密活动？冢下打算向洞井告发，告发中西功思想左倾！可是，冢下又缺乏把握。了解左倾知识，结交左倾文人，那可是洞井校长的号召，一门间谍课程。何况，那西里龙夫根本不像左派。和服、木屐，大摇大摆，没日没夜在街头吟唱，活脱脱个右翼浪人。

贫民出身的塚下，不能轻易开罪那些高层子弟。要想整倒中西功，必须抓到证据。找证据，还得秘密侦察，就拿这些同学当作反间谍侦察的课外练习吧。

他中西功为何到中国留学？西里龙夫唱起“马贼之歌”：“老子在狭窄的日本呆腻了，渴望见识辽阔的中国大陆！”

他中西功为何交往中国文人？隆子写下两个中国字“渴慕”：“我渴慕博大精深的中华文化。”

他中西功为何偏向华生？洞井大言不惭：“间谍的职业道德不包含诚信，却鼓励欺骗，只因为我们天性渴求情报！”

渴望中国大陆，渴慕中华文化，渴求中国情报，渴？那中西功的所有特点都有一个“渴”字，倒是符合其人的习性，那家伙向来贪杯，无论喝酒还是饮茶。

塚下不得不承认，中西功之渴，并不违背同文宗旨。也许，那家伙是洞井培养的卧底，伪装进步侦察学潮？

1932年的元旦，上海人没有心情喝酒庆祝，中日两军剑拔弩张，要打仗了。

中日交战，日本租界必然是焦点，可是，虹口这里却是喜气洋洋。皇军开进上海，不过是声南击北，策应满洲的行动。这上海滩是个下金蛋的母鸡，你中国人舍不得在这里开打。

同文书院的全体师生，列队欢迎海军陆战队到访。列队进入同文书院的水兵笑容可掬，登陆以来昼夜紧张备战，今天终于进入自家地盘，放松啊。

同文学生却放松不下来，遇上对手了！

军民联欢，总要有所内容，洞井校长搬出同文的传统项目——大相扑。

日本国内总是说，上海书院的文职学生文弱，不如鹿儿岛海军士官生强悍。为了弥补弱点，同文开展针对性训练，格外重视相扑。多年锤炼，校代表队打遍上海无敌手，只等对抗军人这一天。今日全院共同对敌，就连华籍学生也憋着劲：这相扑等于打仗，我们要打败日本侵略军！

同文大操场，主席台两边黑白分明，水兵一片白，学生一片黑，大家都是毛呢制服，谁也不比谁差。

首战必胜，双方都排出最强阵容。强壮的西里龙夫代表同文出场，同更加强壮的对手顶上，两个赤裸大汉迎头相撞，谁也推不动谁。

白营寂静，水兵们紧张得不敢喘气。

黑营突然传出汉语口号："同文加油！同文加油！"

西里龙夫得到鼓励，斗志大增，而对手却步步后退。黑营拉拉队都是同文女生，口号都用汉语，把日本大兵听傻了。

眼看西里龙夫就要把对手推出场外，白营却跳出个黄人，一个身穿袈裟的和尚，挥臂狂喊："打沉定远！"

全场静寂，瞬间又响起持续不断的日语男声："打沉定远！打沉定远！"这声音虽然低沉却蕴含力量，地震般震撼全场。

"打沉定远"，那是擂响在日本海军心中的战鼓。想当年，大清朝和大日本两大帝国雄踞东亚，争霸海洋。清国从欧洲订购铁甲军舰"定远号"，开到日本沿海耀武扬威，吓得日本军舰不敢出港！日本天皇带头捐出皇室经费，举国励精图治，终于锻造强大的海军舰队。甲午海战，日本海军呼喊着"打沉定远"，一战击败强大的中国北洋舰队！从此，中国沿海就成了日本的内海，日本海军想打旅顺打旅顺，想打青岛打青岛，现在又来打上海。只要呼喊这"打沉定远"，日本海军就所向无敌！

这"打沉"果然比"加油"厉害，黑营女生的呼喊被压制，西里龙夫也脚下打晃。那对手奋力进击，居然将西里龙夫推出场外。

同文败了，不是败于气力，而是败于斗志，而斗志又取决于一句口号。第二场的对手进场就挥舞拳头"打沉定远"，而对阵的中西功却不知喊什么是好。

这时，黑营传出高昂的女声："打沉吉野！"

全场顿时静寂，这口号犯忌。

吉野是甲午海战日军的主力舰，险些被中国定远号撞沉。如果说"打沉定远"是日本海军的战鼓，这"打沉吉野"就是中国海军的心声。这东亚同文书院是日本开办的学校，所有学生无论日籍还是华籍，理应为大日本帝国效劳，你同文队怎能打沉吉野呢？

华籍女生韩霜跳到场中，不管不顾放声大喊："我们同文代表上海出战，上海是中国的领土！"

全场静寂，这话也不错。

洞井校长经常教导，同文书院培养的人才不是打打杀杀的小侦探，而是深藏不露的高级间谍。同文书院之所以设在中国土地，就是要让日本学生深通中华文化，比中国人还中国。既然我们比中国人还中国，那么我们理应代表中国出战？

中西功仰天大呼："打沉吉野！"一头向水兵撞去。

"打沉吉野——""打沉定远！"

"打沉定远——""打沉吉野！"

场内比赛相扑，场外比赛口号，相扑胜负似乎取决于口号胜负。黑营沸腾了，隆子和韩霜并肩领喊，黑营振奋了，同声高呼鼓舞中西功奋勇进击。

这时，白营又跳出那个黄和尚，每当同文队呼喊"打沉吉野"，对方就大骂"卖国奴！"

"卖国奴！""卖国奴！"这骂声实在难听。

难听的骂声激怒了韩霜，韩霜骂得更凶，我本来就不是你日本人何来卖国？

可是，韩霜身边的隆子无声了，隆子是日本人正在"卖国"。

韩霜的喊声虽然更响，却没了隆子的呼应，非只二人，所有的日籍学生都不再呼喊。

日语的“卖国奴”，就是汉语的“卖国贼”。对于一个国民，还有更无耻的名号吗？你华籍学生可以喊打沉吉野，我日籍学生却不敢再喊。

相扑如同打仗，必须激发士气，同文队师出无名，海军选手乘机猛攻。中西功步步后退，退到场边，眼看退无可退！

对手大喝一声，低头猛撞，中西功无计可施，闪身躲避，随手一推，竟然把对手送出场外。

第二场，同文险胜。黑营一片欢腾，中西功惊魂未定，暗自琢磨，自己怎么用上了太极拳手法？

三局两胜，双方都不能再败。

同文的最后希望，寄托于塚下，可塚下紧张得浑身打颤。

看看对方的阵营，军装整齐，吼声齐整，海军士兵所向无敌！

看看自己的拉拉队，男女混杂，还有不少中国人，怎能对抗强大的帝国海军？

隆子过来，亲切地鼓励：我们拉拉队穿着衣服，自然能分出谁是同文谁是海军，你上场选手是个赤裸裸的男人，胜负全靠你自己。

不靠身份靠自己？塚下从隆子的话中悟出暗示，一往无前地出场了，为了爱情！

韩霜面对黑营，激动地劝说日籍同学：我们拉拉队必须确定自己阵营，才能喊出响亮的口号，场上作战不能离开团队啊！

作战必须确定阵营？中西功恍然大悟：对方把我们当定远，那说明我们已经成功地融入中国社会，我们索性甘作定远，我们理应打沉吉野！

塚下出战时，黑营的呼声又整齐了，无论华生还是日生，都共同呼喊“打沉吉野”。

“打沉吉野！”

“打沉定远！”

黑白阵营的拉拉队都理直气壮，双方的喊声也势均力敌，于是，口号的作用就下降了。擅长相扑的塚下，开始占据上风。

胜败悬于一线，白营领喊的和尚愈加疯狂，黑营的韩霜却喊哑了嗓子，只能由隆子接替。隆子的汉语不够熟练，出口变成日语："同文加油!"黑营就跟着喊日语："同文加油!"

"加油"不如"打沉"有力，隆子又喊："打沉定远!"

这次同文队不跟了，隆子喊错了口号，帮了对方。

黑营拉拉队呼声混乱，白营乘机起哄："你们也是吉野啊，我们一起打定远吧!"

韩霜怒不可遏："我们不是吉野，我们是定远!"

隆子相帮："我们不是定远，我们是吉野!"

两个女生相互帮助却互相拆台，对方轰然大笑："你们是中国队还是日本队?"

黑营自乱阵脚，塚下大怒："我就是吉野！我就是日本队!"

两个吉野相斗，真吉野理直气壮，假吉野心虚胆怯，本来就不愿打沉吉野的塚下，自然败了。

三战两负，同文男生都不服气，不怨战将，怨拉拉队。

"你们女生还不如人家和尚!"

"那你去当和尚好了。"

"和尚也能打仗!"

韩霜突然想到："和尚不是出家人吗？他出家人为何同海军搅到一起?"

"爱国啊!"塚下衷心钦佩，"借助宗教身份，他们能够方便地进入中国社会刺探军情，比我们间谍更间谍。"

和尚？间谍？爱国？韩霜有些懵。

塚下十分得意："我们日本人个个爱国，不像你们中国人。"

韩霜傻了，很想反驳，又无话可说，于是掉头就走。

中西功要去追，却被西里龙夫拉住："你爱国，她未必不爱国。"

中西功顿时醒悟：间谍也有祖国。

那韩霜虽然自愿投入日本间谍学校，却依然深藏自己的爱国之情。

在东亚同文的宗旨下，华生爱国和日生爱国并不冲突，可现在日本要打中国了！

每个同文学生，无论日生还是华生，都面临抉择：打沉定远还是打沉吉野？

第四章

战地侦察

——小侦探的实习课

英雄造时势，时势造英雄，时势不给英雄留下选择的时间。就在同文学员还在选择打定远还是打吉野的时候，上司下了军令——都去打十九路军！

1932年1月28日，一伙日本和尚冲出日本租界，到华界示威挑衅，公然鼓吹“满蒙独立”。街头发生冲突，日本海军陆战队抢先开枪，中国第十九路军还击抵抗，上海战事爆发！

黄金地变成屠杀场，通衢道筑起街垒封锁线，上海滩没了自由往来，却急需能够跨越战线的侦探。这时，比中国人更中国的同文学员，就成了稀缺资源。当局指令洞井：同文全员出动，为海军做战地侦探！

男女学生混编成组，统统派出，校长动员：“战地实习，就是最好的毕业考试！”

一对情侣相互扶助，匆匆而行，从日界逃往华界。

这是中西功和韩霜，洞井派出的最强阵容，不但有男有女，而且有日籍有华籍，便于通过敌对战线。

韩霜的手腕挽着中西功的臂弯，身体却保持相当的距离。中西功悄悄提醒，我们是化装情侣，请你亲切些。

你想占我便宜？韩霜不但不肯亲切，还把自己的手腕抽出男方的臂弯，只用手指扯着衣袖。

逃难的情侣，倒像是打架的怨侣？中西功正在为难，胳膊突然被韩霜抓紧，撞上刺刀了！

两人都被面对刺刀，不是面对，而是胸对，那刺刀就直接戳在胸口，甚至能够感到那刀口的锋锐。

两人都懵了，尽管曾经饱受间谍训练，尽管曾与大兵对抗相扑，但是，一旦面对刺刀，还是懵了，那刀锋随时可能戳进你的胸膛致你死命。

直到胳膊比胸膛更疼，中西功才清醒过来。女伴紧张地抓住自己的胳膊，指甲都嵌入肉里了！中西功这才想到，这刺刀属于日本士兵，而自己也是日本侦探。

镇定地微笑，镇定地解释，中西功声明，自己和女伴都是日本人，去华界执行任务。

纯熟的日语，立即换来士兵的敬礼。韩霜这才喘了一口气，这才看到，那刺刀的后面还有机枪，一挺机枪掩藏在沙袋后面，枪口也指向自己。韩霜不禁又紧张起来，刺刀戳一下顶多是皮肉之伤，那机枪若是一开火……这哪里是什么战地实习，这简直就是玩命！

战地侦探不是好玩儿的！走过日军封锁线，韩霜不再放松自己的手腕，这男人能够保护我的安全。

走近中国军队封锁线了！这次轮到男人拉紧女人，韩霜心中暗喜，你日本侦探也怕我中国军人？

韩霜笑脸面对，用家乡口音，颤抖着解释夫妻逃出日本租界的苦难经历，感动得中国士兵双眼含泪，甚至以仅有的馒头相赠。

两次冒险都顺利通过，初出茅庐的男女侦探相顾而笑。

中西功欣赏这女人。间谍，要像艺术家一样擅长表演。

韩霜欣赏这男人。间谍，要像战士一样勇敢。

互相欣赏的男女两人，紧紧地挽着，快乐地走着，这战地侦探，够刺激！

韩霜放肆地望着男人的面孔，这男人招人喜欢。

他从不歧视女生，他还帮华生打架，他真的不那么日本，他也许能够成为我的……

这时又想到，现在的他毕竟还是侦探，而且是可恨的日本侦探。

前面大楼，就是第十九路军的司令部了……

韩霜的手腕放松了。这次给洞井当侦探相当积极，其实背后另有秘密任务。同行有个日本人也好，可以掩护自己，可不宜将其带入十九路军驻地，此人虽然不那么日本，却是个货真价实的日本特务啊。

中西功也在犹豫，执行洞井的侦探任务，当然应该带上韩霜作掩护，可自己另有秘密使命，又必须对外人保密。

两个人都想甩开对方，又都不好开口，而那十九路军司令部大楼，已经越来越近。

中西功突然冒出一句："我记得，我记得好像是你，是你带头呼喊打沉吉野？"

如果韩霜予以认定，那么她也许就不那么忠于洞井，我的秘密任务就可以不避开她？

一向爽快的韩霜，也被问住了。如果我承认了，那你就会怀疑我不忠于日本，我的秘密任务就无法完成了。

"我才不懂谁是谁呢，喊什么都是为了我们书院。可你呢？你是打沉定远还是打沉吉野？"

难题又回到中西功这边，这女生显然缺乏国家观念，万万不能对她说实话。

"我？我不过是逢场作戏，逢场作戏。"

"逢场作戏？"韩霜甩开中西功的臂膀，狠狠盯住中西功的眼睛。

既然你打沉吉野是逢场作戏，那么，为鲁迅庆寿也会是逢场作戏，对华籍同学友好也未必不是逢场作戏。

中西功吞吞吐吐：“就像，就像我们现在……”

原来你对我也是逢场作戏？韩霜心里，对这个男人的最后一丝好感也破灭了。

“对不起，我忘了，你是日本侦探啊！”

韩霜转身，扬长而去。

有道是：道不同，不相与谋。

中西功眼巴巴看着，心中隐痛。

“我是日本侦探？”

没人听到这句心声。

于是，男女侦探，分道扬镳。

中西功不知，韩霜此行，将把十九路军的抗日传单带回日本租界。

韩霜不知，中西功此行，将把“日支斗争同盟”的策反传单送达日军。

“日支斗争同盟”？

这个奇异的组织，名称来自一个中国人，成员来自一伙日本人。

西里龙夫和中西功等人创建的读书会，赢得同文学潮的胜利，巩固下来。在这个国际化的圈子中，人人可以畅谈自己的思想，从无政府主义到马克思主义，百无禁忌。一二八事变爆发，大家又一致反战，决心同当局抗争。中西功建议，改名“日华斗争同盟”。指导老师薛有朋却说，这组织的工作对象是日本人，应该叫作“日支斗争同盟”，日本人习惯称呼中国为“支那”。

以侵华为宗旨的日本间谍学校，出现了亲华的秘密组织，却并未引起校方的警惕，只因为这组织的指导老师是薛有朋。

薛有朋虽然是华人，却是由日本培养出来的知识分子。上海东亚同文书院的高材生，保送东京帝国大学，深造后又返回同文任教。同洞井一样，地地道道的同文人。

上海东亚同文书院由日本东亚同文学会创办，会长近卫文麿出身贵族世家，以长远的战略眼光，为日本培养知华外交家。早年毕业于上海同文的洞井，继任院长后更有独到举措，特意聘请华籍教授，大量开设中华文化课程。

深受洞井信任的薛有朋，在课堂上公开介绍社会主义，还带领学生课下接触中国左翼文人。这反常的教学方针，居然得到洞井的鼓励。日本军方天然倾向右翼，在中国只能结交军阀政客，而外务省还要了解中国的左翼势力，进而掌握共产党的动向。

在洞井校长和薛有朋教授的共同努力下，同文学员的汉语水平突飞猛进，甚至超过了那些久居上海的日本商人，真个是比中国人更中国。

上海事变爆发，海军急需华语侦探，同文学员立即吃香起来。洞井感激薛有朋教学有方，哪里想到薛有朋会搞个什么秘密组织。

战争是最强烈的兴奋剂，一二八事变使萎靡的上海滩振奋起来，无论抗日的中国人还是侵华的日本人，都要在战争中大显身手。两国交兵，先杀侦探。两方都加强反间谍部署，严防敌探破坏。

一片兴奋中，最兴奋的，还是秘密组织“日支斗争同盟”。白天在日本军队执行战争任务，晚上秘密聚会讨论反战活动，个个都是双重间谍啊！

还有一对男女侦探也出动了，塚下和隆子。

这对搭档，洞井并不寄予多大希望，男生学习成绩很差，女生不务正业，很难指望他们搞到敌军情报，顶多在我军内部当当翻译。

塚下却不这样看。难得这次接近隆子小姐的机会，创造业绩才能赢得芳心。塚下给自己增添了一项隐秘使命——反间谍——发现并抓捕任何潜入日军破坏的中国间谍。

部队士兵大多是塚下这样的贫家子弟，但塚下不愿搭理这些头脑简单的大兵，塚下的任务是防止他们被敌人暗害。那隆子却毫无贵族小姐的架子，高高兴兴走下战壕，为士兵端水送饭。如果士兵邀请，还会献上一支歌。隆子很有语言天赋，到了大阪士兵中就唱大阪歌，到了北海道士兵中就唱北海道歌，还能介绍几首中国歌曲，简直成了战壕歌手。

塚下顾不得欣赏隆子的歌声，战壕里面有案件！

出于防止中国侦探下毒，塚下认真检查战壕里的每一份干粮，每一壶水，这一查，没有发现毒物，却发现了传单。这些日文印刷品夹在军需用品中，不注意还以为是说明书呢。

塚下赶紧收缴了所有的非法传单，又不动声色地展开侦察，终于发现，这些夹有传单的军需品是韩霜送来的！

当场抓捕，人赃俱获，塚下的首次反间谍行动无懈可击，就连嫌疑人韩霜也无言以对。塚下早就怀疑同文的华生不忠诚，这韩霜曾经带头呼喊打沉吉野。

这时，中西功出面了。这家伙声言，这些东西全是自己交给韩霜的，而自己又是从海军仓库领来的，不知其中有夹带。

嫌疑人增多了，不只有华人，还有日本人。以塚下的反谍意识，决不会放过任何一个嫌疑人。可是，塚下不相信华人，却不能不相信日本人。这中西功虽然可恶，可他的毛病顶多是勾引女生，除了勾引塚下的隆子，还要勾引韩霜这个华女，这毛病再大也不算间谍啊？

塚下发现的案情，虽然被中西功捂住，却引起洞井的高度关注。即使我同文内部没有敌方间谍，那同文外面也有，而且，这间谍还把工作对象指向日军，这就格外危险。

这间谍出自何方？

上海滩缺什么也不会缺间谍，这里是“冒险家的乐园”，这里是“间谍天堂”，日本、英国、美国、苏俄，全球列强都在上海派驻间谍，除了日本自己，所有外国都有作案动机，都不想让日本独占上海。

当然，作案动机最强烈的，还是中国。可中国的间谍机构在哪儿呢？

这要请教薛有朋。

洞井尽管是个中国通，却不如薛有朋通中国。那中国教授文武皆通，三教九流皆通，堪称上海滩的“路路通”。

迎进老同学薛有朋，洞井竟然有些手忙脚乱，先是拿出日本清茶，又想到薛有朋是浙江人应该喝西湖龙井，沏上龙井，又想起薛有朋久居日本还是会思念日本茶？

薛有朋不敢承受，赶紧自己动手，两人同时伸手，又把茶杯摔到地下。

这战争，把人搞乱了。

洞井承认，这淞沪战役，日方部署混乱。海军陆战队兵力明明不够，却不准陆军插手，以至于打成胶着战。

薛有朋却说，日方本来就没有打算拿下全上海，挑起战端不过是策应东北九一八事变，转移国际注意力。

这分析确有道理，让洞井佩服。可是，外务省事先并未知会上海领事馆，可见国内的军方同政府之间，也够乱。

薛有朋坦承，这淞沪战役，中方也够乱。蒋介石明明拥有优势兵力，却不肯调兵增援，就让十九路军孤军奋战，以至于打成胶着战。

洞井笑了，中方本来就不敢歼灭日军，上海作战不过是个姿态，维护现有地盘，向力主抵抗的民众做个交代。

这分析确有道理，也让薛有朋佩服。可是，政府的苦心并未得到民众的理解，上海市民的抗日情绪高涨，部队各自为战，也够乱。

心有灵犀一点通，两人举杯相碰，都是情报分析大家。

至于中国的间谍机构嘛？薛有朋认为，也够乱。

国民政府编制，没有情报机关，只是在执政党的中央党部里面，设有一个党务调查科，其工作对象，主要是共产党。那是个搞内斗的机关，并不擅长对日谍报。

这介绍符合中国实情，洞井也知道，中国的军方并无最高情报机构，只是在各部队设有谍报科，缺乏制作日文传单的能力。听说，蒋介石的黄埔学生正在筹建个“军统”，尚未展开对日工作。

洞井对薛有朋的专业知识十分赞赏，自己虽然主张比中国人还中国，但是，对中国秘密组织的了解，还是不如中国人薛有朋。只是，这薛有朋是中国人中的亲日派，你了解国民党，是因为国民党人大多同日本有千丝万缕的关系，可是，你了解共产党吗？共产党全党处于秘密状态，搞间谍可是比国民党更自觉！

薛有朋又告诉洞井一个重要情报——上海滩没有中共地下组织了。

这情况让洞井震惊，上海，本是中国共产党的发源地。这里的外国租界不受中国政府管辖，形成相对自由的“冒险家的乐园”。国内政争的下台政客、国际贸易的外国投机家，都乐意选择上海，就连中共秘密创党也在上海。上海滩鱼龙混杂，又是国际闻名的“间谍天堂”，各国都在上海设立间谍机构，国内的各党各派也在上海安插眼线。

1927年4月，起家上海的蒋介石在上海突然袭击共产党人，周恩来仅以身免。8月1日，周恩来组织南昌起义，11月，周恩来潜回上海组建中央特科。红军是“枪杆子”，特科是“刀把子”，共产党有了明暗两种自卫手段。蒋介石也要建立自己的秘密组织，1928年2月，南京的中央党部增设一个党务调查科，专责对付中共地下组织，第一个秘密据点就设在上海租界。这上海滩是国共密战的战场，怎么共产党就没了呢？

薛有朋告诉洞井，去年，也就是1931年4月，中共高级特工顾顺章被捕叛变，带路搜捕自己的同志，上海滩所有的中共组织都被破坏，就连藏身租界的中央机关也被迫转移，听说正往江西红区。

洞井也知道这个情况，日租界和中方的淞沪警备司令部早已达成反共默契，共同对付隐藏日租界的共党。淞沪警备司令部将共产党人的名单通报日方，日方立即予以逮捕，递解中方审讯处理。去年以来，这种合作十分频繁，日方逮捕了大批中共党员，有效地强化了日租界的治安。设在新亚饭店楼顶的电台监听，发现上海的秘密电台大大减少了。日本驻沪领事馆做了一项综合分析，结论是：活跃于上海外国租界的国际共产党秘密组织，已经遭受毁灭性打击，至1931年年底，统统处于停顿状态。

洞井没有想到的是，就连中共组织也停止了运行？中共在自己的国土活动，本来是容易掩护的啊。

薛有朋笑道："洞井兄小看了中国政府的反谍能力，在打内战上，他们还是内行的。"

内战内行，外战外行！

洞井仰天大笑："这是你们中国人的特长，我们日本在这点上不如你们。"

薛有朋没有笑，而是严肃地提醒："那传单呢？那可是用日文书写的啊。"

洞井恍然大悟！

那些反战传单，日文相当准确，中国特工不可能有那么高的水平，那只能出自日本人之手。

日本内部也有间谍？那么，我日本就是外战内行，内战外行？

片刻尴尬之后，洞井很快恢复从容："我们日本，是内战外战都内行。这些日文传单夹在军需用品之中，必然来自生产这些军需品的本国，肯定是日本共产党干的。"

薛有朋唯唯诺诺，你已经误判了，我就不必再说什么了。

洞井这才放了心。

上海战事如此混乱，情报人很容易产生误判。本人多年驻华工作，已然确立了上海第一谍报专家的地位，不能被一份日文传单就动摇了。

我们上海没事，让东京警视厅去追查吧！

洞井都没能拿下的案件，塚下非要继续侦察。

别的同学上前线只是服从指挥，塚下却主动而积极，课堂读书不如你们，战地实习却是我忍者的优势。塚下把隆子安排在后方唱歌，自己到战壕侦察。到了前线，塚下又有计谋，发挥自己的华语特长，向对方喊话劝降。对方受不了，也开始喊话，可喊的是华语日本士兵听不懂。

战场宣传，日军有外语人才而中国军队没有，日军就占了上风。这语言较量让洞井十分得意，同文书院的教育方针具有前瞻性，中国落后几十年。

得意没几天，对方的喊话也有了日语，而且口音相当地道。塚下立即报告：我日本出了内奸！

洞井立即联想——那日文传单可能也是这个人做的！

中国方面，也有深通日本文化的间谍？

公开作战打成胶着，秘密谍战也丧失优势，日军全线进入高度警惕状态，严防敌探破坏。

战局逆转，塚下却暗自得意，不仅因为是自己查出了对方的间谍，而且因为自己有了用武之地。

黑夜，黑衣，忍者行动，塚下独自潜往敌阵，哪个同文学员能做到？

日界与华界之间，横亘着苏州河，两军隔岸筑垒，谁也不能过河。大兵做不到的事情，忍者能做！苏州河面横亘着一条输水管道，正是过河的天然通道。只是，那管道圆滚滚，滑溜溜，就连一只猫也不敢从上走过。

塚下抖擞精神，跳上管道，素来练就的轻功技艺，这时用上了。全身提气，重心上移丹田，腰以下轻灵圆转，单脚换行，试一步走一步，不，试半步走半步……

尽管这种走法很慢，但这一段双方都未设防，塚下尽可集中精神走管道，不必担心被发现。

塚下的轻功果然不错，不长时间，已经走到半途。脚下的苏州河黑黢黢的，听不到流水声，却能闻道阵阵臭气。每天清晨，河边排满马桶，马桶里装着一家人一夜的屎尿，等候污水车装运。外国人说，什么时候上海人不用马桶了，什么时候苏州河才能不臭。闻着臭气的塚下预言，那要等到二十一世纪，除非上海人举办世界博览会。

塚下大口大口地呼吸着臭气，不敢稍有分神，脚下的管道又湿又滑，走路比打仗都累。好不容易接近岸边了，只有一步之遥了，忍者再也忍耐不住，纵身一跃，稳稳地落在岸边石桩上……

那石桩变软了，塚下双脚陷落，陷落在石桩里面。一股恶臭扑面而来，塚下当即窒息，这石桩原来是个马桶，塚下正站在屎尿中心。

正要发作，塚下又忍住了——近旁有个碉堡，碉堡中还传出鼾声，中国大兵的鼾声。

忍气吞声，塚下拔腿出了马桶。洗洗吧，暗夜中哪里找水？还是任务第一吧，带着半身屎尿，塚下继续前进。

此行使命，远远超越一般战地侦探。战地侦探只要看清敌军部署就算完成任务，塚下却要查明那个用日语喊话的间谍。

塚下恨死那个间谍了，他的日语骂词纯熟地道，骂侵华日军是东洋鬼子，骂日本忍者是缩头乌龟，骂得塚下无法还嘴，塚下的华语不熟练。塚下暗下决心，一旦查明其人，就亲手将其格杀！

暗夜中隐藏着灯光，塚下循着灯光，发现了一处明亮所在。隐身黑暗，塚下观察着明亮中的状况。

这是华丽的大厦，然而外墙已经布满弹痕，这是宽敞的大堂，然而大堂到处是血污，原来，这里是一所临时战地医院。

病床、折叠床、席梦思垫子、草席，各种非正规床铺上躺满伤员，医生护士穿梭其中忙碌不停。看来，中国方面很狼狈呢。

塚下攀上高高的铁窗，仔细观察。这里的伤员同日租界不同，日本伤员衣装整齐，一看服装就知道是海军陆战队。这里的伤员衣装混乱，军装有黄有灰，黄色是十九路军，灰色的又是哪个部队？这里的医护人员更是混乱，旗袍外面罩个围裙就算护士？

塚下搜索脑中储存的间谍知识，紧张判读。军装乱相表明，中国军队的组织性很差。医护乱相又表明，这支军队得到广泛的民众支持。那些穿旗袍的护士，显然是上海滩的小姐太太，就连女人都上阵了？

塚下正在诧异这是什么战法，又发现重要线索——一个外国间谍！

这个到处照相的家伙，就是美国记者麦尔。你美国人同我亚洲隔着个太平洋，何必对日中战争感兴趣？噢，记者，就像外交官，多半也是间谍。

塚下摸出怀中的暗器，准备出手。这暗器的形状就像日本的海军旗，圆形的太阳四周放射光芒。圆形，旋转飞行方向准确；四周有刺，每个方位的刺都能杀人。目测距离，大约有十米，塚下有把握一击而中。

正要动手，麦尔身边又来了一个人——隆子！

这让塚下惊得要晕，隆子小姐怎能投敌呢？这时那人转过脸来，塚下才看清，那不过是身材与隆子相像的中国姑娘而已，女记者梅笛。

这让塚下更加恼火，我怎能把隆子小姐误认为敌呢？这是大不敬啊！不，不怨我，都怨你，你不该冒充隆子！

塚下又要出手了，不是刺杀那西洋鬼子麦尔，而是刺杀这中国姑娘梅笛。

“谁在这里倒马桶了？”

一声大吼，吓得塚下从窗台跌落下来。

“臭死人！”一个老妇立在塚下身边，“你怎么这么臭？臭得像个日本鬼子！”

日本鬼子？塚下不能暴露身份，赶紧分说：“日本鬼子比我还臭，比我还臭……”

一溜烟逃开，塚下心里这个窝囊，不是窝囊自己身上臭，而是窝囊自己居然骂自己，连个老妇都怕。

放慢脚步，找个地方洗洗吧……“Nehong！”

塚下立即撒腿狂奔。这“Nehong”正是“日本”两字的日语发音，自己被发现了！

疯狂奔逃，奔逃疯狂，忍者的逃跑术，再次保佑塚下逃脱了追踪，耳边也没了那恐怖的“Nehong”。

塚下停下脚步，仔细倾听，那“Nehong”声音还在，显然，不是骂自己的。

悄悄返回，那“Nehong”越来越响亮，和自己隔着一道高墙、

墙边有株大树，塚下手脚利落地爬上去，这就看到，院内一块空场，聚集众多民众，正在跟随老师朗读，朗读日语。中国人这时分还敢学习日语？

“日军士兵不懂中文也不懂英文，大家学好日语，才能策反日军士兵。”

这老师似乎是在解答我心中的疑问？塚下暗笑，定睛看去——那老师居然是关南！

原来是老同学你啊。塚下全明白了，中国间谍的日语为何熟练？因为你关南是我日本训练出来的。我塚下为何骂不过你，因为你知道我而我不知道你。

立功的机会到了！这关南，就是卧底我日本的中国间谍，干掉他，我塚下就是战绩优秀的反间谍专家！

塚下再次摸出暗器。这暗杀的机会比刚才好，出手之后立即下树逃跑，他们翻墙来追就来不及了。

瞄准，出手，塚下又犹豫了，这出击的位置不对。

忍者暗器虽然厉害，却有局限。那四周的利刃很短，若要一击毙命，必须命中颈部动脉，否则只是伤人而已。塚下的手法虽好，但身处树顶高处，那关南却在场下低处，从高打低打不到颈动脉。

塚下这里犹豫，场下却很热闹。有个听众跳起来："老师，这喊话就能喊得日本人投降吗？"

主持教学的郑文道赶紧解释："日本人也是人，好话坏话他们应该能够听得懂。"

"听得懂？听得懂为什么还要杀人放火？"

"他们不是人，是鬼！日本鬼子！又臭又硬！"

塚下在树上听着，句句都在骂自己，出手吧，杀不了那关南也能出口闷气。

这时，那关南却跳了起来："乡亲们！没有谁比我更了解日本人了。我是东北人！"

听众立即高呼："打回老家去！"

关南又说："我还上过日本学校，我还有日本同学。"

听众懵了，谁也不知那日本同学是什么样子。

"日本人也是各式各样，有的听得懂人话，有的听不懂人话。"关南举起手枪，"对于那些日本人中间的鬼子，我们只有一个字——打！"

"打"字出口，关南扣动扳机，随着清脆的枪声，全场齐呼"打！""打！""打！"

随着众人的怒吼，墙外树上，塚下悄然坠落。

关南那一枪，恰巧击中塚下。

战伤！

塚下的伤口是敌人枪弹造成的，塚下就是上海战争的伤员。这意味，同文书院直接为战争做出贡献，这是同文的骄傲！

洞井校长因势利导，以塚下战例教育全体学生。

你们前段的侦探行动叫作渗透，那只是间谍进程的第一步。下一步，下一步更重要。通过渗透混入敌营，目的是什么？间谍的基本功能有两项——情报和破坏。

通过渗透侦察情报，虽然也有贡献，但并未对敌造成直接危害。运用暗杀爆炸等手段破坏敌阵，那才是对敌人的直接打击。侦察情报练的是智谋，破坏敌营练的是胆量，一个优秀的间谍，必须智勇双全！

按照校长的部署，下一步，全体同文学员必须深入敌阵搞破坏，暗杀、爆炸、抢劫、下毒。

这任务布置下来，同文学生一片沉寂。

"暗杀"、"爆炸"、"抢劫"、"下毒"，老师说出的字眼个个恐怖。恐怖的结局呢？老师没说大家也看到，擅长忍者的塚下铩羽而归，几乎丧命。日支斗争同盟的学生当然不肯为侵略政策送死，就连右翼学生也不愿意，国家培养我们的目标是高级间谍，不是没头脑的敢死队。

学生不肯行动，校方施压，洞井背后也有压力，海军。上海事变由日本海军发起，当面之敌是中国第十九路军。海军陆战队只有数千人，显然寡不敌众，但海军就是不准陆军参战，战果要由我海军独吞！不让陆军参与，却要平民参与，海军强迫同文提供侦探，妄想用肉弹突破中国防线。

罢课！罢考！罢实习！罢侦探！

一场学潮，在上海东亚同文书院兴起，校方再次陷入被动，比那次闹待遇的学潮更被动。

冢下悄悄向校长报告：这次学潮有内奸。

那关南已经公开背叛，其他华人学生也可疑，韩霜曾经散发反日传单。华生可疑，日生也不可靠。那中西功曾经包庇韩霜。中西功的老家在农村，天然同情无产阶级？中西功喜欢学习中国文化，在相扑比赛中高喊打沉吉野！也许。中西功就是这场学潮的幕后指挥官？

冢下的揭发，使洞井陷入被动。同文书院出了内奸，校长难辞其咎。

还是薛有朋出来解围。

我们东亚同文书院，不可能有中国间谍。世上职业千百种，无非一个交易，商人以货换钱，间谍以命换钱。同文毕业生为帝国卖命，可以换来个人前程；为中国当奸细，死了也白死。那个关南，只是个例。听说，他在同文上学时，经常受冢下欺负，而且因此退学。冢下向来歧视华生，他对韩霜的揭发，显然含有私人恩怨。揭发中西功更是荒唐，那是校长你的高材生，他冢下是嫉妒。

洞井需要这种分析，薛有朋的分析，维持了同文书院的声誉，也维护了洞井的声誉。一个老牌间谍，怎能培养出一批新生叛逆呢？我的学员，个个百里挑一，都是有智商的。有智商的人，谁会做赔本买卖？

洞井不信冢下，韩霜信。

韩霜逃脱冢下的揭发，全靠中西功相助，那家伙明明与我的秘密行动毫无关系，却主动出面担当，所以，冢下的揭发有根据。

可是，一个日本人，怎能支持中国人抗日呢？只能找到一个解释——贾宝玉。红楼梦中的贾宝玉为了营救女孩子，主动承担了盗用茯苓霜的责任。

任何一个正常的男人，对美女都会动心，中西功也不例外。例外的只有那个冢下，他不是男人，是间谍。

间谍！我以前害怕做间谍，现在乐意做间谍，做间谍能够反日，报复那可恶的塚下，打沉吉野！

间谍？这间谍生涯足够刺激，可以同中西功那样的男人假扮夫妻，可以把塚下那样的男人骗得团团转，当间谍其乐无穷，当女间谍更是风情万种！

洞井校长教导，女间谍可以胜过男间谍，因为女间谍多一项色诱的特长。那么，我就发挥自己的特长，诱惑日本男人为我中国当内线？

韩霜选定一个工作对象，中西功。

水汪汪的眼光放射过去，那男人却毫无表情，似乎他的帮助只是出于同学情谊，并无个人目的。

韩霜恼了，这中西功比那塚下更可恨！

韩霜看人，不重政治重感情。那塚下整我，那是整中国；这家伙不理我，却是对我个人魅力的忽视。

一个美女间谍，刚刚出道就遇上这样的对手？

中西功不能回应韩霜，这是组织秘密。

日支斗争同盟秘密决定：发起“归国运动”。

同文学生提出，海军在上海事变中的应对策略失当，我们不参与。与其在上海白白战死，不如归国参加陆军。

洞井要出面劝阻，薛有朋又劝阻洞井。我们同文书院为外务省服务，不必参与军方矛盾。

海军要出兵弹压，陆军又出兵保护。日本陆军持枪列队，保护同文学生登船归国。

一场运动下来，偌大的同文校园，人去楼空。

校长洞井悲从心来，刚刚出炉的一批新生间谍，就这样夭折了？

遗憾的人不止是洞井，还有薛有朋。

尽管归国运动策划得非常成功，成功地掩饰了日支斗争同盟，但薛有朋还是遗憾，千方百计培养的内线关系，都断了。

薛有朋，其实是中共秘密党员。

从同文书院毕业到日本留学，薛有朋当然要师从日本学者，这日本学者河上肇却是个社会主义学家。洞井哪里料到，东京帝国大学居然为中国培养了共产党人。

密战也需出长策，培养间谍也要从青年做起。日本想得够远，1901年就在中国设立双语学校中共想得也够远，1925年就在这个日本学校建立了秘密党支部。

薛有朋从日本留学归来，顺理成章地进入上海东亚同文书院任教，教导日籍学生学习中文，这教导却让这些日籍学生走向国际主义。洞井哪里料到，自己让学生侦察共产党却把学生送给了共产党。

既然你主张东亚同文，那么，你就不能反对你的学生爱好中华文化。既然你主张东亚共荣，那么，你就不能反对国际和平。既然你选择具有国际视野的教师，你的学生就会从东亚主义转向国际主义。

在薛有朋的教导下。日本的间谍学校，出产了一批反对日本侵华政策的日本学生。

熟悉日本国情的薛有朋认为，日本的工农群众受到资产阶级的压迫，日本的知识界也有许多进步分子，我们完全可能在驻华日本人中发展自己的力量，从内部破坏敌人的堡垒。

1931年4月，中共特科负责人顾顺章被捕叛变，中共情报保卫工作最高负责人周恩来立即改组机构，调来陈云负责。新来中央特科的干部，都是顾顺章不认识的新面孔，薛有朋也在其中。

1932年初爆发一二八事变，薛有朋向洞井介绍，上海的中共秘密组织已经全部停止活动。洞井相信这个情报，因为洞井知道的共产党人都离开上海了。这当然是误判，其实还有中共秘密党员继续潜伏，薛有朋还专门负责对日情报工作。

薛有朋就任，首要任务是开展日本士兵工作，阻止日军侵华行动。

日军内部管理很严，中共组织很难从外部渗入，还是有了日支斗争同盟这样的内线，才能把传单送进日军的战壕。

特科高度肯定“日支斗争同盟”的工作，实践证明，日本人也不是铁板一块。薛有朋向上建议：相机行事，在日本人中发展隐蔽力量。

也有人质疑薛有朋：你的工作对象不是一般的日本士兵，而是日本间谍学校的学生。他们的入学经过严格审查，他们的课程包括伪装术，你想拉出个内线，万一拉回特洛伊木马呢？

组织认真研究，认为双方的判断都有道理。实践证明，中西功等是有效的宣传分子。实践又未及证明，中西功等是可靠的情报力量。于是，薛有朋只能修改工作方针，把发展改为利用。先利用这些日本人开展策反宣传，在实践中考察，考察合格再发展为情报力量。

考察正在进行，出了塚下行刺事件，塚下行刺又导致洞井铤而走险，洞井的破坏计划又遭致日本学生反对，学潮的兴起使日支斗争同盟顺势提出归国，归国运动又中断了薛有朋的考察进程……

情况瞬息万变，敌我之间的情报斗争也格外复杂，逆境使我重视发展内线，保护内线又导致线索中断，真个是祸福相倚。

怀着复杂的心情，薛有朋走出校园。

这里是西里龙夫的料理店了，这里是日支斗争同盟的聚会地了。可惜，再也没有西里的吟唱，再也没有读书会的社会科学讲座……

“我在狭窄的日本呆腻了……”

一阵粗豪的歌声传出，分明还是西里的吟唱！

薛有朋忘情地冲进去，屋里只有一人饮酒——洞井。

薛有朋刚要抽身，洞井已经看到，不由分说，拉薛有朋坐下喝酒。

望着薛有朋关切的目光，洞井强颜欢笑："作为一个教师，最得意的是什么？"

"得天下英才而教之。"

"不准确！"洞井仰头灌下一杯，"天下这个概念，过于笼统。"

"不如说外国？"薛有朋试探。

"对！"洞井兴奋地给薛有朋斟酒，"能够渗入外国社会，那才是一个高级间谍的最高境界。"

"您做到了。"

"可我的学生没了！"洞井涕泪横流，"我刚刚培养了一批亲日的中国学生，被九一八打跑了。我刚刚培养了一批知华的日本学生，被一二八打跑了。打仗，打仗，只知道打仗，那些短视的武夫！"

"他们还会回来的。"

"真的？"洞井欣慰地望着薛有朋，"你薛君，才是我大日本帝国培养的外国人才啊。"

"我也在培养外国人才啊……"薛有朋说出双关语，我的日本学生也对中国友好呢。

"好好好！"洞井要起身，薛有朋赶紧搀扶，洞井跌跌撞撞地走着，突然发问："你喜欢哪个外国学生？"

薛有朋敏锐地发觉，洞井那迷离的眼光，一瞬间闪出锐利！这是试探我吗？

薛有朋谨慎地回答："隆子，隆子学习最努力。"

"你喜欢女学生！"洞井的眼光又迷离了，"我也喜欢那个韩霜……"

"韩霜？她不是有传单的事情吗？"

"说实话吧，我还是最喜欢日本学生。"

"塚下？"

"不！塚下没脑子。"洞井指着自己脑袋，"我最器重的学生还是中西功。在我所有的学生中，只有他，只有他具备一个高级间谍的潜在素质……”

薛有朋暗暗叫苦，中西功不该引起这个老特务的注意啊。薛有朋也器重中西功，但与洞井的看法有所不同。

中西功确实具有高级间谍的潜在素质，那素质不仅是脑子，还是心，中西功有一颗同情弱者的心。作为一个日本人，他支持中国人民抵抗侵略，他不仅为日支斗争同盟送传单，还顺便营救了为十九路军送传单的韩霜。只是，同情未必同志，他能否为中国提供情报，尚需检验。

“可惜啊可惜！”洞井仰天长叹，“中西功若是不离开中国，定会做出一番惊天动地的事业。”

薛有朋频频点头。这一次，我倒真的与你有共识……

中西功提着行李，孤独地走向轮船码头。

脱出险境，却毫无庆幸之感。初次从事秘密活动就被怀疑，不成功啊。

返回祖国，却并无喜悦之情。这上海已是第二故乡，舍不得离去啊。

远处跑来两个人，西里龙夫和隆子。这时分还有同学敢来相送，中西功感到由衷的欣慰。

“请你们留在上海，替我完成学业吧。”

西里龙夫是同志，知道这学业就是日支斗争同盟的秘密使命，帮助中国反抗侵略。隆子是同学，认为这学业就是博大精深的中华文化，一辈子也学不完。

三个同学亲切告别，不知远处还有两个同学。

塚下决不信任中西功，暗中跟踪到码头，侦察相送的中国间谍。没想到送客的居然是两个日本人，若非其中还有隆子小姐，塚下又要怀疑那个西里龙夫了，那家伙曾经劝说大家打沉吉野。

还有一个送客人，韩霜。

韩霜应该来送中西功，关键时刻敢担当，这男人真够男人，他要不是日本人，我就嫁给他！

可韩霜又不敢露面，自己已经被日本特务监视，不能连累朋友。

中西功依依不舍地告别两个同学，走上轮船的踏板。

登上轮船又回头张望，只见西里龙夫和隆子的身后，还有两个身影，一个是韩霜，一个是塚下。

别了，别了！无论是朋友还是对手，你们都是中国战场的同事。今后，我的战场在日本。

可是，日本国内正在镇压进步力量，我的组织又在中国，归国之后又能干什么？

海波荡漾，船行东方，中西功一人立在船头，看不够第二故乡的方向，看不透第一故乡的里程，这航程够长，够闷。

海水越来越蓝，海水越来越暗，大洋水深啊！

那大洋深处的祖国，正是法西斯横行，我在这个时候回国，还不如留在中国呢……

第五章

太平洋研究会

——情报专家的学术素养

“茫茫大海一归舟，雾锁长天不解愁。”

爱好唐诗又不擅长作诗，中西功在归国的轮船上，凑出这么两句。这孤独的回程，除了吟诗还能做什么？学成归国，本是衣锦还乡的乐事，可中西功却是中途而废。

眼前只有大海，拓人心胸的大海。但是，此时的大海却被浓雾笼罩，让你的心胸拓不开来。

闷啊！

盼望晴天，又不敢奢望，在这种天气，你只能盼望下雨，宁愿打雷下雨也不要这么闷。

可惜，这老天它就是不打雷，就是让你闷下去，长久地闷下去……

突然感到什么，猛回头，看到一个人，右手端着酒杯，左手也端着酒杯，一个人为何要喝两杯酒？

正在纳闷，那人却举杯相邀——原来是尾崎秀实。

尾崎君与我同船！

中西功忘情地冲过去，从尾崎秀实手里抢过酒杯——

与君同饮!

这回程，不会寂寞了。

尾崎秀实，出自日本的忠臣世家。

古代，楠木父子为保卫天皇而英勇战死，楠木将军就是日本的岳飞。可是，出身高贵的尾崎秀实，到中国工作游学，居然转向共产主义，坚决反对日本的反动封建制度。

尾崎的经历，坚定了中西功的信心，自己的选择没有错。贵人啊！中西功人生选择的关键时刻，总是有个导师。在中国有薛有朋，回日本又有尾崎秀实。

可是，尾崎秀实回国后，并未参加日本共产党的进步活动，而是摇身一变，以中国问题专家的面目出现，活跃于学术界。

难道他转向了?

转向，这是不少日本进步文人的现实状况。知识分子，向来是国家的良心，日本的知识分子十分关心国家的前途，不时给政府唱些反调。可是，在对华政策上，文人被武人打败了。

对华政策，日本分为三大派：

右翼军人认为中国是落后的封建社会，日本必须以武力将其变成殖民地。

中间知识分子认为蒋介石正在建设资本主义，日本进入中国应该通过贸易而不是武力。

左翼共产党人认为只有中共才能代表人民力量，日本对华工作不必以蒋介石为对象。

三大派争论不休，右翼军人大胆行动，发动满洲事变，顺利地夺取了中国东北。日本举国欢庆，顺势镇压左派共产党人。面对右翼的成功和左翼的失败，中间派不得不“转向”，许多知识分子转向政府的主流政策。

中西功看不起这种转向，这是知识分子软弱性的表现。可尾崎秀实呢？勇于背叛自己阶级的人，怎能轻易转向呢？

尾崎秀实向中西功坦诚自己的政治设计：通过学术论战，批评右派争取中派；通过政策咨询，影响日本内阁的决策。

果然，凭借杰出的学术素养和深厚的家族根基，尾崎秀实很快成为日本首屈一指的中国问题专家，还成为东亚同文会的顾问。

东亚同文会，那是日本对华政策的策源近卫文麿会长兼任上海同文书院的院长，门生故旧遍及政府部门，正在策动近卫组阁当首相！

中西功明白了，尾崎秀实这是通过曲折的方式，纠正日本的错误国策。

这种行为是间谍吗？

不像。

洞井说过，间谍只能为政治服务，却不能参与政治，决策是政治家的事，间谍只需为决策提供情报。

那么，尾崎秀实就是个政治家，学者政治家，政治学者。

中西功乐意追随这个老师，追随尾崎秀实形象干净，追随洞井就会像塚下那样一身臭烘烘。

于是，中西功也把自己的兴趣转向学术，转向对华政策研究。

这种转向，不仅使中西功能够发挥中文特长，还让中西功感到心理的安慰——没有离开我的中国啊。

尽管回到祖国，尽管同家人在一起，但中西功还是常常想起上海，上海的中国同志怎样了？薛有朋老师怎样了？

薛有朋的处境，格外凶险。

1931年4月，中央特科负责人顾顺章叛变，带领国民党特务满上海搜捕，弄得中共中央机关在上海无处存身。周恩来、博古等中央领导人被迫离开上海，潜往江西根据地。

1932年淞沪事变，上海华人各界组织救国会，全国各地纷纷响应。日本政府态度强硬，要求中国政府制止反日活动，中国的国民政府则步步退让。日本说一篇讽刺皇帝的文章是反对日本天皇，中国政府就把作者杜重远抓起来。日本说上海救国会反日，中国政府就逮捕沈钧儒等七君子。九一八不抵抗，一二八抵抗不坚决，蒋介石遭到全国谴责，被迫辞职下台。

对于一个政客，下台只是暂时休整，并不等于永远离开政治舞台。蒋介石操纵黄埔学生组建亲信团体复兴社，1932年4月1日成立了戴笠主持的特务处。不久，蒋介石重新上台，这非编的特务处就变成军事调查统计科。党务调查统计科是“中统”，军事调查统计科是“军统”，长缨在手的蒋介石又有了两柄暗器！

军警控制华界，特务潜入租界，蒋介石在上海滩施行白色恐怖，全力搜剿共党秘密组织。中共上海中央局连续遭受毁灭性打击，残余组织进入休眠状态。

这些日子，上海的夜晚格外恐怖，龙华监狱不时响起枪声。里弄居民谈虎色变，又在枪毙共党了！

恐怖环境，唯有一处安全——同文书院。

蒋介石的军警对国人再狠，也不敢闯入租界开罪外国；蒋介石的特务再狡猾，也想不到日本间谍学校里藏着共产党。就在同志战友亡命天涯的时候，薛有朋还能在同文书院安静地备课，洞井院长布置开讲中国历史呢。

古版线装书散发着潮湿的霉味，这是唐宋的味道，这是明清的味道，这气味使人忘却现实生存……

翻阅古书的薛有朋，始终保持平静的姿态，心中却是波涛翻滚——组织联系全断了！

得知顾顺章叛变，周恩来立即部署转移：所有顾顺章认识的人员迅速离开原住地，相机转往外地。而薛有朋，由于负责的对日工作不属顾顺章系统，得以继续潜伏。这样，有暴露危险的别人转为安全，而尚未暴露的薛有朋却深陷敌营。

中共的秘密系统相互间不发生横向联系，各系统内部实行单线联系，上线知道下线的住址，下线不知上线的真名。现在，上级转移了，同志关系都是下级，薛有朋就成了这个系统的最高领导，一切必须独断专行。

完全的权力，意味完全的责任。薛有朋必须周密思考，保证本系统的安全，自己这个小组可能是党在上海的最后力量了。

潜伏在国民党特务机关内部的眼线，被顾顺章摘除了，薛有朋再也不能提前掌握敌人的动向，只能被动防御。更可怕的是：我的内线没了，他的内线增多，顾顺章叛变的带动作用，使每个秘密系统都要提防内部出叛徒。

叛徒!

掌握组织秘密的人员瞬间变成敌人内线，正是对中共安全的最大威胁。国民党掌握着政权资源，坚贞不屈者丧失身家性命，背叛投降者可以得到高官厚禄，在这种情况下，被捕者不当叛徒也难。

薛有朋必须警惕叛徒，一个叛徒，就能将周恩来精心保留的上海小组一网打尽!

考虑到潜伏的重要与复杂，薛有朋决定暂停组织活动，逐个考察相关人员。

薛老师深居简出，急坏了学生。

已经退学的关南，又潜回学校，找到开料理店的西里龙夫，说是要找共产党。西里龙夫当然乐意帮这个忙，但是，薛有朋有过交代，我不找你，不准你找我。

西里龙夫知道，自己被冷藏了。

出于工作需要，上级会指示一个间谍停止活动，等待新的任务。这种蛰伏状态，戏称“冷藏”。冷藏间谍必须等待，等待上级的激活，而不能擅自出动。因为，在你冷藏期间，整个组织正在急剧调整，也许你的上级换人了，也许你的上级被敌人盯上了，在这种情况下，擅自活动就意味自杀。

正在冷藏状态的西里龙夫，又不能拒绝关南的要求。关南本是中共同文支部的地下党员，由于不堪忍受日本校方的欺凌愤而退学，也由此失去组织关系。现在，他迷途知返，西里龙夫不能看着同学兼同志孤独下去。

脱离一个政治组织，投入新的活动，对于三十年代的青年是兵家常事，上海学联、东北救亡会、基督教青年会……关南经历多种社会团体，还是想回到共产党。别的组织看起来闹热，可干不成大事，还是共产党有组织有武装，能够真正打日本。作为前同文党员，关南知道，同文有些日籍学生思想进步，关南要找组织，只能求西里龙夫了。

西里龙夫当然还有组织关系，薛有朋就在学校。可是，薛有朋的身份不能让中国同志知晓，他负责的对日工作极端保密……

韩霜回同文，并不经过西里龙夫，直接找薛老师。

中日大战，给上海人民带来灾难，却给韩霜带来机会。不等同文发放毕业证书，国家政府就找上门来，招揽人才。

这个秘密组织，不是韩霜渴望的党务调查科，而是一个新的神秘组织，叫作什么“军统”，参加它就算参军，韩霜的待遇是中尉。

这个组织的主要任务是刺探日本军事情报，正用得上韩霜这样的知日派。站长陈幕指示韩霜，利用同文关系，在日本的间谍学校中发展反日的秘密关系。

于是，韩霜就想到薛有朋。同文那些日本人都不可靠，发展关系还是得找中国人。

韩霜对完成任务很有信心，男老师喜欢女学生，那是异性相吸的客观规律，鲁迅还有许广平呢。

我是间谍，不仅是间谍，而且是美女间谍，不仅是美女间谍，还是中国的美女间谍！

韩霜对自己的新身份十分满意，刚入道时的恐怖感觉一扫而空。陈幕站长教导：间谍不难听，我间谍的功用超过士兵；美女间谍不可耻，我美女献身的对象不是男人是情报；中国的美女间谍不低级，你韩霜为抗日献身就是古来第五美女！

“西施、貂蝉、王昭君、杨贵妃、韩霜……”

韩霜数着五大美女的名头，兴冲冲重返同文书院，没想到，那薛有朋托病不见。

空有一身色诱功夫，却无处施展？

韩霜不懂，这薛有朋到底有什么厉害……

还有一人也盯上薛有朋，却并非同文学生。

郑文道。

已经加入中共外围组织的郑文道，正在申请入党，却被割断了组织联系。其原因，竟然是上线叛变，引起组织对下线的怀疑。

叛徒！

郑文道恨透那种没有道德的人，卖友求荣，认贼作父，在党内叫叛徒，在民族那就是汉奸，秦桧，铁像跪在岳飞坟前万人唾骂的败类。

对于汉奸，不能只是唾骂，最有效的手段，还是杀之而后快。

杀不到自己的上线叛徒，郑文道只能另选对象，这就想到那个可恶的日本间谍学校。在那个学校里，不但有日本的高级特务，还有可耻的汉奸。那里的汉奸教授薛有朋，带出大批汉奸学员，比其他汉奸更危险，更可恨。

清晨，大操场空空荡荡。

自从中西功发起归国运动，同文书院的教学秩序就被打乱，剩下的学生，连早操都懒得出。

郑文道换上同文校服，悄悄溜进校园，先来踩点儿。

“踩点儿”是一句黑话，刺杀行动之前的侦察行动。

为了实现刺杀汉奸的企图，郑文道专门请教了黑道朋友。刺杀也是一门专业，也要经历侦察、策划、行动、撤离四大阶段。

空荡荡的校园，独自行走的郑文道相当惹眼。正在发愁到哪里找薛有朋宿舍的时候，薛有朋出现了。

白绸衣褂，千层底布鞋，老先生一人，慢悠悠太极呢。

郑文道赶紧看看四周，空无一人！

在此当儿迅即出手，就能轻易将其格杀，而且安然撤离，用不着四大阶段。

只是，这空手杀人的伎俩，郑文道尚未练熟，拳击太阳穴？脚踢下部？背后锁喉？

再看那老汉奸，身量瘦小，动作无力，衰弱得一个指头就能戳倒。

掩上前去，一击而中！郑文道慢慢迈开大步……

慢速度，大步幅，谁的步伐如此特殊？正在晨练的薛有朋，早已发觉郑文道的来临，而且联想到中西功的叙述：那种步幅是性格执著的表现……

只剩三步之遥！

郑文道松开捏紧的拳头，伸张五指，弯曲指尖，压紧指肚，让指甲深深掐进手心……会家有言，攥实的拳头，打出去才有力……

对手突然消失！

郑文道急速转身回防，那身影又绕到另一方向。只见那瘦弱的身躯仿佛装上马达，轻盈地游走起来，那动作还是舒缓，那转速却让人眼睛都跟不上。

郑文道不得不止步——遇上高手了。

这老家伙手舞太极，脚走八卦，自己个新手绝无取胜把握……

望着远去的郑文道，薛有朋的步伐停止下来，一双布鞋钉在原地，双臂划圈，腰肢圆转，有如风摆杨柳。

下盘坚稳，周身灵活，薛有朋边练边思考，练也从容，想也从容。看出来人的来意，薛有朋非但没有恐惧，反而感到欣慰。

这白色恐怖的上海滩，还有人敢进日本学校谋刺，爱国之心不灭啊！

薛有朋虽然蛰伏，却绝不甘心长期冷藏，一个共产党人，必须善于独立行动。

自行恢复组织活动？

那不仅需要西里龙夫这样的日本同志，还要有中国同志配合。今天这个刺客郑文道，早就听中西功说过，也听梅笛说过，也许是个可用之才？

可用也不能擅用。

在当前这种危难的情况下，使用任何人都要预有防备，防备叛徒。

考察这个郑文道，不宜由我直接出面，那也许会暴露整个上海小组。

经由其他同志？

又不宜使用西里龙夫，那是我打入日本阵营的内线，不能让我之外的第三人知晓。

唯有梅笛了！

那女生虽然年纪不大，却相当稳重。

就让梅笛去考察这个郑文道？

郑文道必须习武了。

一拳打向树干！树叶都不摇，拳头已经出血。

自古书生空议论，百无一用不如刀。格杀那武艺高强的老汉奸，不能空手，只能用刀！

练习刀术也不容易。郑文道拜访多家武馆，单刀、双刀、鬼头刀，人人自称刀术精通，家家缺乏实战经验。

东洋刀？我们从未交手。那日本刀术虽然也是源自我中华，却是古老的唐宋流派。现在上海流行的中华刀术，都是明清流派。唐宋对明清，关公战秦琼，怎么打？一寸长，一寸强，那日本的长秆朴刀，我中式短刀还真的难以近身。

必须战胜东洋刀！

郑文道下定决心，四处寻找，终于在公共租界找到一家朝鲜武馆，那教头林得山来自韩国，对日本刀剑十分精通。

在这里练习非常过瘾，学员都是些奇特人物。

一个黄发西洋鬼子，擅长西洋剑术，一把花剑雨点般放射。可这家伙偏爱练习中华武当剑，说西洋剑只刺不砍，少了杀法。

杀法还要精算？郑文道打算向他学习多种剑术。

一个束发东洋鬼子，抡起日本战刀断铁如泥。可这家伙非要演习阿拉伯弯刀，说是断头不如割喉，杀人太慢。

杀人也要讲究效率？郑文道要向他学习心狠手辣。

一个短发国人，舞动大刀也能虎虎生风。可这家伙改学匕首，说是行刺必须隐蔽，一寸短一寸险。

行刺必须用智？郑文道还得向他学习冒险犯难。

三个怪人再加上林得山和郑文道，五个男子共同研习多种刀法，谁也不问别人是谁，谁也不说自己为何，大家心知肚明——都是黑道杀手。

直到一个美女的到来，才镇住这些狂人。她不懂任何刀法，却会使用任何刀。

菜刀，抡起来干脆地剁断铅笔，这意味实战断指，说断食指不断小指。

裁纸刀，抓起来准确地戳进桌缝，这意味顺着肋骨的缝隙刺入胸膛，说刺心脏不刺胃肠。

指甲刀，纤手一挥飞向壁画人物的咽喉，这是封喉暗器啊。

如此美女，堪称女杀手。可是，她不属于任何武术门派，也不是什么天外飞侠，只是大家相熟的上海滩交际花韩霜。西洋鬼子麦尔同她跳过舞，东洋浪人西里龙夫同她唱过歌，关东侠客关南和她是同学，韩国剑客林得山给她当过眼线，就是郑文道自己，也曾同她邂逅相遇。韩霜的加盟，揭开了所有学员的面纱。韩霜本人更坦率，我受过军统的职业训练，间谍专业的行刺训练。

郑文道不得不感叹，就连行刺这种龌龊勾当，也要讲究专业。与专业间谍相比，所谓武林豪杰，只是业余水平。

五个男子不得不师从一个女子，大家志趣相投，五龙一凤，组成“铁血锄奸团”。

这秘密组织的秘密使命，就是在上海滩刺杀日寇和汉奸！

上海铁血时，东京正学术。

1931年九一八事变以来，日本在中国取得巨大的利益，同时又遭受世界舆论的共同谴责。在这种情况下，日本政府也得设法争取国际支持。争取国际支持也要有适宜的渠道，外交途径缺乏同情，只能从学术入手。

国际学术界有个“太平洋研究会”，由太平洋沿岸的多国学者组成，只接受非政府基金赞助，不受各国政策的干预。日本的东亚同文会一直参与这个组织的活动，近卫会长倚重的学者就是尾崎秀实。尾崎君多年旅居中国，翻译美国女作家史沫特莱的《大地的女儿》，视野横跨太平洋两岸。本届年会在美国举行，议题却集中于中国，日本和中国的冲突，牵动太平洋两岸的心。

尾崎秀实介绍中西功出席这次会议，借此进入学术圈子。曾经留学中国的中西功，从来没有放弃对中国的关注，回到日本后，一直收集研究有关中国的资料，与尚在中国的同文校友保持通信联系。得到这个机会，中西功连夜赶工，向美国年会提交论文《支那经济现状》。

丰富翔实的资料，新锐恰当的观点，中西功的学术论文在太平洋研究会一炮打红！

告别鸡尾酒会别具一格，来宾可以任意提出配方要求，由配酒师调制。酒品不但包括所有欧美名酒，而且有亚洲的酒类，日本清酒摆在显著的位置。这是环太平洋会议嘛。

麦尔要了一杯佐治亚土产葡萄酒，慢慢品尝，这是家乡酒啊。长居上海，虽然能够喝到各种鸡尾酒，但是，家乡的味道却愈加珍贵。

看到中西功来了，麦尔产生了兴趣。他也曾长居上海，他喜欢喝什么酒呢？美国酒还是日本酒？

作为传教士的儿子，麦尔生在中国，长在中国，无论如何也比中西功更了解中国，可为何拿不出中西功这样的论文？同是学术中人，麦尔敏锐地感觉，这中西功似乎是运用了马克思的分析方法。那在中国是禁忌，在日本和美国却是时髦，这位中西功是国际主义者还是日本间谍？

那中西功的目光，在各种酒类之间游弋，他仔细观看着每种欧洲葡萄酒的名牌，似乎在挑选……你日本要脱亚入欧？

那中西功的目光扫过所有欧洲名酒，又转向美国酒……你应该知道我美国才是太平洋国家的榜样！

那中西功的目光没有停留于美洲，而是转向亚洲……饮食暴露潜意识，你还是岛国心态？

那中西功也没有关照日本清酒，而是在中国酒中搜寻，拿起了一罐绍兴黄酒女儿红。

你也喜欢中国酒？

麦尔的心醉了，这绍兴黄酒，既有法国葡萄酒的醇厚，又有日本清酒的韵味，堪称中国白兰地。

看来，他中西功和我麦尔，饮食习惯都中国化了。

麦尔坦然上前，也请中西功为自己斟上一杯。

中西功指指台面，黄的，红的，白的，“您喜欢什么颜色？”

你以为我不中国？麦尔有些反感，尖锐反问：“在日本学界，您是左派？中派？还是右派？”

中西功心知肚明，此人看懂了自己的论文。

在论文中，中西功归纳了中国目前的经济现状：民族工商业势力微弱，遭受外国资本和国内官僚资本的双重打压。这就否定了蒋介石在搞资本主义的中间派观点，只能得出左右两翼的结论。但是，中西功的论文只归纳不结论，就隐去了自己的政治立场。这符合纯学术的规范，也有利于掩饰秘密斗争。

有问必有答，做答不如反问。中西功反问麦尔：“美国如何看待日本的对华政策呢？”

麦尔十分坦率：“美国希望太平洋是个和平之海。”

“您也用外交辞令？”中西功脸上挂着微笑予以批评。日本侵略中国，你美国却摆出不偏不倚的中立态度？资本主义的自私！

中西功不喜欢这个美国佬，你这种态度只有两种可能，或是滑头，或是天真。在大是大非面前，无论滑头还是天真都要倒大霉。美国人要是都像你这个样子，国策何在？

麦尔也不喜欢这个日本人，你使用左派的理论，却论证右派的政策，这种转向缺乏道德啊。日本人若是这样下去，就会走上危险的战争道路。

两人同时想起两句中国诗词：酒逢知己千杯少，话不投机半句多。

碰杯，不饮。

两人各自端着酒杯，背向而去。

背向的双方仍有共同点——杯中都是中国黄酒……

美国记者不喜欢，日本媒体追捧。

日本和美国都是太平洋沿岸国家，美国的西岸是太平洋美国的东岸是大西洋，而日本东西两岸都是太平洋，日本比美国更太平洋！太平洋研究会推荐的论文，立即红遍日本学术界。这时期，日本全国正在进行对华政策的大讨论，熟悉中国的学者十分吃香，中西功适时亮相，立即成为日本屈指可数的中国问题专家。

东京和上海，也就是一衣带水的距离，上海的同文书院很快得到东京校友的成功消息，学生感到自豪，校长感到欣慰。

年轻人嘛，自然会思想激进，不左才不正常呢。随着年龄和经验的增长，他自己就会转向，转向成熟，也就转向主流。

洞井欣慰，自己没有看错这个学生。此人在学校就好学，虽然一度误入学潮，但能及时转向，现在又有学术成就。将来的前途，既可做学者教授，也能成为高级情报分析家。从国家利益考虑，日中战争必将扩大，间谍比学者更重要。

把这个中西功从学界拉回情报界？

洞井这个想法，尾崎秀实也有，英雄所见略同，何况情报大师。尾崎秀实也认为，中西功具有情报分析家的素质。从国际利益考虑，为了制止日本的侵略国策，间谍比学者更重要。

大师所见略同，小人物呢？中西功自己怎么想？

任何个人，都希望个人价值的最大化。目前，中西功的事业前景光明，无论学术界还是外交界，都会敞开大门。

可是，中西功本人，却并不打算进入日本高层。中西功内心，始终认准一个方向——中国。

自己的爱好在中国文化，自己的成功来自中国专题，自己的前程不能离开中国学术，无论选择什么岗位，前提是中国，与中国相关。

中国在哪里？东京和上海之间的一衣带水，远的得像隔着太平洋。

近，而不可及？

打开酒柜，女儿红、花雕、加饭，所有种类的绍兴黄酒，还有，贵州茅台、张裕葡萄、青岛啤酒……全是中国酒。

中西功自己也惊讶这个中西功：你在日本的家中，怎么全是中国？一个日本人，为何甘愿为中国而学术？

你真的爱上了中国的文化？

中华文化，魅力无穷。

同文书院的中华文化讲座，对全社会开放，无论日本人还是中国人，各国人士自由参加。

洞井明白，在日中争端的情况下，正面宣传日本的国策，不会被别人接受。在商言商，在华言华，你开讲中华文化，才能渗入中国社会。

讲座题目：《明末清初的中国文士》。

讲文士，却从名妓讲起，洞井的讲座引人入胜。

先讲《桃花扇》故事，江淮名妓李香君，与江南名士侯方域洒泪绝交，不事新朝，妓女比文人更爱国！

一番讲博得华人满堂彩声，这日本教授不歧视我中华。清兴明亡，堪能比附现今的日本侵略中国，你赞赏不事新朝，不就是不当汉奸嘛！

洞井又开讲了，这次讲得是秦淮名妓柳如是。大明文人宗师钱谦益，归顺新朝却心理负担极重，还是柳如是予以开导，改朝换代寻常事，只要保留文化传承，何论朝廷姓甚名谁？

一番话，震撼满堂华人心灵，无人喝彩，也无人喝倒彩。

关南回家，大哭一场。

抗日如抗清，抗清如抗元，抵抗者是民族英雄，归顺者未必不是英雄，识时务者为俊杰。大宋状元文天祥宁死不降元是英雄，大明文人钱谦益转向清朝也是英雄，郑成功反清复明是英雄，施琅为清朝收复台湾也是英雄，这世界哪有定论定理？

汉人不行，从来顶不住北方游牧民族的南侵。汉文化很行，外来民族总是被同化。按照这个逻辑，中国不行，肯定顶不住北方日本的侵略。中国文化又行，只要日本人也承认我中华文化，那我就可以……

关南惊恐地发觉，自己要当汉奸了。关南又欣慰地想到，这也许不算汉奸？

关南的妻子是个满族人，但是以前自称汉族，国民党要驱逐鞑虏呢。最近，妻子又自称满族了，而且是满洲皇统正黄旗，只因为东北有个满洲国了！别人说那是日本的傀儡政权，可妻子说那是大清正统，皇帝还是溥仪。妻子规劝关南，何必在意中国不中国，只要日本承认我们是正统，我们就不丢脸。

关南痛哭，关南痛苦，痛苦痛哭，痛哭痛苦。苦痛之后，关南决定，退出铁血锄奸团。

韩霜晕了，这文化竟然有这般复杂，能把汉奸弄得不是汉奸了？

塚下适时出现：洞井先生属下有个特别调查班，重点吸收同文书院的毕业生，现在他关南已经加入，欢迎你韩霜也入伙。

一向果断的韩霜，迟迟不肯答复，加入日本组织会使自己背上汉奸的骂名。

塚下却说：明朝为何灭亡？那是国策错误，明朝应该和清朝联合剿灭李自成！

韩霜的中国历史知识，还不如这个日本男生。但韩霜也能听懂，这意味中国的执政党应该和日本联合反共。

洞井设计的中国文化讲座是个系列讲座，第二讲的题目是《清末民初的中国知识分子》，讲来讲去都是改朝换代，以古喻今。

薛有朋讲了两个文人，康有为和梁启超。

甲午海战，教训了傲慢自大的中国人，古代，日本以华为师，近代，中国以日为师。中国知识分子开始眼光向外，康有为和梁启超力主学习日本的维新变法，支持光绪皇帝在中国也搞戊戌变法。由于守旧派的反对，变法失败，康有为继续支持君主立宪改革，梁启超却主张推翻清廷的辛亥革命，当年同道如今分道扬镳……

一堂课讲得振聋发聩，中国近代知识分子的主要分歧——改革还是革命？

听众议论纷纷，郑文道认为：必须革命。辛亥革命，梁启超先进，康有为落伍；辛亥革命以后之革命，共产党先进，国民党落伍。

听了第一讲你会反共，听了第二讲你会亲共！麦尔诧异这中国历史，都是清朝的故事，洞井和薛有朋怎么讲出两种效果？

倒是林得山简单：我不懂那些文化，我就知道杀人！日本人毒死我韩国的国王，日本人杀死我林得山的父亲，我和日本有仇！你中国不管是国民党还是共产党，谁支持我反日我就拥护谁，谁帮助日本我就杀谁！

西里龙夫当然不赞成林得山的杀日主张，我日本人也是人，是人就有各种各样的人，我西里龙夫和你们不是敌人是朋友。饮酒，吟唱，当街舞刀，西里龙夫在上海交游广泛，博得驻沪军方的关注，军方正在物色特殊人才。

太平洋西岸有两个大国，中国和日本，两国和则太平洋太平，两国争则太平洋不太平。现在，日本不想太平，日本正在侵略中国并进而搅乱太平洋。

太平洋大战正在酝酿，情报战争却已提前打响，正需要铁血锄奸团出手锄奸的时候，这个团体却自然解体，五龙一凤，分别加入各种秘密团体。

记者麦尔，暗中为美国海军谍报局服务，搜集太平洋西岸的日本和中国的情报。

料理店老板西里龙夫，兼任大日本皇军华中派遣军报道部顾问，专作汪精卫集团工作。

流浪汉林得山，在大韩民国流亡政府国防部任职，专职刺杀日本高官。

无业游民关南，被日本驻沪领事馆调查科录用，专责侦察中国抗日分子。

女首领韩霜，荣任国民党军统上海站行动组成员，既抗日又反共。

邮差郑文道，秘密加入中共上海情报科，专职对日工作。

五龙一凤的背后，还有两个老鬼。

洞井十分得意自己的间谍素养，让中国教授宣讲中国应该向日本学习，通过文化讲座来招募间谍，手法高级啊！

薛有朋也满意自己的收获，通过思想文化交流而发展了新人郑文道，这不是金钱利诱也不是生活所迫，而是一个高度自觉的革命青年。

想到发展新人，洞井和薛有朋，对立双方的情报主将，同时想到同一个人——

要是中西功也在上海就好了！

大家入秘道，中西功也不例外。

经尾崎秀实介绍，中西功进入中国问题研究所。这个政府资助的机构，其实就是变相的情报组织，中西功由此进入日本的情报界。

中西功乐意进入这个机构，研究中国，不仅是中西功的专长，还是中西功的爱好。可是，中西功真的进入这项工作，却心情沉重。

中国的国土，正在大片大片地丧失，中国的军阀政客，飞蛾投火般勾连殖民主子，这中国还有前途吗？

整日整月地整理中国情报，就像看着一帮屠夫手持利刃解剖亲人的身体，不是尸体是活体！

值得安慰的是，中西功在满铁得到的大量中国情报，能够同尾崎秀实交流。

细心的中西功发现，与日本进步文人保持距离的尾崎秀实，却有几个外国朋友，其中一个，就是那个在上海见过的德国人佐尔格。佐尔格同史沫特莱交好，史沫特莱同鲁迅交好，这是一个国际主义的圈子啊！莫非，尾崎秀实又同国际情报活动相关？

作为一个了解情报圈内情的人，中西功明智地保持沉默，没有追问尾崎秀实的国际背景。组织有组织的秘密，组织有组织的纪律，没有告诉你的时候，你不该问。

虽然没有加入尾崎秀实的秘密组织，中西功还是乐意追随尾崎秀实。能够为国际和平事业做出自己的些许贡献，那是一种幸福。

这是一场奇怪的战争。东北打完了，日本砍断了中国雄鸡的脑袋；上海打了又停，中国的心脏梗阻；华北边停边打，中国的喉咙正在被慢刀割肉。打到这种地步，日本军队不宣而战，中国政府战而不宣，双方至今没有正式宣战，一切都在不明不白中进行，“暗战”。

暗战风行，以往那些见不得人的间谍手段，就吃香起来，间谍是抗战先锋！

韩霜奉命侦察美国政策动向：日本已经侵占中国东北，国际联盟并未采取有效行动，如果日本再进攻华北，美国政府会反对还是保持中立？

麦尔奉命侦察中国政策动向：日本已经侵占中国东北，中国政府并未抵抗，如果日本再进攻华北，中国政府会宣战还是继续退让？

法租界，左岸咖啡馆，多国朋友常聚的地方。在这里，你只需大大方方地请客、聊天、给钱，就能搞到一切情报，用不着半夜三更撬人家保险柜。

麦尔把韩霜领到僻静的角落，头顶着头，交换情报。

交换？无论交换什么都不能让男人占便宜，韩霜要求对方先付款，不是付款，而是付出情报。

绅士风度的麦尔，只能首先提供美国情报，可又忍不住发问：中国为何这么重视外国态度？你中国领土被侵占难道要外国替你收回？

韩霜脸红了。陈幕站长说过，我们中国打不打要看国际态度，外国不相帮，中国一家不敢宣战。可韩霜不能说出这个情报，丢人！

正在这时，旁边伸来个脑袋："他们东北是张学良的地盘，丢了就丢了，我们上海是蒋介石自己的地盘，绝对不能丢。上海外国人多，以夷制夷啊！"

这个嬉皮笑脸的家伙长相同麦尔一样是白人，但是一口东北腔，看来是哈尔滨白俄。

你们两个洋人欺负我？韩霜恼了："你美国人拉偏架帮日本，不仗义！"

立即涌上一群外国人，黄头发绿眼睛围拢韩霜。有的谆谆告诫，人家美国政府怎么做，要看民众情绪，民众情绪的主流是孤立主义，美国人不会轻易为外国打仗。有的小声揭发，那美国的两党政治重视选票，政府想出兵议会也不会同意。

麦尔窘了，韩霜乐了，还是我美女间谍魅力无敌，外国情报都自动上门了。

几个外国佬看出鼓励，反客为主，坐到韩霜身边。韩霜还没同意，麦尔已经采取主动，送上毛巾，送上瓜子，还招呼侍者点咖啡。

韩霜正在诧异这美国佬为何如此大方，那俄国佬已经替韩霜发言："我们中国政府怎么做，要看地方势力，军阀各顾各的地盘，谁管国家的领土啊？"

韩霜正在尴尬，旁边另一位已经做出解释："中国的军队不听中央指挥，我们掌握在地方军阀手中，中央想抵抗也集合不了全国的军队。”

麦尔举杯致敬，两个家伙一饮而尽，仿佛喝茅台。

韩霜窘了，这些外国人掌握的中国情报，比自己个特工还多！

“那你们说，美国在什么情况下才能出兵呢？”

随着这句英语发问，人们看到一位华人女子。

看到来人，韩霜感到发虚。

韩霜的衣着，本是本厅最艳丽的，红衬衣，黑长裤，白皮靴，翠绿的丝巾。可这梅笛身上，似乎只有一种颜色，又似乎有无穷的色彩。米色的蓓蕾帽，咖啡色长裙，淡黄的羊绒围巾……韩霜顿时想到，自己忘了配色原则——一身衣装不能超过三种颜色！

韩霜发愣的时候，那些男士却十分活跃。麦尔跳起来搬椅子，俄国佬打飞指招呼侍者，仿佛来了明星。

梅笛没理所有的男人，笑盈盈坐到韩霜身边，这让韩霜感到敌意减轻。

所有的眼睛都望着梅笛：“你既然能问，就能答！说一说，美国什么情况能出兵？中国什么情况能宣战？”

“我可不懂。”梅笛悠悠地笑了，“打仗是多么可怕的事情，不是让别人逼急了，谁愿意打仗啊？”

让别人逼急了？无论男女都听懂了这句话，这是人之常情啊。

麦尔沉思：“除非日本进攻美国领土……”

“它敢吗？”韩霜忍不住反驳，但梅笛的眼睛却是肯定的，让麦尔看了发慌。

韩霜也慌了：“日本不敢打美国，却肯定敢打中国……”

俄国佬恶狠狠地：“把中国打疼！”

“把中国打疼，把美国打醒。”梅笛轻声一句，让整个咖啡馆静寂下来。

每一个人都懂了，战局即将扩展，打疼中国。打醒美国，只能是日本出手。

“日本!”

所有男女同时说出同一个词汇。

大家都在搞国际情报，搞美国，搞中国，不如搞日本，那才是引发战争的国家啊!

梅笛悄悄起身，麦尔拦住：“我聘请您参加我的组织……”

梅笛掩嘴而笑：“我可不敢当间谍。”

韩霜有些醋了：“你不是间谍，怎么能有天生的情报才能?”

梅笛拍打着女友：“女人都是天生的间谍，我们要提防男人欺骗我们。”

韩霜乐了，梅笛扬长而去。剩下的人们互相望望，都叹气。

谁有本事搞到日本情报呢?

“老子在狭窄的日本呆腻了，要到辽阔的中国闯荡……”

粗豪的歌声，在寂静的夜晚肆意闯荡，充分显示歌唱者的霸道。

路过西里料理店的路人，皱着眉头，匆匆走避。唯有韩霜不烦，听到这西里的吟唱，就能找到西里龙夫，西里龙夫同情中国，找到西里龙夫就能侦察日本情报，侦察日本情报，还有比日本人更合适的吗?

门口站着一个高个子，徘徊犹豫，不肯进门。隐身观察，韩霜发现，那是麦尔。这美国间谍也想到西里龙夫了？他为何不进门呢?

麦尔不能进门，因为麦尔听到了门内的议论。那西里龙夫正在痛骂日本政客，说那些家伙左右摇摆，首鼠两端，耽误了帝国大业!

侦察日本情报，需要招募日本间谍，可招募日本间谍又是不可能的事情——日本人谁肯背弃祖国？你可以用百元美钞买到美国情报，你可以用一条黄金买到中国汉奸，可你弄个日奸试试？千金难买！

西里龙夫吟唱着出门了，和服木屐，被一帮戎装冠戴的军人簇拥着。一伙人旁若无人地行走于道路当中，黄包车绕行，小轿车停驶，这里是日本皇军的天下。

麦尔知趣地躲向暗处，碰到了韩霜。

两人互望，眼睛中都是失望……

清晨的虹口公园，格外静谧，几个晨练的老人，似乎在晨雾中飘浮。

一个高大威猛的汉子快步而至，西里龙夫面对薛有朋，笔直地站立，深深地鞠躬。

尽管西里龙夫礼貌有加，旁边的人们还是纷纷走避，此人身穿日本和服，不像善人。西里龙夫望望别人，看看自己，遗憾地看着老师。

薛有朋并不惊讶，无言地招呼西里龙夫，练拳。

西里龙夫摆开太极拳架势，望望四周，近处没有任何人。缓缓的动作，慢慢的汇报："最近有许多人主动同我接触，有美国人，也有俄国人，还有中国人……"

"日本情报？"

西里龙夫的动作急促了："他们都要日本情报，全世界都要日本情报！"

"中国共产党也需要。"

"您同延安联系上了？"见老师微笑默认。西里龙夫十分兴奋，挺直身躯，庄严地说："我会当作战斗任务去完成。"

薛有朋予以制止，示意继续练习。

这个日本同志很忠诚，值得信任。只是，今后不宜与他直接联系，需要一个联络员。

自从1931年顾顺章叛变之后，上海的地下党组织一直处于危难境地。周恩来等中央领导转移到江西中央根据地，留守上海的同志缺乏秘密活动经验，接连被捕，后来，就连上海同中央的无线电通信也中断了。薛有朋坚持到1935年，终于等来了中央代表冯雪峰。中央指示，当前国内斗争的主要任务，从阶级战争转向民族战争，上海情报组织的主要任务也转向日本情报。

日本情报，正是薛有朋的长项。只是，薛有朋虽然熟悉日本国情，却并未打入日本政界。为了完成中央赋予的重要使命，下步应该发展日本同志。搞日本情报，谁比日本人更方便？

先恢复西里龙夫的组织关系，再发展其他人……

郑文道发现，梅笛变了，沉静的面容，变得活泼有趣，那笑意压都压不住。

郑文道当即也变了，变得心情畅快。女友的情绪，就是世上最强的病毒，无敌传染。

梅笛挽着郑文道的胳膊，两人在繁华的南京路并行，只觉得周围所有的人都在笑。

你们笑什么呢？郑文道感到有趣，我的梅笛笑，那一定是找到组织了，这是绝对秘密，你们绝对不知道，你们凭什么笑？

想到这里，郑文道禁不住扑哧笑出声，自己凭什么笑呢？女友也对自己保密呢。

中国共产党的秘密活动规则——上不告父母，下不告妻子。关向应的妻子叛变，不仅出卖了丈夫，而且破坏了党组织。所以，一个真正的共产党员，必须严守秘密活动的纪律，铁的纪律。

梅笛还是笑着，笑得梅花盛开，笑得肆无忌惮。

梅笛是个稳重的姑娘，稳重得连薛有朋都夸奖，你的性格天生就适宜当间谍！但是，梅笛自己却并不满意自己的处境，尽管乐意为党工作。掌握令人兴奋的秘密，却要憋在心里不说？这种常人难以忍受的梅笛能忍。但是，对亲密无间的恋人保密，却让梅笛难以忍受。

今天好了，今天可以笑，可以放开地笑，因为，组织上同意吸收郑文道加入！两个恋人即将变成同志，相互间再也没有秘密，那才是人生最大的快乐。

郑文道冲动地抱紧爱人，狠狠地亲吻爱人的嘴唇，就在大街上，就在众人面前。你们看吧，你们看吧，看看什么是共产党人的爱情！

梅笛推开爱人，才摆脱窒息，这爱情表示太恐怖。喘了一会儿，梅笛才说出组织上赋予郑文道的任务——搞日本情报。

郑文道立即甩开爱人的胳膊："当特务？我不干！"

这人怎么这么死性？梅笛杏眼圆睁："你还没入党，你懂什么？情报工作十分重要，和上阵杀敌一样重要！"

郑文道何尝不懂情报工作的重要，这种重要性连儿童都懂。知己知彼，百战不殆。两千年前的孙子兵法就指出使用间谍的重要，一个秘密情报员能够抵上一个师！

郑文道又挽起爱人的胳膊："我可以当特务，但有个前提……"

"你跟组织讲条件？"梅笛甩开胳膊，瞪着郑文道。

郑文道认真地盯着梅笛："从事如此恶心的工作，我必须得到组织的证实，我郑文道是在为党工作。"

"我证实不够？"

"不够！我要面见高级领导。"

梅笛泄气了，不能同这家伙制气，他比谁都执拗。请示老薛吧。

薛有朋也被郑文道气坏了，从未见过这样同组织讲条件的党员。

组织上看中你郑文道，那是因为你粗通日语，又有对外宣传的经验，适宜从事对日情报工作。

组织的器重我十分荣幸，我从心眼里愿意搞日本情报。只有一个前提——别让我同日本人来往，我恶心！

做日本工作，却不肯接触日本人，这还怎么工作？

薛有朋从事地下工作十几年，为党培养了几十个优秀的地下工作者，其中还包括十几个日本同志。不仅如此，薛有朋还为日本的间谍学校教授了几百个学员。富于招募间谍的经验，薛有朋认为：好间谍不都是培养出来的。

有的人天生就具备间谍潜质，这郑文道就算一个。感觉敏锐，知识广博，仪容雅致，谨言慎行。这些为人处世的优良素质，其实又是间谍之才，仪容雅致就能进入主流社会，谨言慎行才能免于暴露，感觉敏锐善于观察，知识广博长于分析。这样的人物，不仅能够当间谍，而且有望成为大间谍！

以薛有朋的伯乐眼光，这郑文道确实是匹千里马，可怎么也没有想到，千里马对伯乐尥蹶子！

秘密工作十分危险，来不得半点勉强。既然郑文道死不同意，薛有朋只能为其调换工作……

第六章

东郭先生

——密战无私情

1937年初的上海，是个国际情报交易场。各种国际间谍，无论美国的英国的还是苏联的，都在上海积极侦察，侦察的目标只有一个——日本动向。

六年经营，日本已经占稳中国的东北，关东军正在进逼华北。新的对华战略呼之欲出，各国都要抢先拿到这个战略情报。可是，拿到日本的机密情报非常困难，必须寻找能够打入日本政权核心的内线。

多国各方忙于招募内线，工作尚未就绪，日本的情报就不需侦察了。

7月7日，卢沟桥事变，日本大军向中国华北发起进攻。所有的国际情报悬念，都在炮声中粉碎。

日本动向？

鼓吹和平的同时继续进军。

美国态度？

表态反对的同时保持中立。

中国政府怎么应对？

开始抵抗的同时仍然不宣战。

所有的底牌纷纷揭开，让忙碌的间谍们松了一口气，却使郑文道怒不可遏。

面对破坏国际和平的日本，这些国家政府如此不负责任，我搞它的情报有什么用处？

自古书生多意气，投笔从戎乃英豪。郑文道向组织上提出调离，调离城市，调离情报，去前线直接抗战。薛有朋只能同意，这个时候，让他留在上海也发挥不了什么作用。日本不但在北平动手，在上海也悍然开打，国民党军队猝不及防，上海附近遍地都是散兵游勇，正是共产党发展敌后武装的好时机。

另一个组织也支持郑文道的离去，郑文道公开任职的美国通讯社。麦尔表示，理解一个中国人的爱国情感。但麦尔希望郑文道继续保持职业操守，以新闻记者的客观态度，继续为通讯社提供新闻，同时，以职业间谍的科学态度，继续提供中国抗战第一线的直接情报。

战争，打碎正常生活，战争，也使超常设想变得正常。百无一用的书生郑文道，居然实现了投笔从戎的梦想。

这是国家沦亡的时代，这是英雄用武的时代，江苏、山东等地纷纷起事，国军残部、地方团练、共产党游击队，没枪就举刀，有枪就举旗，旗帜都是“江抗”，江南抗日义勇军！

关南也离开上海了，不是去“江抗”，而是去南京，中华民国的首都。

首都？国民政府早已迁离，先是去武汉，继而去重庆，现在重庆是中华民国的“陪都”，临时首都。可是，南京又将是“首都”了，日本攻陷南京，正在筹组“维新政府”。

刚刚拉起的班子，角色不齐。关南身为日本学校培养的人才，顺利地进入南京政府。由于妻子的满洲贵族血统，又得以进入外交部，负责对“满洲国”的“外交”事务。

对于关南的任职，塚下表示反对，那华人曾经参与反日活动。可西里龙夫表示支持，还给关南他介绍了一个后台——金原少佐，大日本皇军支那派遣军驻南京代表。

南京总军是日本驻华最高机构，南京政府是日本治华的最高代理机构，西里龙夫在这两个机构都有熟人，十分利于情报工作。只是，这两人都不是共产党员，而且都是日本侵华政策的执行者。

对于金原，西里龙夫向来是利用，利用军队关系为自己增添保护色。对于关南，西里龙夫本来寄予厚望，此人曾是热诚的爱国青年。可惜关南变了，变得西里龙夫都认不出来。过去，关南的眼睛是真诚的，无论是见到西里龙夫的热诚还是见到塚下的仇恨都是真诚的。可现在这双眼睛不再清澈，无论见到西里龙夫还是见到塚下，都是一副谦卑，好像下辈见到上辈。

西里龙夫非常失望，这样的情报关系不但不能用，反而得提防他出卖。

别人都离开上海，只有韩霜继续留守，上海同样可以成为抗战的前线。

卢沟桥枪声一响，上海的枪声也响。日本人在卢沟桥打响第一枪，韩霜要在虹口打响第一枪。

一个美女在徜徉，徜徉在日本驻沪领事馆的门外，肩上挎着个硕大的提袋。

韩霜的右手插在手提袋中，手里攥着枪，攥得手心汗津津的，右手出汗，空着的左手却发凉，姑娘没有杀过人啊！

行刺目标出现了，就是那个塚下，现任日本驻沪领事馆特高课警察，可恶的日本特务。

选择塚下作为第一个刺杀目标，对于韩霜非常便当，最熟悉，最可恨。这个公开的日本特务，曾是韩霜入学同文的第一个偶像，又是同文日籍学生中傲慢与偏见的典范，不杀不足以平我恨！

只是，美女杀人不用刀，让美女韩霜对着男人开枪，一时还难以下手……

眼看塚下就要走出射程，韩霜不得不从手提袋中抽出右手，举枪瞄准……就在这时塚下回头了，就这么眼睛对着眼睛地看着，这让人怎么开枪？

韩霜手一抖，子弹射向空中。塚下立即醒悟，拔步就跑！这时响起第二枪，塚下应声跌倒。

惊魂未定的韩霜，被林得山搀扶而去。虽然是初出茅庐，韩霜毕竟经过军统的训练，知道刺杀行动至少要有双线配置，互相掩护。林得山见韩霜一击不中，立即补枪，不但完成了任务，而且救走了领导。作为上司，韩霜本该指挥下属撤离，可韩霜的腿软了，不但不能指挥，连路都走不动了……

世上事就怕开头，只要打响第一枪，后面的枪声就像放鞭炮，连珠炮响个不停。

日本人在上海向来是欺负别人的，如今却在光天化日之下被当街打伤，这就激怒了猛虎。连日来，日本驻沪的军警宪特加浪人纷纷出动，疯狂搜捕，搜捕过去的秘道朋友陈幕，这刺杀肯定是军统干的！

四处躲藏的陈幕，只能拿韩霜撒气：都怪你个无脑的女人！

韩霜被领导臭骂一顿，方才晓得，抗日并不等于杀日本人。上海滩是日本人的天下，军统不宜在这里得罪地主。

打响第一枪却受到训斥，韩霜十分不爽。那林得山想杀日本就杀日本，人家韩国的流亡政府还支持。我中国人在自家地盘倒缩手缩脚，还抗日不抗日了？

当然要抗，不过要讲究策略。陈幕补充肯定韩霜的勇敢，还是要调动杀手的积极性。

刺杀，那是我军统的特长、专长、看家本领。密杀篡军的邓演达，截杀弄文的史量才，军统枪下无人逃！现在，我在上海滩也要杀人，不杀日本，还不能杀汉奸吗？

韩霜这才知道，欺负不了日本人，欺负汉奸还是能够做到的。也行，反正总要杀，不能杀狼那就杀狗。受到鼓励的韩霜开始琢磨汉奸，可杀汉奸比杀日本更难，他们大多是军统的老朋友，相互间武功套路都熟，你能杀熟人吗？

郑文道也想杀人，不满足于韩霜那样的零打碎敲，而是要成批处理——歼灭战。

文弱书生，率领几十条枪，在城市郊区设伏袭击，居然打掉了日军的汽车，车上还有个大佐军官！

歼灭战频频奏效，江抗士气大振，郑文道也赢得战士信任，江湖艳称“小周郎”。

小周郎威名远扬，小股日军不敢出城，郊区的农村安定了，郑文道也没有战果了。正要设法歼敌，大股敌军突然出城扫荡，江抗遭受重大损失。小周郎再怎么能打，也不能改变敌强我弱的态势。

在这种情况下，必须做到知己知彼，才能做到百战不殆。知己知彼，那就是搞情报。搞情报，最有效的途径就是在敌营中潜伏内线。这种策略，党组织早就在上海运用过，相当有效。

郑文道有些后悔，后悔自己当初不该拒绝薛有朋。如果那时就同日本人交往，也许现在早有了内线。

梅笛看出爱人的难处，也就暗自琢磨，我们能不能自己设法培植内线呢？

善写文章的梅笛，随同爱人到了抗战前线，就成了一名护士，冲上战场抢救伤员。抢救伤员也是战斗，游击队打埋伏战总是快打快撤，梅笛总是赶紧把自己人救下来就走，敌方的伤员则留在原地，等待敌方的增援部队营救。

町村战斗，梅笛又抢下五个伤员，到了后方才发现，其中居然有个日本人。这家伙是个便衣侦探，衣着外表与中国人无异，救错了。

日本俘虏？

对于游击队长郑文道，这是个烫手的山芋。老百姓只要听说抓到日本俘虏，就会找上门来报复。共产党的俘虏政策向来宽容，不但不准虐杀，而且要予以优待。为了执行党的俘虏政策保护日本人，郑文道还挨过老百姓的打。中国老百姓打郑文道当然打得不狠，最危险的还是日军的报复，只要听说哪个村庄收押日本俘虏，就会大军围剿，血洗当地。所以，游击队只要抓到日本俘虏，总是尽快送到敌人据点附近释放，从不长期关押。

这次的俘虏不好放，他是重伤，经不起搬运。正在为难，梅笛表示，可以由自己负责医治，治疗得差不多了再释放。郑文道不得不同意，让梅笛和俘虏都化装成农民，掩护在乡亲家中养伤。

这家老乡是支持游击队的堡垒户，爱憎分明，说起日本人就咬牙切齿。为了防止他们虐待俘虏，梅笛只得假称这是八路军的伤员。好在这日本俘虏喉咙受伤不能说话，也暴露不了身份。

郑文道忙于作战，作战间隙不忘打听梅笛消息，得知那家老百姓对两人很好，还把自家的大床腾出来给他们睡，也就放心了。可回想起来，心里又别扭，自己的爱人同日本男人睡在一张床上？

梅笛细心地照料这个日本俘虏。当老乡不在时，还小声用日语同他交谈。那伤员乖乖地听着，眼睛里不时泛出泪花。这让梅笛看到希望，梅笛打算，通过医治和说服，争取这个日本俘虏给我们当内线。

这一日，梅笛自外回家，听到屋里嘟嘟囔囔："八路好，我错了……八路好，我错了……"原来是那个俘虏在练习说话，他喉咙的伤情已经好转。

梅笛没有急于进屋，而是认真琢磨他的语言。这两句反复练习的语言，也许是他要向我表达的真意，看来这个日本侦探有所悔悟！

梅笛进屋后，没有询问什么。那个俘虏也没有开言，仿佛尚未恢复说话能力。这又使梅笛诧异，莫非他还有顾虑？

晚上，梅笛照旧给俘虏换药，盖好被子，而后自己和衣而卧。这种日子，已经过了两个月。

房东大娘悄悄进来，诡秘地说："他的伤已经好了！"那意思，分明是要梅笛与其同被，大娘以为两人是两口子呢。

梅笛害羞了，悄悄摇摇手，心说我们不是夫妻。

大娘走了，梅笛再看那伤员，只见他闭紧的眼皮下渗出泪花……这人有感情？

深夜，梅笛突然醒了。感到有人跨在自己身上！

自从看护这个伤员，梅笛总是让他睡在里面，自己睡在外面，既是照顾，也是监护。现在他半夜骑在自己身上，莫非有不轨企图？梅笛想喊，又不能喊叫，这是自己的争取对象啊！

那个俘虏发觉梅笛动了，急忙抽回身体。梅笛仍装作没醒，闭目体察。

那俘虏见梅笛没有动静，又开始行动了，举起长腿跨到梅笛身上，把梅笛紧张得不敢喘气。可是，他并未压住梅笛，而是跨越过去……要逃跑？

梅笛立即起身，拉住他的衣襟。为了给他解释的机会，梅笛仍然没有叫喊，万一他是上厕所呢？

那俘虏并不解释，抬手就是一下，梅笛的腹部感到剧烈的疼痛！

昏昏沉沉中，梅笛听得两句日语："八路好，我错了……"

"我错了？"梅笛的意识渐渐丧失，又尽力挣扎，挣扎着试图弄清，是不是我自己错了？

郑文道赶到的时候，梅笛的伤情正在危急中，小腹被刺伤，那凶器正是给伤员换药用的剪子。

危殆中的梅笛，见到爱人一脸愧疚，张开紧握的手掌，手掌里面有张字条——“日本人没有卖国奴”。

这是日本俘虏留下的日文字迹，郑文道全明白了，梅笛的争取工作全白费，反而被敌人利用逃跑！

“好心无好报啊！”房东大娘痛哭流涕，“那日本鬼子不讲情义，他没人性！”

间谍无私情！

对间谍行业并不爱好的郑文道，也知道这条铁律。私人感情，那是所有秘密工作的大忌，那是一个优秀间谍的死穴——敌人会利用你的情感弱点欺骗你！

可是，党的敌军工作却强调思想教育，用真理和情感来感化对手，化敌为友。

化敌为友？

这种富于想象力的政策，对于中国人，也许能奏效。抗战军兴，许多国民党人成了共产党的朋友，郑文道就收编了国军残部和地主武装。可是，把这种想法用到日本人身上，却是比东郭先生更天真。

中国古代有个寓言，东郭先生遇见一只即将病死的狼，心生怜意，把狼救活了。那狼却说，救人救到底，我现在饿了，你让我吃了你吧。

以敌为友的东郭先生，一个极端天真以至迂腐透顶的知识分子。这就是郑文道时刻敲打自己的反面形象，上阵杀敌不能手软！

现在，自己的恋人反倒成了东郭？

那日本，国民性格极其扭曲，他们在法西斯桎梏下，盲目爱国，缺乏正常人性。幻想争取日本人当内线，那无异于与狼共舞。

我郑文道志在杀狼，我决不当东郭先生！

郑文道护送梅笛住院养伤，两人又回到阔别数年的大城市。

满街飘扬日本的太阳旗，在农村，老百姓管那叫膏药旗。满街走的日本大兵，在游击根据地，他们行得提心吊胆。可这是上海，上海是日本的天下，提心吊胆的反而是梅笛。

梅笛的故乡本是上海，重回故乡，却感到疏离。你回的本是自己的家，现在却是别人的地盘。不，不是别人的地盘，而是敌人的地盘!

郑文道万分懊悔，不仅懊悔自己让梅笛照顾日本俘虏，而且懊悔自己带着梅笛回到上海，让爱人多一重心理刺激。可是，为了就便照顾梅笛的伤情，郑文道还是把自己的组织关系转回上海。转回上海不能脱离工作，郑文道只得再次跟随薛有朋，只得再次从事那令人厌恶对日工作。

薛有朋住在日本租界，郑文道住在公共租界，从公共租界进入日租界，必经北四川路桥。

桥头，一座钢筋混凝土碉堡，提醒人们，这里曾经是两军对垒之地。如今，这里只有一支军队，日军。

日军哨兵挺枪而立，所有经过哨位的人，都要面对刺刀。

所有的华人，统统向日军士兵鞠躬致敬。一个老翁弯腰不深，被打了一枪托。

一对金发碧眼的白人男女也经过岗哨，傲慢地昂首而过，那日军士兵却不敢奈何。

郑文道也要过桥了，自己鞠躬不鞠躬呢?

作为一个秘密工作者，当然应该适应环境，鞠躬就鞠躬。作为一个抗日游击队领导人，当然不能接受现状，我要夺下你的刺刀!

郑文道是个冷静的人，当然知道，自己现在的身份已经改变，应该随之改变行事方式，但是，理智上接受并不等于情感上通过，郑文道从心底里不愿对日本兽兵鞠躬，不愿意!

不管你愿意还是不愿意，所有路过桥头的华人，都要对日本哨兵行礼。也有例外，一个身穿铁路制服的男子，腰杆不弯也过了。他是满铁上海办事处的职员，可以不给哨兵鞠躬，这是日本职员的特权。

郑文道的外貌，不能装作白人，却很像日本人，利用敌人的特权混过去?

又一个满铁职员走来，郑文道悄悄跟上，身板挺得比日本人还直。

日本哨兵并不在意，放郑文道过去了。

东郭先生成功了？郑文道差点笑出来，想起东郭先生另一个故事，不会吹奏乐器却混在吹竽队伍中，创造了滥竽充数的成语。上一次我是受狼欺骗的东郭，这一次我是滥竽充数的东郭，两相抵消了!

刚要迈开大步，左小腿剧烈疼痛，回头一看，一只狼狗咬住了自己。

你能混过人的眼睛，却不能瞒过狗的鼻子，这日本狗能够闻出你不是日本人!

不愿忍受屈辱的郑文道，不得不忍受更大的屈辱，当众挨耳光，当众补鞠躬。

低头吧，在人屋檐下，不得不低头。郑文道今天也得低头，但不是我在人家的屋檐下，而是他侵占了我的屋檐。

低下自己高贵的头颅，看到日本兽兵的皮靴，郑文道恨不住一头撞去！可是不能，自己此行负有任务，更大地打击日本侵略军的情报使命。

刚要抬头，后脑勺被狠狠按住，你鞠躬不够低。郑文道使劲挣扎，那日兵使劲地按住，正在僵持，狼狗吼叫了。

人，不得不向狗低头。郑文道不得不再三再四的鞠躬，不但向日本人鞠躬，还得向日本狗鞠躬……

受辱的郑文道，恨恨地看着那人，看着那狗，日本人可恨，日本狗可恨！

屈辱地走在自家的领土敌人的地盘之上，郑文道心如刀绞。

我不能做间谍，我不能做间谍，间谍没有私人情感，可我做不到，我做不到！

间谍无私情，这是任何一个初级小间谍都牢记的常识。对于韩霜这样的中级间谍，更是不在话下。

可是，懂得了，并不等于能够做到。

军统上海站奉命刺杀汉奸，韩霜甘当重任。汪精卫，前国民党主席，论地位和声望，足以匹敌国民党现任总裁蒋介石。此公逃出重庆投靠日本，在南京自组政府。重庆有个“国民政府”，南京又有个“国民政府”，一个中国两个政府？重庆政府，当然是中华民国之正统，这南京的政府就是伪政权，大汉奸！凡我中国人，人人除之而后快！

韩霜率领红粉军团，在上海滩也是呼风唤雨，特别是能够呼唤那些汉奸。那些汉奸，不是不知军统有刺杀计划，不是不知上海花界也有军统的人，但他们还是整日泡在花团锦簇之中，为韩霜提供绝好的暗杀机会。

汉奸！那是全中国最臭的名字，连小孩子都知道秦桧害死了岳飞，凡是当汉奸的，最终都没有好下场。可汉奸不那么看，秦桧固然遗臭万年，可秦桧活得比岳飞长！好死不如赖活着，赖活着不如好活着。上海的汉奸整日整夜花天酒地，反正早晚要被干掉，不如及时行乐，不敢说明知山有虎偏向虎山行，却也是宁愿花下死纵死也风流。

汉奸风流快活，韩霜更快活。韩霜串通妓院姐妹，把汪伪官员堵在被窝里，割断喉咙，割掉男根。这行动干得韩霜无比兴奋，好像割得不是汉奸而是那日本鬼子塚下！

刀子比到这个男人的咽喉，韩霜下不了手了——关南。

关南虽然也是汉奸，可他当年救过我，为了韩霜他敢打塚下！

间谍确实不能有私人情感，韩霜放过了关南，害了自己。

在日租界干掉汪伪高官之后，韩霜潜回公共界隐居，这是西洋人的地盘，你日本特务不敢猖狂。可是，就在安全地域，韩霜还是被绑架了。绑架者并不核实对象，抓住韩霜就往车里塞。

轿车在街道飞驰，韩霜冷静观察，并未驶进日租界。难道这是一般的绑票而不是日本特工报复？如果是那样，陈幕会营救我的，军统和上海滩的黑道亲如一家啊……

正在暗自庆幸，轿车已经驶上极斯菲尔德路。此路虽然在华界，却是从日租界中延伸出来，向来属于日本管辖。

76号！

一个门牌映入眼帘，韩霜大惊，这是汪伪的特工总部啊！

汪精卫政权虽然设在南京，但特工总部却在上海，只因为这上海是间谍的天堂。你军统以为上海华界是中国地盘，岂不知汉奸也是中国人？不只同国，还是同门，那汪精卫是国民党出身，特工骨干也是国民党出身，首任头头丁默村是军统，继任李士群还是军统。李士群同韩霜的上司陈幕是同门同派，抓个小军统还不是手拿把攥。

不怕狼，就怕狗，这汉奸特务比日本特工更难对付。昔日风光上海滩的美女间谍，如今陷身不见天日的黑牢，耳边不断传来用刑的惨叫！

韩霜这个懊悔呀，懊悔自己不该滥用私人情感，错放那汉奸关南……

醒来时，浑身酸痛，意识模糊，我是受刑昏迷还是恐惧昏迷？

想到自己是个特工，于是镇定心绪，观察环境，这才发现自己不在牢房也不在审讯室。

这是一间日式客房，地上铺着榻榻米。而躺在榻榻米上的自己，身着日本和服。

谁给我换的衣服？这又想起自己是个女人，莫非被76号那些家伙给欺辱了？

忽然听到外面传来日语声音，韩霜赶紧爬起来准备抵抗，抵抗日本鬼子强奸！

门，轻轻拉开，一个和服女人，端着酒案，低眉顺眼地侍候韩霜，出门前，还不忘鞠躬致意。

你日本人要收买我？韩霜的脑子转得飞快，赶紧调整姿态，从含胸格斗式变为挺腰迎宾式。

一个男人进屋了，戎装冠带的日军少佐。韩霜转头不看，日本男人都好色，日本军人更是色狼。

又一个男人进屋了，身高马大的日本浪人。韩霜不禁后避，这两个色狼要动粗？

来人径直跪坐在韩霜面前，赖皮地脸对脸看。

“西里君！”

韩霜一下扑到人家怀里，鼻涕眼泪乱抹。狼窝虎穴之中，见到老同学就像见到亲人。

到底是同文书院的老同学，两个男生，恭恭敬敬地招待一个女生，喝酒。

喝酒，最佳组合就是两个男生和一个女生。两个男生可以竞相讨好，两个女生就没有焦点了。处于焦点的韩霜得意忘形，从囚犯变成女人，这感觉真好。

碰杯，喝酒，喝酒，碰杯，韩霜的酒量足以喝倒十个男人，不管你是中国人还是日本人。

酒酣脸热之际，那日本男人金原，突然变脸：“释放韩霜小姐，我是有条件的。”

韩霜大惊，我可不给你当二奶！

西里龙夫笑着解释：“不过是希望你今后与金原少佐秘密合作。”

合作？你做出那么可怕的脸子，原来是这么个小条件。

韩霜毫不犹豫地答应了。同任何男人合作，只有我占他便宜没有他占我便宜。

回到军统驻地，韩霜未免得意：中国特工进了日本大狱，全身而退的只我一人。

陈幕站长的脸色很不好看："日本人放你出来，一定是放长线钓大鱼！"

"他会钓鱼，你就不会？"

站员点醒站长，站长陈幕特准：你可以随意接触日本特工，包括汉奸特工。

于是乎，韩霜成了上海滩的特殊人物。

上海滩是冒险家的乐园，可冒险家也有胆小的时候，军统特工不敢进日租界，日本特务不敢进法租界，进了别人的地盘就挨抓。唯独韩霜特殊，进了哪个地盘都能喝酒，上海滩平趟！

这就叫"双重间谍"。

一个间谍，同时为敌对双方提供情报，从双方领取报酬。

什么身在曹营心在汉，什么左右逢源，那些提心吊胆两头讨好的老套伎俩，哪里赶得上我韩霜的双重间谍，两头拿钱！

两头拿钱，总得给两头都做些事。为金原做事那是应付，为陈幕做事才真的认真，我韩霜到底是中国人。

为陈幕钓鱼，第一步不敢钓日本人，人家西里龙夫和金原还要钓你呢。第一条鱼还得是老同学，那关南曾经跟日本人打架，不会是死心塌地的汉奸。

韩霜请关南吃饭，关南欣然出席。韩霜向关南索要日本情报，关南欣然提供。韩霜给关南付酬，关南欣然接受。

钓鱼行动异常顺利，韩霜兴奋地向上司交账。陈幕却说：你钓上来的不是鱼，而是条泥鳅，那关南的情报都是人所共知的大路货，毫无价值。

你被关南涮了，双重女谍被双重男谍涮了！老牌间谍陈幕，谆谆告诫弟子：收服线人，男谍靠钱，女谍靠色，你用错了手段！

韩霜这才认识到，自己的女性身体，比钱更值钱。

茶是情博士，酒是色媒人。两人小间，韩霜把关南灌醉，醉了的男人就是女人手里的橡皮泥，怎么捏怎么是。

"你也来作双重间谍吧？双重好处。"

"你懂什么？双重间谍不是双重占便宜，而是双重吃亏！"

醉醺醺的关南，头脑并不糊涂。

"我关南当然不是死心塌地的汉奸，可我也不敢死心塌地的军统。死心塌地的汉奸，军统要杀，死心塌地的军统，日本要杀，双重就是双杀，双重间谍就是双重危险啊！"

醉醺醺的关南，把清醒的韩霜拉出房间，在大雨中淋浇。

"醒醒酒吧，别死了都不知怎么死的。所谓双重间谍，其实也是老套，不过就是一仆二主。主人有主人的规则，仆人有仆人的规则，做主人的有责任豢养仆人，做仆人的有义务效忠主人。仆人的最高道德是当忠仆，现在你要一仆二主，这就违反了忠仆原则，两个主人都有权杀你！"

瓢泼大雨，罕有的大雨，把闷热的上海淋得清爽，把烦躁的人们冷得清醒……

挨淋的韩霜，非但没有清醒，反而发了高烧。高烧中，韩霜拉住关南不放："我要日本情报！"

关南也发烧了，发烧的关南哀求发烧的韩霜："日本的机密不会告诉我汉奸啊！"

韩霜紧紧抱住关南："谁给我情报，我给他我！"

关南痛哭流涕："我没有情报，我也没有我……"

醒来时，两人还抱在一起，男女相拥一夜，衣服都没有脱，什么故事都没有发生。

韩霜苦笑："我们这还是正常的男人和女人吗？"

关南苦笑："我们过着短而粗的生活啊。"

短而粗？

国破家亡，有今天没明天，"短"。吃喝嫖赌，有什么玩什么，"粗"。短而粗，就是把每个晚上都当世界末日来享受。

"短而粗"，一句糙话，让韩霜醒了，醒了就看到，这上海滩的人们，个个都在短而粗，不仅关南这样的汉奸在短而粗，就连自己的军统上司也在短而粗，陈幕借口工作需要，整日整夜在酒楼妓院鬼混。

刚刚清醒的韩霜又糊涂了，这"短而粗"，不就是混日子嘛。

混日子？

你们这些双重间谍还要不要抗日了？

其实，上海滩并不都是"短而粗"，还有人"长而细"呢。

南京总军给上海驻军下令：提交一份调查报告。这报告，必须长，长达十万字，必须细，细到具体细节。这是什么报告呢？

"大日本皇军支那派遣军"，中文译作"驻华派遣军"，总部设在中国首都南京，简称"南京总军"。南京总军下辖两部：北支那派遣军和中支那派遣军，"中支那派遣军"中文译作"华中派遣军"，司令部驻扎上海，又称"上海驻军"。若要征服世界，必先征服亚洲，若要征服亚洲，必先征服中国，若要征服中国，必先征服上海。所以，南京总军格外倚重上海驻军。

大日本帝国的国策是征服亚洲，与德国和意大利分享世界。南京总军的历史重任，就是这首当其冲的征服中国。征服中国，预计三个月，在皇军的沉重打击下，战斗力低下的中国军队必将鸟兽散，胆怯的中国政府必将不战而降，那时，皇军将继续进军东南亚和太平洋，与德国会师印度洋！

实际发生的战况，超乎预想。中国军队在遭受沉重打击之后，并未放弃抵抗。南京成立了汪精卫政权之后，重庆的蒋介石也并未投降，中国战事有长期化的危险。

长期化？长期到何期？骄傲的皇军也无法向天皇交代，这才承认，战争的进程，不只取决于所向无敌的皇军，还要看支那的抵抗能力。知己知彼，百战不殆，南京总军需要中国情报——“支那抗战力调查”。

支那的抗战力如何？当然是支那人最清楚。按说，撰写这个报告的任务，应该交给南京政府，他们的主席汪精卫曾是国民党高官。可是，金原不同意。

南京总军调查班负责情报工作，班长金原毕业于上海东亚同文书院，堪称军中知华派。金原认为，支那人的性格差异极大，支那人同支那人之间的差异，比支那人同日本人之间的差异还大！南京政府的支那人总是说重庆无力领导全国，全国的支那人都会追随南京放弃抵抗。可是，皇军却依然遭遇支那各地的顽强抵抗，重庆在支那人中的号召力显然超过南京。

调查报告，那是国家决策的依据。撰写调查报告，基本要求就是客观。即使客观状况对我不利，也要写出来，大本营才能据此调整战略。缺乏客观态度的调查报告，即使写得漂亮，也只能反映虚假现实，反而会误导决策。所以，这撰写调查报告的人，就不能用支那人！

支那人有个劣根性，那就是报喜不报忧。皇帝喜欢听好话，报喜的升官，报忧的贬官，哪里管它假话误国！到了打败仗的时候，才知道报喜的是佞臣，报忧的是忠臣，可那时全晚了，大家都成亡国奴了。现在南京这帮支那人是什么？标准的亡国奴，支那人都管他们叫汉奸！

情报家，其基本素质就是态度客观。你能指望汉奸客观吗？你能指望狗去咬主人吗？金原决定：这《支那抗战力调查》，只能由日本人撰写。

日本人谁能完成这个任务？

情报有许多种，既有政治情报，也有军事情报，既有战略情报，也有战术情报。军方机构擅长军事情报，重点侦察敌军的作战部署，以战术层级为主。而这份调查报告，则是一种基础性研究，无疑属于战略层级。军队的情报机构不乏勇士，不惜冲锋陷阵，却少有学术人才，无法成就鸿篇巨制。

南京总军把任务下达给上海，上海驻军则把任务交给洞井。

洞井总领事久居上海，桃李满中华，“中国通”里面的“中国通”。关于中国的大部头报告，非洞井莫属。上海驻军不惜代价提供保障，要经费给经费，要资料给资料，只要你拿出够格的情报。

当仁不让，洞井领受任务，驻沪领事馆正缺情报经费呢。不过，如何完成这任务，洞井也为难。

作为日本驻沪总领事，洞井在中国上层具有广泛的人脉，军阀、官僚、商帮、文豪，要什么关系有什么关系，很快就能搞出个调查报告。只是，这报告会缺少一项内容——共产党。

长期在中国上层活动的洞井，熟悉国民党，却不熟悉共产党，而共产党才是中国抗战之谜！

卢沟桥事变以来，中国正面战场的抵抗力，从未超出洞井的预测，当然，也不会出乎军方的预测。从蒋介石到何应钦，中方将领大多出身日本军校，这战事不过是师父打徒弟。没料到半路杀出个共产党，居然在皇军后方打游击，河北、山东、江苏。安徽，平原挖地道，水泊芦苇荡，居然拖住皇军的主力部队。这叫什么抗战？这是多大的抗战力？就连洞井这样的老情报，也无法做出详细的报告。

完成这任务，只能依靠一个人——中西功。

那中西功是个用心人。洞井号召学生接触左翼文人，塚下不肯，中西功去了。毕业论文，洞井号召学生选择难题，隆子不听，非写那没有情报价值的白居易研究，可中西功写难题了。中西功冒着危险，踏访共产党在江南的根据地，写出红军调查。

同文书院的任务，本来就是培养熟悉中华文化的情报专家，可别人只算知华派，中西功却是中国通，别人只是一般的中国通，中西功却是中共通！

撰写这份《支那抗战力调查》，非中西功莫属。只是，那弟子已今非昔比，国际知名的中国问题专家，首相府制订对华政策的咨询专家，在国内仕途正好。

正在吃香的人，谁肯到中国前线冒险犯难？

薛有朋也接到新的情报任务。

抗日战争，敌强我弱，秘密战的重要性急剧上升。1938年，国民党提升特务机关的编制，中统和军统都由“处”升为“局”。1939年，共产党成立中央社会部，将过去中央特科和国家政治保卫局两个系统合并，统管党政军和各地的情报保卫工作。中央社会部部长康生在延安办公，直接指挥华北地域的秘密工作。南方国民党统治区域的秘密工作，则由重庆的南方局负责。中央特别委员会主任周恩来身在重庆，公开身份是八路军办事处负责人，党内秘密身份是南方局书记。最为艰险的沦陷区工作，则指派中央社会部副部长潘汉年，直接到第一线指挥。

潘汉年一到前线，立即部署打入工作。女诗人关露打入76号，专作汪伪李士群工作。日本洞井机关，也有老关系袁殊潜伏。但是，这些情报员毕竟都是中国人，不能得到日本的真正信任。若要拿到敌人的核心机密，还得培植内线。内线侦察，无异于深入虎穴，不入虎穴，焉得虎子！

入虎穴捕捉虎子？母老虎是要咬人的。高明的猎手，把虎子从虎穴中诱惑出来，那就好抓了。

日本特务机关之中，有没有这样的虎子呢？

潘汉年想到薛有朋，那人在日本学校有工作基础。可是，潘汉年暂时还不想接见薛有朋，他那边工作近况不明。

薛有朋虽然没能见到上级，却接到上级转来的指示：接触日本特务。

接触日本特务，这也正是薛有朋的想法。只是，如何落实，却令人发愁。当年日支斗争同盟的关系，早已分散。保持联系的日本同志惟余一个西里龙夫。但此人言行张扬，只能活动于日特外围，无法进入核心。

思来想去，只有一个人最合适——中西功。

可是，那中西功远在东京……

上海的秘议，东京的中西功毫不知晓。

樱花早已谢去，中西功还是喜欢到樱花林中散步，这里很像上海龙华那片桃花林。

边散步，边思考，这是中西功的习惯，散步时文思泉涌，坐在书斋里面反而思路枯燥。这毛病，大概也是从中国文人那里学来的。

想到中国，中西功的脸上就会浮起微笑，妻子笑称这是莫名来笑，大概是想起了中国情人。中西功并不否定，中国于我，岂止情人了得?

近些日子，中西功总是想起中国，却难得微笑，日本正在扩大侵华战争。按照尾崎秀实的设想，中西功积极投入对华政策的研究咨询，本打算借此影响国策，制止战争促进友好。不承想，日本的国策急速右倾，就连那向来鼓吹和平共荣的东亚同文会会长近卫，当上首相也发狂，竟然指派学者论证侵华。以中西功的学术地位，目前正是吃香的时候，可越是吃香越难受，政府交办的学术任务令人反感。

独步樱花林，头上是干枯的枝条，脚下是干枯的花瓣，中西功感到，自己的生命也在干枯。

干枯，干枯，遍地干枯，满心干枯……怎么？干枯中闻到湿气？

前面的樱花林不再干枯，枝条泛起绿意，地下生起青草，只因为，这是溪边，有水。

有水的溪边，坐着一位朋友，尾崎秀实。

看见尾崎君，中西功的脸上立即浮起微笑，那著名的莫名来笑。

对于尾崎秀实，这莫名来笑并不神秘，每当两人谈起中国，中西功脸上都会浮起这样的笑容。

尾崎秀实双手捧起溪水，浇灌到樱花树下。中西功也双手捧起溪水，一吸而尽！

尾崎秀实笑问："这樱花水甜吗？"

中西功的嘴里，却是苦苦的。那上海的自来水，总是有股浓郁的漂白粉味道，让人感到不舒服。可是，自从喝不到上海的水，自己的水感就变了，喝上这甜甜的樱花水，反而感到不是味儿。

"中西君，我介绍你到大连工作如何？"

"大连？中国的大连？"中西功的脸上不再是微笑，而是灿烂的大笑，就像春水浇灌的樱花，灿烂盛开。

这喜讯就像一句中国俗语——天上掉馅饼。可是，这馅饼并非来自天上，而是来自尾崎秀实。

尾崎秀实有个德国朋友，叫作佐尔格。1929年的时候，两人都在中国上海当记者，1932年尾崎秀实回日本，佐尔格也来了。两人在东京来往甚密，瞒着别人，却没有瞒中西功。尾崎委托熟悉中国的中西功，关注日本关东军对苏动向，朋友佐尔格感兴趣呢。

作为一个间谍学校培养出来的学生，中西功敏锐地感觉——那佐尔格是个间谍。

一个德国记者，何必这样锲而不舍地追逐日本对苏战略？天下无产者是一家，佐尔格很可能是共产国际的间谍，反法西斯战士。

尾崎秀实是不是间谍呢？

以中西功的观察，那尾崎秀实不像间谍，他只是个学者，既爱国，又反战。出于对国际和平的渴望，尾崎秀实会自觉地支持佐尔格，包括提供情报。但是，尾崎秀实并不一定会加入什么秘密组织，他的学者性格会阻止他当间谍。

既然尾崎秀实不是间谍，那么，中西功也不便追问，不便追问尾崎秀实为何要情报。

大家心照不宣——为了共同的和平事业，搞情报，搞日本情报。

搞日本情报却要去中国？中国眼下正是战火纷飞！

对于任何日本职员，这中国之旅并非美差，前线比后方危险。可是，这却是间谍职能的要求，日本对苏战场就在中苏边境。

去不去中国呢？

中西功不是间谍，既不是尾崎秀实的间谍，也不是佐尔格的间谍，按说中西功不该去中国。可中西功乐意，从内心深处乐意接受这个委托，不顾安危，不计报酬，只因为去的地方是中国。

自从1929年去中国留学，中西功就爱上了那个地方，也不知是爱上了中国的风景还是爱上了中国的姑娘，反正就是爱好中国生活，回日本反而呆不住！

回到家里，中西功一反常态，亲自打理行装，不让妻子插手。

中西方子望着兴致勃勃的丈夫，心惊肉跳。明明是离别家乡，却高兴得像是奔向家乡，明明是离别妻子，却急迫得像是奔向情人。你不是说，一个理智的情报家必须摒弃个人情感吗？

中西功忙着，方子看着，中西功越是兴奋，方子越是担忧。

此去中国，凶多吉少……

第七章

“山大王”归来

——考察两面人

大连，生活在这个城市的日本人，大概是世上最幸福的日本人了。

风和日丽的海滨，礁石如虎，沙滩如金。你身着和服木屐，徜徉在美丽的老虎滩，会感觉自己就是老虎，人间的王者。

高高的山巅，雄伟的宝塔，威武的皇军持枪守卫。大日本帝国战胜欧洲列强，从俄国手中夺下这旅顺口军港要塞，留下这纪念阵亡将士的精忠塔。

繁华的街道，坚固的大厦，足以媲美欧洲的王宫。出入这宫殿的男女满口日本话语，“大日本帝国关东州”的门牌，骄傲地提醒路人——这里是日本领土！

今日风和日丽，老虎滩头支起烤肉架，一伙和服木屐的青年男女正在忙着，忙着准备假日野餐。

路过这里的人们，无不投来羡慕的目光。人们知道，这海滩野餐是“满铁”习惯。大连好，好不过满铁，满铁员工是大连最好的职位。

“满铁”，全称是“大日本南满洲铁路株式会社”。中国的东北，被日本叫作“满洲”，日本有个“九洲”，这里有个“满洲”，在日本人心中，这里应该是日本的地盘。日俄大战，日本不但夺取了大连，还收编了长春以南的铁路，为此专门成立个“满铁”。

满铁不仅管辖长春以南的铁路系统，而且把经营范围伸向东北各地；名义上经营铁路，实际上还管辖铁路沿线的附属地。这“附属”不仅有生活设施，还有大型企业，包括抚顺煤矿和鞍山钢厂。满铁是盘踞满洲大地的独立王国，不受中国当地政府的管辖。满铁总裁，由日本天皇任命，满铁经营方略，由日本内阁确定，满铁就是日本的“国策公司”！

满铁员工走到哪里都高人一头，享受特殊补贴，薪金比日本国内还高。今天的老虎滩，有满铁人在聚餐，别人就望而却步。这些聚餐人太神秘，圈子里面有说有笑，你外人来了他就禁口。

外人不知，这些神秘的聚餐人，都属于满铁调查部。

作为日本的国策公司，满铁不但盘踞中国东北，而且负有控制全中国经济命脉的历史使命。满铁调查部秘密搜集中国的经济情报，触角伸向中国内地，绘制了全中国所有重要工厂和重要矿藏的地图，甚至还有军事要地的军用地图。

在满铁调查部任职，就是帝国的高级间谍，不但有高薪，而且豁免兵役，也就吸引了日本的高端人才。满铁调查员大多出自上海东亚同文书院，人人精通日中两种语言，在中国社会的活动能力超强。

大日本帝国历来重视情报工作，全国有五大间谍系统。陆军、海军、宪兵是军事组织，社会形象面目狰狞。外务省系统虽然文雅，却充斥老派官僚，成绩不佳。唯有这满铁生气勃勃，调查员队伍扩充到千人以上，年产调查报告百份以上。国际太平洋研究会，世界情报界的权威学术会议，每次年会必选满铁关于中国的论文。

神秘，神气，满铁的调查队伍，形成了独特的内部文化，别的特务机关严肃沉闷，这里却保持大学风气，每逢假日必聚餐。大家都是同学加同事，大家都远离亲族，聚在一起就是个大家庭。

大家庭聚会，女人们叽叽喳喳地忙碌着，男人们却闷在一旁抽烟——东京来人检查工作！

尾崎庄太郎忧心忡忡，近来，大连满铁发回国内的情报分析报告，常常遭到国内官僚的驳斥。白井行幸建议，以野餐方式接待东京来客，拉近感情距离。

这距离能拉近吗？

据说，来人是个中国问题专家。中国问题专家应该生活在中国，你在东京怎能了解中国？据说，来人是近卫首相的亲信。亲近大人物的人物，能够亲近我们吗？

男人的紧张，感染了女人，烤肉架子被碰倒，火红的木炭撒了一地，还烫伤了尾崎庄太郎的脚面。肉还没有烤，先烤人了。

大家正在慌乱，乱中走来一人，额头宽阔，步伐稳健，一派成熟学者风度。

钦差大臣来到！

尾崎庄太郎赶紧鞠躬，一低头就看到自己脚面的袜子烧了个大洞，太失礼了。

来客也看到了，而且哈哈大笑，让尾崎庄太郎更加尴尬。那人却突然板起面孔，慢慢摘下黑框眼镜……

"中西君？"

尾崎庄太郎认出来人，白井行幸也认出来人，还是那双眼睛，那双精光四射的眼睛，如今少了光芒，多了深邃，但依然是精光四射。

老同学重逢，所有的礼仪都抛到天外，大家紧紧拥抱，倒地打滚，哪管红炭烧坏衣服。

在座诸人，虽然身处特务职位，政治观点却都左倾，当年都是日支斗争同盟的成员，与中共关系良好。大家的愿望，是通过学术论战，批评右派争取中派，以政策咨询影响内阁的决策。可是，大连的报告经常受到国内训斥，倒是中西功的境遇好些，还能得到首相的青睐。

没想到，这青睐比训斥更可怕。鼓吹东亚共荣的近卫首相，上台刚刚一个月，日本军队就发动卢沟桥事变，打碎了日本左翼知识分子的学术幻想。

何谓东亚同文？同文的东亚即将陷入互相残杀的全面战争！

以往争论不休的日本各派。也被胜利的狂喜淹没。二十年代，田中奏折就确定了日本的长期国策：“若要称霸世界，必先称霸东亚，若要称霸东亚，必先占领中国。”现在，这个长远设想正在成为现实，军人的大炮，比知识分子的毛笔更有效率。

举国欢喜，此处独悲。老虎滩头，人人沉闷。

从日本来到中国，从狂喜进入沉闷，中西功非但没有任何不适应，反而感到由衷的欣慰。这些身处中国的同文同学，才是真正的清醒者，比日本那些跟风转向的学者强多了。

尾崎庄太郎认为，庞大的中国不是任人宰割的羔羊，而是一头睡狮，你用刺刀将其激醒，反而难保自己性命。日本将有灭顶之灾，这灾难源自错误的国策。作为理性的知识分子，我们必须出手制止。

出手就意味冒险，你要反对整个统治集团！白井行幸提醒，在日本国内，敢于反对侵略国策的共产党，已经遭到严厉的镇压。正在鏖战的中国战场，日本特务机关也高度警惕“卖国奴”。

卖国奴！

这耻辱的骂名，吓退了多少反战人士。

中西功恨恨地说：“我们不是卖国奴，我们不但保护中国，我们还在拯救日本，我们才是真正的爱国者！”

“我们才是爱国者！我们舍生取义！”

众人慷慨激昂，碰杯立志。

有志还要有行。我们的最佳战场，其实在中国。中国各地的日本特务机关，都有东亚同文书院的毕业生，我们把思想进步的同学组织起来，足以形成一个反对战争的秘密网络。

三杯啤酒未落，老虎滩会议庄严议决：大连的尾崎庄太郎联络东北，太原的白井行幸联络华北，南京的西里龙夫联络华中，全国召集人，则由中西功担当。

大事议决，心情轻松，这才闻到烤肉的香味。大块吃肉，大碗喝酒，顿时生出梁山好汉的豪情。

中西功举杯提议："我们这个山头，是否需要个名头？"

"你忘了保密！"尾崎庄太郎笑道，"连你自己都不该暴露，你也应该有个代号。"

"代号……"还是白井行幸敏捷，"我们就喊他山大王！"

"山大王？好啊！"

众人举杯，共尊大王。

中西功并不推辞，这次从日本返回中国，早已下定决心，王者归来啊！

仰头痛饮，却呛了一口。

成立组织不难，大家向来志同道合。但是，这个秘密组织如何对中国战局发挥作用？提个专业问题：搞到情报送给谁？

反战，反对日本的侵华战争，只能以中国为盟友，当然是把情报送给中国人……

沉吟间，看到一个小乞丐。那衣衫褴褛的儿童，循着烤肉的香气，蹒跚而来。

中西功友好地笑着，招手邀约。那小乞丐却惊恐地退步，你越招手，他越退步。

中西功起身要追，却被白井行幸拦住："你身上穿的是日本和服。"

中西功这才明白，在中国，连乞丐都不信日本人！

日军侵华的残暴行为令人发指，中国人提起"日本鬼子"就深恶痛绝，你这些日本特务却要给中国人送情报？鬼才信你！

嗞嗞作响，那是烤肉在召唤。

男人们无人出手，女人们也不敢相劝，男人的神色太重。

架上的烤肉黑了，传来难闻的焦味。

中西功蓦然发觉，所有人都望向自己。

是我把肉烤焦了？

是啊是啊，是我把你们带上火山，我是罪魁祸首。

中西功恨不得掏出自己的心，放在那火上烤！

“山大王”在大连出现，立即惊动上海。

上海情报科奉命打入日特机关，薛有朋积极开展工作，但是，怎么做，却是个难题。对日工作，过去的政策是“要兵不要官”，策动日军士兵反抗军官。由于日军管理极严，策反计划很难见效，薛有朋认为，工作重点应该转向情报，侦察日本的军事情报，辅助前线作战。搞情报，这“要兵不要官”就大成问题，机密情报都掌握在军官手里。

在日本军官中发展内线？

这设想，任何中国人听了，都会说是天方夜谭。日本军官矢忠天皇，都是极端的侵华派。

薛有朋自有信心，同文书院曾经有个“日支斗争同盟”。那些1931年撒下的革命种子，到了1939年，已经遍地生根。日本扩大侵华战争，急需华语人才，同文毕业生更是特务机关的首选，西里龙夫还成了南京政权的新闻顾问。比较起来，还是中西功条件更好，他在东京已经接近日本政界核心。

现在，中西功来到中国，正好可以大用。只是，大连太远，难以联络，最好能把他调到上海来？

薛有朋找到老同学洞井，婉言建议：撰写《支那抗战力调查》那样的报告书，还是需要特殊人才。听说，你的学生中西功来了大连……

中西功？

洞井当即敏感，中西功那样的高级人才，应该从事战略性情报工作，留在大连可惜了！

大连是满洲的情报中心，上海却是亚洲的情报中心。大日本帝国驻沪总领事洞井先生，亲自协调满铁总部，以帝国利益的名义，要求把中西功调来上海。

中西功申请调往上海，意外的顺利，一报就批。这满铁总部，怎么同我一拍即合呢？

作为统领全国秘密网络的“山大王”，中西功认为，自己的指挥位置，应该放在上海。上海的交通四通八达，不仅可以便利地通联中国各地，而且可以通联日本的尾崎秀实。上海又是远东情报中心，多国间谍潜藏租界，日本驻华特务机构的总部也都设在上海。所以，在中国搞情报，在中国建网络，必须进入上海。

只有一事不明，自己到上海，能够找到中国的秘密情报组织吗？

从大连到上海，最安全的旅程是乘坐轮船，第一步从大连下船，第二步从上海登岸，只走两步路。可中西功非要走陆路，从大连乘火车出发。

狭长的辽东半岛，沿路堆放军用物资，鳞次栉比的武器库房，巨厦般容量的储油罐，充分显示关东军的实力。这东北真是个好地方，矿产丰富，足以供应战略物资，只是，多煤多铁，却缺少石油。正在思考石油的来源，夜空照得通明——储油罐失火了！

无论白天还是黑夜，铁路沿线不断出现火灾，灾难现场总是军用物资。中西功猜测，这准是间谍干的。只是不知，是中国间谍还是苏联间谍？

火车进入辽西大地，火灾少了。这不是因为没有间谍，而是因为沿路少有军用仓库。非但少有仓库，就连民房也少，关东军在东北归村并屯，把分散居住的农民集中到大屯子居住。中西功知道，这是对付游击队的高招。装备不足的中国军队只能采用游击战术，打了就跑，跑也不能离开补给，只能依靠居民的掩护。中西功考察过南方红区，深知共产党联系群众的方式。那是如鱼得水。现在关东军把水淘干，鱼将何存？

列车进入山海关，前后加挂铁甲车，火炮、机枪，如临大敌。中西功知道，这华北同东北不同，东北已被日军建成巩固的筑垒地带，华北却是四战之地！

百里无炊烟，铁路沿线的村庄惟余残砖断瓦，就连护路树也一砍而空。中西功知道，这在军事上叫扫清射界，枪炮射程内没有任何障碍物，袭击者无处藏身。安全，这也是一种安全，恐怖安全。

欢快行驶的列车，突然急刹车，车尾的铁甲车脱钩了。正在倒车，后面又爆炸了——铁道游击队！

列车丢下尾巴，拼命向前奔逃。那铁道游击队十分了得，他们可以飞身攀上飞驰的火车，摘掉车钩，打掉车头。

这是什么战法？中西功兴奋地趴在车窗往外看，忘掉个人安危。看着看着，又看到奇景——车窗外不断掠过大包！

货车必定上了人，不断把货包扔下车，大包飞落地面，平平的地面居然钻出人群，扛着大包飞奔而去……中西功目瞪口呆，这铁路成了游击队的物资供应仓库？

最后一段旅程，就连这样的列车也停运了，新四军扒掉了钢轨炸断了桥梁。中西功不得不改乘汽车，又碰上打埋伏的民兵。

游击战、地道战、地雷战、麻雀战……一路亲眼考察，一路亲身体验，中西功到达上海的时候，堪称熟悉共军战术的情报专家。

走进和平的大上海，走进安全的日租界，踏入豪华的餐厅，坐上温柔的椅子，中西功惊魂稍定。这才懂得，中华习俗为何把欢迎宴会称为“压惊”。

压惊的地点是个豪华的俄国餐厅，这“喀秋莎酒吧”，莱式却是日本料理。自从日军进占上海，日租界里的欧式建筑纷纷换了主人，“喀秋莎”的俄国老板避往公共租界，日本艺伎替换了喀秋莎姑娘。在这里宴请满铁干部，那是再合适也没有，满铁也是“喀秋莎”，从俄国手中接管的铁路。

同文老院长洞井，亲自举办宴会，为学生中西功压惊。主宾中西功，右手座位是主人洞井，左手座位是陆军少佐金原。日籍同学隆子和塚下，华裔同学韩霜和关南，多年不见的同文人，因缘际会。

士别三日，刮目相看，何况大家别了几年。当年的同文学生，现在都是情报界的精英干将。金原现任驻华派遣军总司令部特务课长，塚下现任驻沪领事馆特高课长，关南荣升南京政府外交部司长，隆子编辑海军报道部的《女声》杂志，韩霜更是日华军事机关的双重间谍。这喀秋莎酒会，就是日本在上海滩的所有特务机构的大聚会。

敬酒，还敬，中西功一一面对众人，你们都是我的侦察对象啊。

众人也一一观察中西功，大家都是个中人，也要判断你中西功的情报价值。

洞井认定，这中西功，可以成为自己的得力助手。撰写调查报告只是开头，其后的工作更加重要，这人能够接近中国的进步文人，适宜侦察中共！

金原打算把中西功引入军方，这家伙中文纯熟，能够以平民身份旅行，也许可以混入新四军的根据地？

隆子热情地望着中西功大哥，你的中国朋友多，最好能给我的杂志拉些中国撰稿人。

关南则回避中西功的目光，你千万不要提起当年我同你告别的事情，千万不要问我为何当了汉奸。

中西功的目光，公然转向韩霜。女别三日，当刮目相看，当年的干瘦小女生，如今出落得三围起伏，成熟女人了。

韩霜发现，中西功的目光，色迷迷的。士别三日，你就变了？过去你的眼神精光四射却毫无邪念，现在就对了！凡是看到本姑娘的男人都应该是这种目光，否则你就不是正常男人而是特务。我早就期待你的这种目光，只要你用这种目光看人，我就不怕你个鬼子特务！

一步一弹，韩霜走向中西功。

这是女人的姿态，魅力女人的姿态。别的女人走路软绵绵的风摆杨柳，韩霜走路软中带硬每个关节都充满弹性，士别三日，竹竿女变成弹簧女了！

弹簧弹过来，金原赶紧让座，韩霜亲切地坐到中西功身边。你是唯一不让我讨厌的日本男人，也许可以变成我的双重间谍？

在座诸人，都笑盈盈地同中西功交谈，唯有塚下一言不发，望着中西功的眼睛，蒙上一层烟雾，嫉恨的烟雾。

你小子凭什么这么吃香？难道大家都忘了，你中西功曾经在上海闹学潮？

啊，明白了，你是个“转向分子”。洞井老师说过，中国强盗是杀人放火受招安，日本文人是浪子回头金不换，领导器重犯过错误的人！那么，我这种忠心耿耿的人反而不吃香了？

正在暗自发恨，那中西功反而过来敬酒了，而且。而且还拉上隆子。

见到隆子，塚下就心软。这就想到，中西功这个当年的情敌，现在已经结婚了。那么，他就不再是我的敌人，而且，而且还能成为我和隆子之间的牵线人？

于是，塚下也热情地与中西功对饮，一饮再饮。从今以后，我要巴结你了，我要为你效劳！

酒过三巡，韩霜和金原喝起交杯酒，塚下随着隆子展开歌喉，就连关南也敢向中西功敬酒了，可中西功的眼睛，却在四处搜寻，似乎在寻找一个缺席的人。

老洞井洞察秋毫，亲切地问："还要找谁？"

醉眼朦胧的中西功，顿时清醒："没什么，没什么，我在想，上海还有哪个同学？"

"你是说西里龙夫吧？"金原插话，"那家伙在南京呢。"

"对对对，就是他，就是他。"中西功赶紧承认，"我过去常去他的酒馆喝酒。"

洞井的注意力转移了，转向美女韩霜。

中西功放下酒杯，拿起茶杯，喝了一大口，压惊。

我要找的确实是个同文人，不过，他不是同学，而是老师……

老师也在找学生，薛有朋正在策划发展中西功。可是，事到临头，薛有朋反而犹豫了。

这学生不同于那学生，中西功不同于西里龙夫。西里龙夫自从参加日支斗争同盟以来，一直没有脱离组织，始终在薛有朋的领导下，秘密从事对日情报工作。可中西功呢？自从1932年返回日本，同中共组织脱离联系已有七年之久！

七年！从22岁到29岁，正是一个人从青年走向成年的历程，世界观的定型期。国民党特务张冲说过，年轻时不参加共产党没劲，成年后还参加共产党太傻。那话表明什么？那些人庸俗！在他们青春浪漫的时候，会选择充满危险和刺激的革命，当他们长到成家立业的年纪，就开始筹划功名利禄。这种状况，在中国十分常见，薛有朋属下就有个关南。幸亏他涉密不深，不知薛有朋的真实身份。这种状况，在日本也不罕见，特别是知识分子和青年学生，正在流行"转向"。

"转向"？

日军侵华接连大胜，当年的反战知识分子随之转向，不少人参军任职，搭上战车。谁能保证那些日支同盟的青年没有转向？谁能保证中西功没有转向？

按照组织规定，吸收新人，必须加以考察。

考察？

中西功的公开身份是日本特务，中西功的秘密倾向是进步反战，这是一个两面人。两面人，本来就善于隐藏自己的真实思想，你又怎么考察他的真实思想？

根据关南的教训，这考察不宜由薛有朋出面。任务，就交给了郑文道，郑文道粗通日语，而且与中西功有一面之交。

郑文道也无由接近中西功，这考察只能采用最基础的方式——跟踪。

跟踪发现。中西功来往最多的人，是领事馆的特高警察塚下。那塚下陪同中西功，逐一拜访上海的日本机关。

这种发现，不能说明任何问题。同学与同学来往，外交特务协助经济特务开展工作，都是正常现象。薛有朋提醒郑文道：必须掌握中西功的所有关系！

郑文道是个锲而不舍的人，从此就跟定了那个中西功。

中西功上班，郑文道在写字楼外看报纸。中西功就餐，郑文道在餐厅外面啃面包。中西功回家，郑文道在楼外巡视，窗户黑了灯之后才离开。

全时段跟踪，跟踪7天，终于发现疑点——中西功同韩霜约会。

那韩霜本是军统特工，中西功莫非要勾连国民党？可韩霜又是同文校友，风流女性，中西功也许只是寻花问柳？

疑点报告上级，薛有朋指点：看到眼里的现象，并非情报，情报在现象的背后。你要弄清那两人的关系，还要深入观察，观察细节！

郑文道继续跟踪，跟得连自己都不好意思，谦谦君子窥探私情？不过，这偷偷摸摸的行径，还真的观察到一些细节。

这晚风凉，郑文道在街头蹲守，冷得不敢停下脚步。正在考虑是否放弃的时候，那两人从酒吧出门了。

韩霜的脚步有些踉跄，显然喝多了。

中西功恭敬地搀扶着，显然没喝多。

郑文道谨慎地跟着，继续观察细节。

韩霜倚着中西功，磨磨蹭蹭地走着，走到宾馆门口不走了，那态度，分明是要进去开房间。

恶心！郑文道见不得这种不要脸的女人，更见不得中国女人向日本鬼子卖身。

别过脸去，又想到薛有朋的指点，还得观察细节呢。

继续观察，却看到中西功并未乘机把女人带进宾馆，而是拖着女人继续前行。

这是什么细节？

这细节证明：韩霜有意，中西功无情。这细节证明：中西功勾搭韩霜另有深意？

这个细节，也引起薛有朋的重视。军统搅和进来，这案子就更复杂了。

国民党和共产党合作抗日，双方在上海的秘密情报组织，也相应建立了情报交换关系。但是，军统组织鱼龙混杂，其中有不少动摇分子，早就是日特拉拢的对象。因此，薛有朋始终与其保持距离。如果中西功向韩霜暴露了秘密，那薛有朋反倒不敢用了。

考察还得深入，深入到韩霜与中西功的深层关系。

这种深入，郑文道就无能为力了，跟踪只能看到表象，不能探查内心。好在，薛有朋另有力量。上海情报科与军统上海站之间的情报交换，由梅笛与韩霜经手，梅笛可以接触韩霜从而考察中西功！

体态瘦弱，慢声细语，梅笛给人的印象，不过是个楚楚可怜的江南弱女子。韩霜喜欢这个女共党，不但男人喜欢，我见犹怜。共产党大概是太缺人才了，连个合格的女间谍都找不到。

韩霜乐得教导这个小妹妹："女间谍，最大的优势就是诱惑男人，不但能够诱惑中国男人，还得擅长诱惑日本男人。"

"日本鬼子？"小妹惊恐，惊恐得眼睛都大了。

"我正在争取一个日本特务。"韩霜得意地炫耀，"等我成功了，搞到情报卖给你！"

一句话泄露天机，梅笛的考察任务，在闲谈中完成了。韩霜的话表明，军统确实企图拉拢中西功，但是，尚未成功。

郑文道的跟踪，叫作背面考察；梅笛的打听，叫作侧面考察。背面侧面都考察了，下面就该正面考察，由薛有朋出马面对中西功。

使用日本特务？郑文道却提出异议：这么重大的行动，你老薛应该请示中央。

请示中央？

薛有朋被部下的不恭惹恼了，你不相信我这个直接领导？

但薛有朋又不能拒绝，人家要你请示中央，你总不能说你不相信你的上级领导吧？

在日本特务中发展情报关系，这设想确实大胆，涉及党的政策的重大改变。这决策权，确实只能属于中央。

只是，这请示中央，又谈何容易。上海同延安远隔万里，电报往来，怎能说清这复杂的状况？

所幸，中央来人了！

中共中央社会部副部长潘汉年，亲自莅临上海，面见薛有朋。

自从1931年顾顺章叛变，中央机关离开上海。留守上海的薛有朋就处于独立工作的状态，很难见到上级领导。飞速发展的战局，急剧变化的政治关系，让薛有朋难于应对，郑文道要求请示中央，薛有朋又何尝不想请示中央？

今天终于见到中央来人，而且是负责情报工作的高级领导，上海的所有难题他都有权解决！向来稳重的薛有朋，也激动得热泪盈眶，一时难以道出苦衷。

潘汉年却是态度从容，静静等待。

这位高级领导其实是个老上海，党内戏称“小开”，那是上海资本家少爷的称谓。潘汉年早年在上海文化界活动，顾顺章叛变后接管特科，抗战初期又同国民党秘密接触。一直参与高层运作的潘汉年知道，中央已经纠正了过去的左倾政策，现在的秘密工作不再是“要兵不要官”，而是要大力发展内线，打入“敌内核心”。

对于能否使用日本特务的尖锐问题，潘汉年毫不惊讶：“不要争论，先用起来再说，在使用中考察。”

振聋发聩！

这轻巧的回答，解开了薛有朋的谜团。

这打入敌特，比打入敌营更复杂，弄不好就会引火烧身。对手不是一般的敌人，而是谍报专家，你想打入他，他还想打入你呢！在间谍战中，不能讲什么“用人不疑疑人不用”，只能在用人中解除疑惑，在悬疑中巧妙用人。实践不止检验真理，实践还考察间谍。所谓考察，非只观察，非只打听，观察到的现象可能是假象，打听到的真情可能起变化，最可靠的考察还是使用，烈火炼真金，艰险识英雄。

虹口公园，草木茵茵，水泥森林中一片难得的绿土。这里是上海的肺，上海人得空就到虹口公园走一走，走到这里就能放松心情。

这个清晨，虹口公园却是意外的冷清，只有三三两两的晨练人。

这么好的地方，为何游人稀少，只因为这地方位于日本租界的核心地带，恐怖源头。

闹中觅静，静中选静，最僻静的角落，三个白衣人。三人相向而立，缓缓抬起手臂……

薛有朋的右掌，抵住郑文道的左掌，郑文道的右掌，抵住梅笛的左掌，梅笛的右掌，抵住薛有朋的左掌，三体连环，组成一个真气相通的气场。

“道生一，一生二，二生三，三生万物。”这三人共练，正是太极气功的至高境界。

薛有朋双眼微闭，双掌运功，口中喃喃自语。按说，气功修炼不应开口说话，可薛有朋这气功练习，其实是召开秘密会议，不说话不行。

和颜悦色，慢声细语，薛有朋传达中央的指示，又下达自己的指令，神情像是念诵气功口诀，双掌又输出温润的气流。

怎么？右掌气流有些扰动？

薛有朋睁眼看去，那郑文道双眼紧闭，也喃喃自语了。

“知己知彼，百战不殆。一个作战设想，不但要展现自己的意图，还要符合对方的实情，否则，这设想不过是幻想。对方的实情如何呢？我必须坦率地说，那个中西功，是个两面人。”

薛有朋明白，郑文道对争取中西功，尚存疑虑。这位当年的激烈儒生，经过农村游击战的锤炼，已经成长为儒将，就连提出质疑也态度冷静，语气平和。

“你的顾虑当然有道理，不过，我们已经对其进行了反复的考察。来自日本的信息也表明，中西功离开中国以后，始终没有转向。”

右掌的气流通畅了，薛有朋缓缓闭上眼睛。秘密情报系统，每个人都要独立行动，因此，不能像军队那样强调服从了事。必须首先打通思想。思想通了，个别的行动才能自觉地配合整个系统。

真气充盈，薛有朋精神振奋，双掌持续发功。能够将革命思想和健身功法同时传给同志，这真是人生的最大乐趣啊！

怎么？左掌感到抵触？

一股细微的气流，轻轻撞击，持续撞击，越来越强。

薛有朋微微睁眼，只见左面的梅笛面容紧张，虽然双目紧闭，那眼皮却在剧烈跳动！

你也有意见？

薛有朋当即想到，梅笛身上的伤口，就是日军俘虏带来的。让亲受其害的人相信日本人可以争取，确实很难。

左掌的气流越来越强，这已经不是一个弱女子所能发出的能量，而是郑文道和梅笛两人一起质疑薛有朋！

日军上下贯穿武士道精神，人人害怕当卖国奴。在这种情况下，你连争取一个士兵都难，何谈特务？那中西功过去没有转向，可谁能保证他今后不会转向？士兵转向只能刺伤我一人，特务转向却要毁灭我整个组织！

梅笛的面孔涨得通红，郑文道的面孔涨得通红，薛有朋双掌同时受力，不禁惶惑。

我是他们的老师，我比他们更了解日本的“文化”，但他们却亲身体验日本的“武化”！我曾在日本留学，我曾在日本学校任教，我相信日本特务也会反战，是不是我掺杂了个人情感？

薛有朋不再发功，那反抗的气流也渐渐减弱。这时就感到掌心发凉，显然是气场断了。薛有朋提神运气，赶紧充实自我。

我是他们的领导，我有权决定他们的行动，但是，权力与责任同行，我必须为他们的安全负责。无论上级下级，大家都是同志，我不入虎穴，谁入虎穴？

充实，膨胀，薛有朋周身燥热，大有爆发之势。这时，右掌却传来一阵凉风。

“你不能去。”

薛有朋大吃一惊，自己的心思被郑文道看穿了？

“你的决定，关乎整个系统的安全，子系统的误判还可以纠正，整个系统的误判却是无可救药。”

薛有朋没有料到，这个下属的心思如此缜密。郑文道这个意见是对的，接触两面人，确实是个冒险，应该找个稳妥的途径。

郑文道侃侃而谈："我们派去接触中西功的人，必须符合以下条件：第一，他必须和日本鬼子打过仗，有死仇……"

这条件，薛有朋欠缺。

"第二，他不能有日本朋友，以免误判。"

这条件，等于质疑薛有朋。

"第三，他必须对中西功抱有最大的警惕！"

你嫌我不懂警惕？薛有朋登时怒了，是你领导我，还是我领导你？

郑文道还在进逼："必须选个合适的人，当你和中西功之间的联络人。"

"那就是你了！"薛有朋忍无可忍，"只有你符合条件，我们整个上海情报科，只有你郑文道疑心最重。"

砰！

三人同时倒退，六掌同时分开，强烈的气流冲撞，三体连环解体了。

薛有朋怒了，梅笛慌了，郑文道却毫无悔意，面对薛有朋，庄重地拱手领命。

梅笛望望郑文道，望望薛有朋，不知如何调解。

薛有朋双掌空空，无奈地望着郑文道离去。你的步子很大，说明你的决心很大，你的步速很慢，说明你的性格执拗……你这些特点，并不适宜从事秘密工作呀！

郑文道的步子很大，郑文道的步子加快，郑文道的脸上，露出得意的神色。

我就是要激怒领导！

领导是什么？你是整个组织的生命，不能让你冒险。

我就是要高抬自我。

我是什么？领导和两面人之间的防火墙，牺牲我个人，才能保住整个组织。

舍我其谁!

快乐的郑文道，步子简直在飞。

望着飞奔而去的属下，薛有朋后悔了。

交代这么重要的任务，自己不该意气用事。执行这样敏感的工作，容不得任何勉强。派你郑文道去联系他中西功，这才是我最大的误判啊!

望着远去的恋人，望着担忧的领导，梅笛喃喃自语：“我不下地狱，谁下地狱?”

薛有朋被震撼了，梅笛那神情十分决绝，有如生死送别。

让你们去联络同志，你们却当作下地狱?

那中西功是人还是鬼?

第八章

礼仪

——秘密接头方式

所有的决定都要付出代价，有时甚至要付出意外的代价。

郑文道抢来一项重要工作，担任薛有朋和中西功之间的联络员，付出的代价是割断其他工作关系，包括梅笛的关系。这项工作涉及敌国，必须极端保密，上不告父母，下不告妻子，至于恋人嘛，连面都不能见了。

工作和爱情结合，那本是人生最理想的安排。郑文道和梅笛就是这样，在城市秘密工作中相识，又在农村游击战中定情，不管工作多艰险，两人携手，共同面对，那日子无比甜蜜。可现在全变了，工作与爱情冲突，为了工作，两人必须分别！

分别不是分手，两人相约等待，等抗战胜利再结婚。对于共产党人，这也不是什么困难的决定，上前线杀敌，总司令也要两地分居。上海情报科的电台报务员从延安过来，离别了恋人，组织上又给他安排了一个假妻子。郑文道和梅笛今后虽然不能接触，却还活动在同一个城市，相见有期。

“两情若是长久时，又岂在朝朝暮暮？”梅笛说了：不见面我也能感觉到你的存在！

郑文道满怀豪情，投入新的工作，见面，见那两面人的面，也是一种挑战。

分别七年，重新走入上海的街道，中西功感到由衷的惬意。

道旁的梧桐树，给地面洒下斑驳的光影。当年，同文女生的面孔，在这梧桐下光怪陆离，引人入胜。东京那边街道拥挤，哪有这么美丽的行道树。

脚下的人行道，让你的脚掌感到温柔，当年同学逛街，在这光滑的花岗石上滑走。东京那边铺路石粗糙，没有上海这么悠久的建筑，这是百年历史磨出的温柔。

中西功的脚步悠闲，路人却走得匆忙，那些低头猛赶的，大都是华人，生怕遭遇日本军警的拦查。那些四处打量的，大都是日本人，生怕遭遇军统的刺杀。

别人怕这怕那，中西功什么都不怕，穿着西装晃悠，谁也看不出我的国籍，阿拉上海人！

走过东亚同文书院的校门，心中泛起一股柔情，那里有我的青春岁月。

走近西里吟唱的料理店，心中搅动一阵激情，那里有我的日支同盟！

中西功同中共组织的第一次秘密接头，就安排在同文书院附近的日本料理店，这个地点，薛有朋和中西功都熟悉。

看看手表，十一点半。离约定的时间还有半个小时。中西功提前到来，在店外的街面晃悠，观察动向。

接头，潜伏的间谍秘密联络，必须避过监视。第一次接头更危险，双方互不相识，还要防止敌特假冒接头人。

中西功提前到达，这也是接头的技巧，先行观察附近是否有埋伏。这种技巧可以避免自己被捕，却不能断定对方是否可靠，因为，对方身后的埋伏，可能是他暗中带来的爪牙，也可能是他泄密带来的尾巴。

中西功装作若无其事地走过料理店，一眼就发现橱窗里面的一个人。那家伙全身肌肉紧张的样子，一望而知是接头人！

中西功心中暗暗叫苦，中共怎么指派这么个生手来联络我？

虽然接头时间不到，中西功还得进去，再拖下去，那家伙就会引起侍者怀疑，你坐在那里傻等应该先要杯茶水嘛。

两人都是西服革履，胸前的徽章就是接头暗号，中西功满铁徽章，郑文道大华公司徽章。

首次见面，中西功深深鞠躬，郑文道只是点点头，最烦这九十度鞠躬的日本礼节。

两人落座，郑文道看不懂日文菜单，只好由中西功点菜。

郑文道皱着眉头，这日本饭实在没得什么好吃。中西功眼观四周，这日本人聚集的店里，只他一个中国人，太扎眼了。

两人埋头吃饭，中西功小声说："下次我们在中国饭馆接头。"

"为什么？"

"我像中国人，而你不像日本人。"

郑文道恼了，这等于批评我不会秘密接头。

"我怎么不像？"

"日本人见到尊者，鞠躬一定要比对方低。"

尊者？郑文道更恼了，我是你的联络员，不是你的下级！

中西功看透对方的心思，笑道："别人看来，我比你的年龄大。"

郑文道不得不承认，人家说得对，自己不该失礼。可向他鞠躬有些不情愿，也不知是厌烦日本礼仪还是厌烦日本人。

周边都是日本人，邻桌几个军官还挎着军刀，看见那杀人的刀我就想夺过来！

一顿饭的时间，很快就过了，第一次接头，双方只是认识一下，并不交接情报。确定了今后的接头方式，就该告辞了。

起身，立正，中西功又要鞠躬了。郑文道当然也得鞠，而且不能少于九十度。

中西功看到，这位只是脖颈弯下九十度，却没有弯腰。

鞠躬完毕，郑文道挺直脖颈，扬长而去。

这次接头非常重要，第一印象，这中西功汉语很好，不像别的日本人那么生分，只是有些别扭，我郑文道也算懂礼之人，都没他那么多礼仪上的毛病……

中西功出了店门，并不急于离去，而是望着郑文道的背影，久久地望着。

这个接头人非常重要，他将影响我同组织之间的协调。只是，这郑文道不像个特工，却像个文人。那鞠躬的姿势十分有趣，令人想起李白的诗句。"安能摧眉折腰事权贵，使我不得开心颜。"

不折腰缘于不开心，那么，你见我并不开心？不开心，就是拿我当外人。

中西功提醒自己，接触中国同志，自己还得努力。

尾崎秀实说过，最高的境界，就是不能让别人拿我当外人。

第二次接头，郑文道按照中西功的吩咐，来到中式餐馆。显然，那人认为郑文道装不了日本人。也好，我本来就不愿与那些人为伍。

进入中国餐馆，满耳都是国语，郑文道不禁放松下来。见到中西功又紧张，赶紧立正，准备鞠躬。

人家那边却不再折腰，中西功双腿岔开，双手抱拳，施以中国传统的拱手礼。

也对也对，间谍必须融入环境，你到我中餐馆，应该行我中华礼。

双方见礼完毕，郑文道仔细看去。那中西功身着旧式长袍马褂，仪态儒雅，活像一个老派中国人。相较而看，自己这一身西装，倒显得外了。

郑文道不得不佩服对方，装什么像什么，不愧是个老特务。

两人落座角落处，中西功悄声讲述，送上大串情报。

日本内阁成立“兴亚院”，管辖中国占领区事务，洞井负责兴亚院华中联络部；

日本在上海成立“中支那振兴会社”，日股55%，华股45%；

日本政府向英美大使提议，要求改组上海公共租界管理机构；

日、德、意三国正在秘密筹划建立军事同盟……

郑文道默默地听取，认真地记忆。这种多项目大容量的情报，不宜写成文字，只能口传。

两人分开后，郑文道一人行路，心中还在默诵，默诵那些情报。这次接头没白来，一下获得这么多情报！

反复默诵，又觉得这些情报拉拉杂杂，政治经济军事什么都有，又什么都不清楚。

收到情报的薛有朋还是高兴，可以从中判断日本的战略走向。“兴亚院”？这是管辖殖民地的机构，说明日本已经不拿我中国当国家了。日本的中支那振兴会社成立，说明日本要在全中国推行经济侵略。改组租界管理机构？说明日本已经打欧美的主意了。三国同盟？说明日本正在制订世界战略。

收到情报的薛有朋，觉得这些情报有价值。转送情报的郑文道却有些失望，缺乏实用价值嘛。

这些情报面很广，涉及政治、外交、经济，却没有一条可以用于作战。我党领导的新四军正在浴血奋战，急需军事情报，你却送些不痛不痒的东西？

必须继续考察这个中西功，他也许真的同情中国人民，但是，他能否支持中国反抗他的祖国呢？

郑文道不大放心的两面人，在金原这里却是一面人，而且要极力拉拢。塚下陪同中西功走遍上海政府机关，金原陪同中西功视察军营。

吴淞炮台，临江胜地，这里有晚清古炮，这里有茂林修竹。对于上海滩的上流人物，到大世界游玩，进百乐门跳舞，不过是寻常事情，谁能进入这吴淞炮台，那才是身份的象征。只因为，此处乃军事要地，无军方许可，你再有钱也进不来。

吴淞炮台现由日本陆军驻防，金原自豪地施展特权，让中西功一人独览。

我，可以进入他塚下的领事馆。塚下，却不能进入我的军营。你，中西君若是与我陆军合作，一定比外务省更有战绩！

中西功当然乐意与陆军合作，中西功也饶有兴致地参观军事要地。老同学又要变成新同事，两人越谈越深入，正谈得高兴，却被别人扫了兴致。

旗袍、高跟鞋，满头闪亮的金属，一个贵妇在大炮旁边搔首弄姿，照相留影。

“军营慰安妇?”中西功哑然失笑。

金原勃然大怒：“谁让这个娼妇进来的?”

属下报告，那女人不是平民百姓，她是南京政府高官的夫人，也属于特权阶层。

“汉奸!”金原骂了句汉语。

贵妇不懂了，你们日本人不是器重汉奸吗?

金原更烦了：“这是个女间谍，搜身!”

第二天的上海报纸，出现了一条新闻：

“南京贵妇，手提高跟鞋，赤脚逃出日本军营。”还不忘加上个细节：“旗袍开衩被撕到大腿根部。”

上海人幸灾乐祸，这就是汉奸的地位！南京人无地自容，这哪是平等邦交?

打狗也要看主人，那南京贵妇是外交部司长关南之妻，日军这行为显然是藐视中国政府。

南京政府向驻华日军总司令部提出抗议，抗议却被无情驳回：“擅闯军事要地，格杀勿论。”

关南申辩，那上海也是我国民政府管辖范围，何称擅闯？

“国民政府？”金原还以嗤笑，“重庆也有一个国民政府，也说上海是他们的管辖地域。”

关南无言以对，现在的中国，确实有两个“国民政府”，而且都称“中华民国”，都打青天白日满地红的国旗。为了加以区别，日方要求南京在国旗上增添个黄色条带，上书“和平反共建国”。这六字其实也有出处，孙中山临终遗言“和平奋斗建国”。“奋斗”改成“反共”，这两字之差让南京政府显得不伦不类，竞争不过重庆。

南京政府确实不如重庆政府。

金原悄悄告诉中西功：尽管汪精卫自称国民党元老，但是，中国战场的所有中国军队只听蒋介石的。外务省只知扶植南京政府，陆军却打算与蒋介石谋和。卖国也要有资格，那些无权无势的汉奸不值得我尊敬。

汉奸不可信！

中西功同意金原的见解，他们可以背叛自己的祖国，也可能背叛我们日本。

转过身，中西功就建议薛有朋：乘机策反那关南，他对日本有国恨家仇。

吴淞炮台事件，郑文道认为是一件丑闻，薛有朋却说是一份情报，而且，要求郑文道予以判读。

表面上看，这是日本军官欺负汉奸。分析背后原因就会看到，这是日本军方轻视汪精卫，向蒋介石示好。这情报有战略价值，我党必须警惕日蒋勾结！

战术上也有情报价值，这事件挑明了敌人内部的矛盾，主子同奴才有矛盾，主子同主子之间也有分歧。我们可以利用这些矛盾，他们可以把中国人拉过去当汉奸，我们为何不能把日本人拉过来当……

不宜使用“日奸”那个词汇，我们是正义一方，日本人转向正义不算“奸”。

郑文道不得不佩服薛有朋的情报分析才能，故事里面也能找出情报。

下次接头，我也要敏锐些，从那中西功的言行举止中，看出些情报。

这次接头，地点由郑文道指定。中餐馆里中国人多，容易碰上熟人。

公共租界，法式咖啡。

满堂都是金发碧眼，黑头发黑眼睛的郑文道却举止自如。

在这里接头，不像中国餐馆那里要提防熟人，也不像日本料理那边邻桌讨厌。欧洲人不那么关心别人的隐私。你进入这个圈子，虽然会有一种不同种族之间的异感，却是互不干扰，各自方便。对于秘密接头，这种环境最好。

中西功来了，郑文道立即起身相迎，这相迎的礼仪却让人踌躇，鞠躬还是拱手？

那中西功大方地伸出右手，握手。

郑文道不禁汗颜，这是时下欧洲最普通的见面礼仪，自己怎么没有想到？

口中品尝着西式咖啡，耳边倾听着拉丁语言，眼前面对着日本间谍，郑文道不禁有些迷醉，都说大上海是国际间谍的天堂，今天终于有所体验。

争取眼前这个人，将使党的情报视野拓展到国际范围，这也是一项光荣的任务啊！

想到此处，眼前的日本人不再讨厌，郑文道甚至试探说上几句日语。说外语，符合这个国际化餐厅的文化氛围。

中西功恭敬地提出，请组织上对自己提供的情报做出评价，并提出新的情报要求。

郑文道当即提出："我们需要作战情报！"

这让中西功为难了，自己目前尚未进入军队系统，满铁职员，只能拿到一般的经济情报。但中西功又不能拒绝，自己面对的郑文道，虽然是个初出茅庐的联络员，但中西功把他当上级看，他代表组织，而且是中共组织，自己有责任向中国提供情报！

见中西功踌躇，郑文道有些恼火。让对方提供军事情报，本属郑文道个人的意见，但郑文道坚信，薛有朋也会提出同样的要求。你是两面人还是一面人，要靠实践检验，间谍的实践是什么？情报！你提供的情报对我有利对敌不利，你才是我的人！

郑文道的眼睛，锐利地盯着中西功，中西功的眼睛，犹疑地回避郑文道。僵持许久，中西功喃喃地说："我会设法侦察军事情报，请给我一些时间……"

两人正谈得尴尬，中间插入个第三者。

一个身着和服的女子，一屁股坐到中西功身边，像个老熟人。

郑文道大吃一惊，这不是韩霜吗？

郑文道同韩霜也是老相识，当年在"铁血锄奸团"，大家一起练习刀术。后来得知韩霜是军统的人，郑文道就回避了，反感那些特务。

中西功倒是镇定，招呼侍者，为女宾增添一套餐具。

那韩霜身着日本和服，仪态却全然不像日本女人那样谦卑，拿起酒瓶就往自己的杯里倒，倒满了碰杯，把杯子碰的铿锵乱响。

郑文道好不反感，却又不能发作，中西功送来眼色，我们在接头。这更让郑文道如坐针毡，我们的秘密接头不能让第三者察觉！

韩霜却挑衅地敬酒了："三人行，这位先生，咱们也交个朋友吧?”

郑文道拒人千里:“对不起,我不喝酒。”

“那我们两个喝!”韩霜放肆地抱着中西功,把自己的杯子塞到人家唇边。

自从中西功返回上海,就成为韩霜猎取的目标。可是,这家伙行踪谨慎,不是同塚下在一起,就是同金原在一起,让韩霜没有机会上手。今天终于抓到个空子,韩霜再也不能放过,只是眼前还有个第三者,让人讨厌。你家伙当年也靠近反日团体,没几天就溜号了,现在又来巴结日本人,想必也是个没出息的汉奸。

逗逗他!韩霜搂着这个的脖子喝酒,眼睛却挑逗地望着那个。

这女人太恶心!郑文道浑身发炸,难以忍耐。

那中西功却笑道:“大家都是朋友,喝一杯再走?”

谁跟你是朋友?一个国民党女特务,一个日本男特务,你们才是一丘之貉!

郑文道再也不能忍受下去,起身就走,走出包厢,才想到分手要有礼仪,又不想握手,于是向两人拱拱手了事。

逃出咖啡馆,置身露天,郑文道仰天而望,所幸天上还有明月,不是漆黑一团。

长长吸气,胸中渗入清风,这才止住恶心。

这秘密接头,真不是什么好活儿。还不如一刀一枪,杀他个痛快!

郑文道大步快走,掠过夜上海的街头。突然又放慢脚步,看见梅笛了。

梅笛那楚楚可怜的身影,在梧桐灯影下摇曳,分外动人。

郑文道热血上涌,起步就要冲过去!刚刚起步,又停下了脚步,不是想到组织纪律,而是看到第三者。梅笛身边,梧桐暗影下,还有一人相陪——美国记者麦尔。

讨厌的第三者!

郑文道别过脸去，不想看那个第三者，也就不能再看自己的恋人。

郑文道当然知道，梅笛同麦尔交往，并非私人感情，而是组织上交付的国际统战任务。可即便如此，郑文道心理上还是过不去。对自己的恋人同别的男人来往过不去？还是对中国女人同外国男人来往过不去？反正就是过不去。

离开，不看，郑文道大步离开，快走，快走，让扑面的凉风冷静自己。

冷静下来，就想到，今天的接头，自己的处理不妥，太情绪化了。一个合格的间谍，不宜感情用事。

想到自己的缺点，又想到那中西功。我是新手，你是老手，我会犯低级错误，你却不会。那么，你同韩霜的交往，大概并非出于一时情绪。这么想来，那中西功的两面人形象，还是难以考察清楚，难道他想在国共两党间脚踩两只船？

越想脑子越乱，郑文道在街头信马由缰，不知不觉来到一个门口，不知不觉走进院落，这就看到一个人。

林得山一人，独自练习刀术。

凝神贯气，仇恨满怀，横空劈砍，嗖嗖作响。

这力度，还是当年铁血锄奸团！

郑文道注意到，林得山手中那刀，正是日本军刀。

林得山还在忘情地练着，郑文道没有打扰，悄悄退出。

出了大门，郑文道双手高擎，一把大刀，向鬼子的头上砍去！

这虚空的一刀砍下来，虽然不见人头落地，郑文道还是心情大快……

这晚，作了一个梦，梦中的自己挥刀搏杀，勇不可挡，直杀得日本鬼子落花流水。

冲杀到敌营核心，只见最后一个敌人持刀顽抗。

那鬼子刀法缭乱，一团光影罩住全身，让你无隙可乘。

郑文道大喝一声，挥刀猛砍！

刀光剑影之中，浮出一个人头……

中西功！

郑文道豁然惊醒，屋内黑洞洞的，没有大刀，也没有鬼子。

那中西功呢？

梦中的搏杀，那两面人还是真相莫测……

上海是国际间谍的天堂，国际间谍在上海接头，有两种惯用的地方，一种是餐厅，一种是舞厅。

这种常见手法，连上海滩的包打听都知道，何况警方。无论是租界的巡捕房还是华界的警备司令部，都会在这两种场合安排眼线。在餐厅，最便利的眼线是侍者，只要塞给侍者十元小费，他就会向任何人报告就餐人的状况。不过，侍者的观察停留于表面，难以同客人深入交往。更厉害的眼线，还是舞女。凡舞厅必有舞女，没有美女陪着跳舞，男客人来舞厅作甚？舞女同客人的接触，那是侍者无从比拟的。再正派的舞蹈，也不免勾肩搭背，肚皮蹭肚皮，两人间距离贴近。黑灯舞更妙，贴面，接吻，摸屁股，男女间没了距离。到了这个地步，男客人会邀请舞女出去开房间。开房间，再狡猾的男人也得裸身出演，在女人面前脱掉伪装。

舞女，有一个算一个，个个是上海滩的兼职侦探。不同之处是幕后老板的身份，有的老板是黑社会要敲诈客户，有的老板是巡捕房要抓捕逃犯，有的老板更是外国间谍要刺探情报！

老板不同，相中的舞女侦探，也就有所不同，有美有丑，有俗有雅。乐华大舞厅有两个头牌——韩霜和梅笛。

出入乐华的宾客都知道，那两人都不是职业舞女，却比舞女来得更勤，两人各领风骚，韩霜的日本朋友多，梅笛的美国朋友多。

这晚，两个头牌同时下场，不免有些斗法的意味。穿着高跟鞋，韩霜的个头比男伴还高，带着金原满场飞，众看客评为弹簧腰肢。梅笛的个子比男伴矮得多，却能让麦尔围着自己转，众看客评为杨柳腰肢。一段舞曲绕场一周，转了一周两对相遇，韩霜有些嫉妒，梅笛的男伴比自己的个子高。

韩霜看梅笛，还有人看韩霜。高高的楼厢，塚下一人独坐，端着个酒杯，往楼下舞厅看。

特高警察的职能是反间谍，东京警视厅负责国内的反间谍，驻沪领事馆就负责上海日租界的反间谍。塚下必须盯着每一个接近日本官员的外国人，预防他们打入！

监视间谍，必须到场，可塚下不愿下场跳舞。还是忍者的老习惯，躲在暗处窥测。

眼下这个韩霜，正是塚下的重点监视对象。虽然她已经被发展为日本间谍，但是，她原来本是中国的军统特务。双重间谍，谁知她到底忠于谁，你金原要拉她，她也许在骗你！

这时，第二段舞曲响起，塚下惊讶地看到，韩霜的舞伴更换了，不再是日本军官金原，这是为什么？

塚下在同文的学习成绩不算好，却也学到些类型分析。女人的头脑和情感是分离的，韩霜是有心无脑，梅笛是有脑无心。你看那梅笛，同西洋帅哥跳舞，也是即若即离，缺乏热情，那你能搞到什么情报？你看这韩霜，永远是艳光四射，哪个男人到她怀里都会融化，就连冷酷的金原也不能例外。塚下正在担心金原上钩，没想到人家韩霜换人了，难道她忘了军统的任务？

梅笛的舞伴还是麦尔，麦尔跳舞总是从一而终，梅笛只得相陪。转过圈来，再次撞到韩霜，这次轮到梅笛嫉妒，韩霜的舞伴是郑文道！

你同我分开，就是为了她？

心中刚刚泛起醋意，梅笛又把它压下。他同我分别时，只解释去执行任务，却不能说出那任务的保密内容。现在知道了，那任务原来是打入军统。

迎着韩霜那挑衅的眼神，梅笛还以友善的一笑。你要诱惑我的他，其实你反而为他所诱！只是，他为何不肯看我一眼？看一眼也不违反纪律嘛……

楼上的塚下，看得有些不耐烦了。

这跳舞有什么意思？你喜欢那个女人，你就把她扔上床！你需要那个情报，你就撬开他的保险柜！男男女女搂在一起腻腻歪歪，难道间谍接头也要走礼仪？

第三段舞曲响起的时候，韩霜拒绝所有男人的邀请，搂着梅笛下场了。宾客们赞叹两个竞争对手的大度，却不知那两人都是两面人，美女背面是间谍。

舞场接头，韩霜搂着梅笛，边舞边聊，军统和中共交换情报！

梅笛和韩霜舞蹈，发现韩霜的舞技并不高明，动作太大。梅笛只要稍作引导，就能占据主动。梅笛心中为郑文道庆幸，韩霜这样的对手，并不难对付。只是，这女人太过风骚……

转到场边，就看到等待韩霜的金原，那虎视眈眈的气势，似乎要吞掉对手。

梅笛又为郑文道担忧，你为人欠灵活，不会两面对人，万一遇到更强的对手呢？

塚下看到韩霜同梅笛跳舞，也有些惊讶。你在日中之间当个双重间谍也就够了，怎么又去勾搭第三者？那梅笛很可能是美国间谍，你同她来往报告上司了吗？

塚下感到背心发凉，这间谍行当的规矩最严，像韩霜这样乱来，早晚受惩处！

看着荒唐的韩霜，塚下又不禁为隆子庆幸，到底是贵族出身，隆子小姐向来稳重，不但不参与间谍行为，连舞场都不来。

想到隆子，满场女人都不中看，送到嘴边我也不吃，塚下放下酒杯，自行下楼。我的监视任务结束了……

场中的舞曲也结束了。

韩霜和梅笛欣然退场，众多男士蜂拥而至，韩霜得意洋洋左右逢源。梅笛却悄然退避。

偷眼看去，那郑文道正在人群外，你为何低着头，你为何不肯看我一眼？

郑文道尽管不看梅笛，却始终感到梅笛的视线。不敢对视，这是因为，郑文道刚刚进入秘密战线，还不会掩饰自己的真实感情，假得了表情假不了眼睛。

乘着场中正乱，郑文道偷偷观看恋人。只见梅笛正在应对，面孔对着他人，身体却转向自己。

我熟悉你的体态，你待人总是微侧身躯，给人笑脸，又防以肩头。只有面对我，你才会敞开心胸！

怎么？你又转头了，你在寻找我？

郑文道赶紧低头，不敢再看梅笛。这么遥远的距离，看一眼也不会暴露秘密，只是实在不敢看。

我现在的身份，也是一个两面人，两面人眼睛不纯净，无颜面对纯洁的爱情……

郑文道变了。

走路变了，步幅变小步速变快，你在人群中行走，不能显露特殊的步伐。这种改变，是秘密联络的需要。

吃饭变了，生鱼片，寿司卷，你经常与中西功接头，不能回避日式饮食。这种改变，也是秘密工作的需要。

人是一种容易改变的动物，走路变了，吃饭变了，整个人也就变了。老熟人碰面，郑文道不招呼，别人认不出来。

薛有朋夸奖，这说明你已经变成个合格的秘密联络员。

郑文道有些得意，也有些悲哀，这还是我吗？我会不会变得梅笛都认不出？

这几次接头，都在日本餐馆。这不是中西功的要求，而是郑文道的建议。

“灯下黑。”

中国俗语，对暗战也有精彩论述。油灯高照，灯座下会有一圈暗色。同理，越是敌营近处，越有我活动的空间，因为敌人以为我不敢靠近，把反谍部署延伸到远处去了。

日本料理餐馆，就餐的大多是日本人，大家亲如一家，不会怀疑邻桌有个共产党。郑文道在这里同中西功接头，其实最安全。

中西功来了，郑文道起立迎候，立正，鞠躬，深深折腰，头比对方略低一寸。

这种分寸，不是日本人你很难拿捏，不低不恭，太低卑下。

两人落座，郑文道要来菜单，请尊者点菜。中西功略作示意，郑文道就开口点菜，嘴里说的全是日语。学些日本话，对于郑文道并不困难，关键在于肯学不肯学。

中西功也满意这个接头人，虽然开头显得生疏，但进入情况很快，是个秘密工作的可造之才。

两人边吃边谈，耳边不时传来呼喊，邻桌是一伙陆军军官，那风尘仆仆的样子，显然是刚从前线归来，捡了一条命，正要发泄发泄。

中西功有些烦躁，这些军官太粗野，给日本礼仪丢脸。郑文道却不反感，乘机观察情报。那大佐的腰间还挂着军刀，刀头可有中国人的鲜血？

过去，郑文道见到日本军刀就想动手，现在，郑文道见到军刀就像见到研究对象，不再冲动。这也是一种成熟吧，见怪不怪。

郑文道正在琢磨，店外进来一条壮汉，半边脸被墨镜遮挡。

郑文道感觉，这汉子像个熟人，赶紧埋头吃饭，不要被认出来了。眼角余光看去，那人并未注意自己，却直奔邻桌。

就地取材，那汉子从大佐腰间拔出军刀，举刀就砍！

大佐的脑袋歪倒半边，满堂军人震惊欲动，那汉又从腰间拔出手枪，边打边喊："老子不是日本人，老子也不是中国人，我是大韩民国义勇军！"

真豪杰！

郑文道抓起桌上的餐刀，准备同他一起动手。

"哐啷"一声，那汉子丢下军刀，身躯消失在门外。

屋内军官纷纷拔枪，街上已响起剧烈的枪声！

郑文道立即冲出餐馆，只见那刺客被警察击倒。郑文道看到那人的面孔，正是铁血锄奸团的团友林得山！

正在打算营救，一辆轿车突然驶来，那林得山钻上轿车急驶而去。

郑文道敏锐地辨认，那车上的司机是个墨镜女子，像是韩霜！

眼睁睁望着韩霜的汽车平安逃脱，郑文道心里这个佩服。

太痛快了，闹市杀贼，留下名号，大侠古风！

这时又想起，自己手里还握着餐刀。赶紧返回餐厅，那里的同志是否安全？

进屋就看到，中西功正忙着抢救伤员。

什么伤员，个个都是侵略军，郑文道恨不得冲上去人人补上一刀！

那中西功却积极地忙着，还指挥侍者帮助。

郑文道呆呆地站着，不知如何是好。

生死关头，最见真情，我关心刺客安危，你抢救受伤同胞，这说明什么？说明你的心理倾向！

我虽然是你的联络员，却负有考察你的重任。你是两面人，你是双重间谍，你的心理倾向，将决定你的政治态度。

如何识别间谍？那是一门复杂而高深的学问，叫作反间谍。郑文道虽然没有反间谍的专业知识，却有战场上出生入死的经历。识别敌我在和平时期相当困难，在战时却异常简单——生死考验。同生共死的是战友，不共戴天的是敌人，其间容不得半点含糊。

现在这中西功也面对生死搏杀，他是敌是友？

塚下赶来的时候，刺客早已逃逸。

现场有两个目击证人：中西功和郑文道。

塚下当然信任中西功，那就得带走郑文道问话。可中西功发话了，这是我的朋友。

塚下走了，请中西功一起走了，不是抓，而是请，亲亲热热，亲如一家。

现场留下郑文道，像留下一只丧家犬。

你们都走吧，你们都是日本人，日本人相信日本人。

郑文道想起一个字条，那是伤害梅笛的日本俘虏留下的，上面写着："日本人没有卖国奴。"

这就是日本人！

那中西功也是日本人，他为我中国提供情报，也会被同胞骂为"卖国奴"。

他肯作日本人之中的"卖国奴"吗？

行走在寂静的街道，郑文道脑海里波涛汹涌。

薛有朋指导自己，要学会在言行举止间判读情报。这次接头就是最激烈的场合了，那中西功的状况如何判读？

他抢救那日本伤员，他掩护我这中国同志，他到底倾向何方？

第九章

《支那抗战力调查》

——情报分析报告的制作

考察心理倾向，这是反间谍工作最高级的专业技巧。郑文道苦于考察中西功，中西功苦于考察关南。薛有朋同意争取关南回头，而且把这个任务交给中西功的日本人小组，日本同志接触关南比较方便。

对于中国人的心理，中西功素有研究，这是东亚同文的基本课程，日本帝国要的就是在中国人中培养汉奸。可是，日本的特工课程，不会包括如何让汉奸再转向效忠祖国。争取关南？虽然被争取人已有思想基础，但实施起来又很尴尬。正因为他仇恨日本，他才可能转向。他要是转向，又很难相信日本人。想想看，让日本特务去说服中国汉奸转向抗日，那不是天方夜谭吗？

不过，这秘密战争，就是要做常人无法想象之事，那才能出奇制胜。中西功和西里龙夫反复商议，都认为关南完全可以争取，只是，如何捅破那一层窗户纸，却是无从着手。

如何对待汉奸？这也是日本帝国十分重视的问题。1931—1937年，日本占领了大片中国领土，如何治理这方比本土更大的地域，不得不使用当地人。当地人？他到底是中国人还是日本人呢？对于这个问题，有必要回避一下，中国人哪怕是降了，也无颜承认自己是汉奸。日本政府苦心筹划，设立了一个新的机构——兴亚院。外务省的工作对象是外国，兴亚院的工作对象是日本占据的亚洲土地，这些土地已经圈入日本的势力范围，不能承认是外国领土，因此，不能列为外务对象。兴亚院的官员，大多出自外务省，上海总领事洞井，兼任兴亚院高级调查官。

洞井的使命，就是管理日本占领区的华人居民，逐步将其日本化。简捷而言，就是培养汉奸。

培养汉奸，洞井也有高招。军方全靠军事征服，外务省重视物权拉拢，兴亚院还搞文明同化。洞井履任，第一举措就是组织参观游览，带着汪精卫政权的高官眷属，游览大东京，游览大上海，亲身体验大日本帝国的强大和富庶，让他们甘心情愿地降服。这计划既文明又高明，深得驻华机构的赏识，却有中西功提出异议。中西功悄悄告诉老师：时下的东京正在施行战时经济，生活水平比上海低得多。洞井顿时明白：在这个时候让汉奸参观日本城市，反而会使他们心理动摇。

那么，就取消参观？中西功又有建议：不如参观杭州。

杭州，古称临安。宋朝不敌北方的金朝，将首都从汴梁迁移到南方的杭州，因为是临时首都，故而称为临安。可惜，临安不安，这南宋政权，最终还是不敌北方，被大元所灭。

洞井十分赞赏中西功的建议，参观杭州，就是一次现场教学，可以让中国人看到，抵抗只是临时，降服才有出路。

“暖风熏得游人醉，直把杭州当汴州。”南京政府的男男女女，在杭州玩得尽兴，游了西湖又游西山。陪同游玩的中西功，眼睛始终盯着关南。关南的老婆没有参加这次游览，看来没有忘记那吴淞炮台之辱。关南却积极参与这次游览，莫非另有所图？

游玩队伍从西山下来，进入灵隐寺。中日两国都信佛教，瞻仰寺院，那是不可缺少的行程。刚刚进入庙门，中西功就发现——关南失踪了！

中西功追出灵隐寺，四处张望，却找不到关南的踪影。

灵隐寺旁边，还有一个景点——岳庙。

南宋抗金名将岳飞，被奸臣秦桧诬陷屈死，此地就是岳飞坟茔所在。临安人民怀念岳飞这位民族英雄，将岳坟尊为岳庙，永久祭奠。

难道关南私自去岳庙了？

这岳庙虽然是西湖旁边的游览胜地，却并未列入洞井的参观计划，让汉奸参拜民族英雄，那不是自我讽刺吗？

可是，关南在此处失踪，只能隐身岳庙。

中西功悄悄走进岳庙，偷偷观察，正要看你如何对待自己民族的英雄。

高大的坟茔，维护得庄严肃穆。英雄是人类偶像，英雄的影响力甚至会超越种族。历朝历代，无论哪个民族统治中华，都不敢亵渎这位英雄，就连日本也不例外。

岳飞墓前，香烛缭绕，多人跪拜。中西功远远站着，不敢上前。

我的祖国是侵略者，我无颜面对中国人的民族英雄！

关南呢？

如果你也来跪拜岳飞，那就说明你良心未泯，可以争取。

一一辨认，岳墓前跪拜的人群，没有关南。

关南去哪儿了？

回过头来寻找，墙角僻静处，蹲着一个人，像是他。

那姿势不是跪拜，也不是站立，而是一种中西功从未见过的体态。

蹲着，头，深深地埋在两腿之间。这种姿态极其难受，绝非正常人体所能忍受，保持这种姿势，简直是自己惩罚自己！

蜷缩，这是蜷缩，虫蠡般蜷缩。蹲而不立，这是缺乏自信的表现，头颅深埋，这是羞耻的表现。可是，蹲而不跪呢？这是不敬的表现，关南面对的塑像是谁？

“狗汉奸！”

一声怒喝，打断了中西功的思考。

一个白发老妇，拄着拐杖，朝塑像吐了一口唾沫。

中西功仔细看去，那乌黑的塑像跪在当地，满身污秽。

顿时醒悟，那是秦桧夫妇的跪像啊！

“青山有幸埋忠骨，白铁无辜铸佞臣”，这名句说的就是这坟茔和铁像。中国人最恨汉奸，让诬陷岳飞的秦桧永远跪在忠臣的坟前，承受万人唾骂。

蜷缩于秦桧面前，正是自愧为汉奸，不敢面对民族英雄岳飞！

中西功冲动起来，大步上前，拉起关南。

关南惊恐地望着中西功，不知所措。

中西功二话不说，强拉关南，拉到岳飞墓前。关南羞愧难当，拼力挣脱，那中西功却双膝跪倒，向岳飞跪拜。

关南傻了，呆呆地看着中西功，不知不觉，双膝跪下，跪在中西功旁边。

不用任何语言沟通，关南就转向了。

一个汉奸，被日本人说服转向抗日。

这政治思想工作，真是匪夷所思。

郑文道不得不承认，这中西功，也许真的是自己人。能够证明这一点的，还有情报。

关南转向之后，立即提供一份重要情报。日本政府与汪精卫政权签订的秘密条约——《日支新关系调整纲要》。

汪精卫举着青天白日满地红又加上黄条的“国旗”，在首都南京主持着中华民国的“国民政府”，俨然是国家正统。可是，这个密约却充分揭露，汪精卫只是日本帝国的“儿皇帝”。

日本帝国口口声声要搞东亚共荣，公开私下和中国官员接洽媾和，俨然是亚洲大哥。可是，这个密约却充分暴露，日本把中国当成自己的殖民地。

延安得到这个密约的文本，公开批判汪精卫的卖国阴谋。不久，汪精卫的部下高宗武潜逃重庆，公开了这个密约，引起全国轰动，人们纷纷称赞共产党有先见之明。

郑文道笑了，你们哪里知道，我们提前拿到这份情报，所有的批判都是针锋相对。郑文道也不得不承认，发展日本人入伙，还真的有用啊。

再和中西功接头的时候，郑文道就不那么反感了。

到日本料理店接头，郑文道也会施行日式“折腰礼”，脊梁和脖颈挺直，只是弯腰，而且弯下它九十度，不以为耻。

中西功解释，这日式鞠躬，表明信任对方，我把最怕打击的后脑勺送给你了。

到中华餐馆会面，中西功双手抱拳施礼，一个潇洒的中国书生，不像外国人。

郑文道心想，这中式握拳，象征搭建桥梁，表示我们可以互相沟通。

到了英租界的西餐馆，两人大方地握手，都是绅士风度，谁也不见外。

这西式握手又是什么含义呢?

中西功认为，伸出右手，这是解除对方的怀疑，我手里没有握剑。

郑文道认为，两手紧握，这是以角力代替厮杀，文明竞争。

到底都是知识分子，能够从日常礼仪中悟出文化含义。这种素养，对情报工作有用呢。

接头次数多了，郑文道看到自己同中西功之间的差距：人家熟悉我的语言，我却不懂人家的语言。为了工作，郑文道不得不接触讨厌的日本人，为了工作，郑文道也不得不学习讨厌的日语。接触多了，学习久了，就感到不那么讨厌，而且有些兴趣。

郑文道学习日文，中西功却在学习中文。郑文道惊讶地看到，中西功正在苦读《论持久战》。

毛泽东这篇文章，郑文道早已熟读。非只共产党人，中间派人士和国民党人也在看，所有的中国人都在寻找答案：这抗日战争应该怎么打？

可你个日本特务，为何也要阅读中共领袖的著作呢？这里的论述已经尽人皆知，没有秘密了。

中西功认真地说："我看毛泽东的文章，不是寻找情报，而是学习情报业务，毛泽东是个情报大师啊！"

毛泽东，情报大师？

中共党员郑文道，怎么也没有想到，中共领袖的名字，会和情报大师联系在一起。

日本特务侃侃而谈，毛泽东的《论持久战》，就是最好的情报分析报告啊。

中日大战刚刚爆发，毛泽东就能具体地掌握敌对双方的特点，全面地论证敌对双方的战法，而且预见战局的发展阶段和最终结果。

全世界任何一个情报人员，如果能够写出这样的分析报告，那他就会被国际情报界公认为顶级情报大师！

郑文道不得不承认，中西功说得有理。毛主席的政策水平，已经赢得党内的共识。现在又知道，毛主席搞情报也是内行。郑文道豁然大悟，毛主席总是说，知己知彼，百战百胜，那知彼不就是搞敌人的情报吗？

悟到此处，郑文道不再厌烦自己的秘密工作，搞情报也是打仗杀敌啊。悟到此处，郑文道不再讨厌中西功，他比我更有水平！

中西功也在撰写情报分析报告——《支那抗战力调查》。

1937年的七七事变，日本称为“中国事变”。日本陆军承诺，三个月解决中国事变。可是，三年过去，这中国事变却愈演愈烈，中国军队的抵抗力怎么越来越强?

如何解决这个难题，陆军推给了情报界，情报界推给了中西功。你是中国问题专家，不，你还是中共问题专家!

中西功抵达上海之后，就承揽了这项情报课题，但是，写出的初稿，连中西功自己都不满意——第一手材料太少。

日本特务机关搞到的中共情报，只有两个来源：国民党特工，共产党叛徒。国民党虽然正在同共产党合作抗日，但特务机构始终没有放弃暗中较量，一直在搞中共情报。这些情报，又由韩霜私下卖给金原。但是，国民党的情报有个主观倾向，总是贬低中共的抗战力。皇军最头疼的中共游击队，竟然被陈幕说成是“游而不击”。共产党的叛徒，按说是十分了解中共情报了，可这些叛徒也有主观倾向，也是贬低中共的抗战力，生怕说高了得罪日本主子。

巧妇难为无米之炊，以这些不实之词为资料，你能做出合格的情报分析吗?专家如中西功，也无法及时完成这调查报告。

现在好了，中西功身边有了郑文道。

郑文道在山东亲自参与游击战争，随口就能说出许多精彩战例。

有了充足的好米，巧妇就能大显身手，中西功很快写出长篇报告。正要上交，被郑文道阻拦：这报告先要经过我们组织的审查!我们给日本特务提供的情报，必须是假情报，万万不能泄密。

这一审看，郑文道不禁脊背发凉。

这篇《支那抗战力调查》，详实地介绍了中国军民的战法，特别是高度评价了中共领导的敌后游击战。报告振聋发聩地指出：日本不可能轻易战胜中国，战争将持续多年，大量消耗日本的经济资源。

你中西功写的不是假情报，全是真情报，而且，这些真实情报来自我郑文道的提供。

这个报告交上去，我不就成了汉奸？写出这报告的你，难道不是日本特务？

郑文道把报告呈送薛有朋，同时做出深刻的检讨：我不该向日本特务泄密。

薛有朋没有表态，只是拿起报告，仔细阅读。郑文道在旁，提心吊胆，我的泄密会不会造成严重后果？

读着读着，薛有朋拿起茶杯，一饮而尽。

这让郑文道有点期望，还能想到喝水，表明领导没有太生气。

读着读着，薛有朋抓过酒瓶，仰头就灌。

郑文道乐了，这叫“浮一大白”，古人看书看到乐处，总要喝酒。

啪！

薛有朋把报告拍到桌上，神情激动。

郑文道又慌了，这位稳重的老师都生气了！

薛有朋摇摇头，给郑文道斟个满杯。

“这报告，写得太好了。”

郑文道诧异：“对他日本好，对我中国不就坏了吗？”

“你的脑筋太简单。”薛有朋自斟自饮，“这份报告，列举的资料，确实不是假的。”

“这是我的失误，我不该给他真实材料。”

“那才是失误呢！”薛有朋指点，“你给他假的，他把假的送上去，能骗过金原吗？能骗过洞井吗？”

“那，那我们不怕泄密？”

“你再看看中西功的分析。”薛有朋把报告递给郑文道，指出最后的段落。

“分析结论：日本不可能轻易战胜中国，战争将持续多年，大量消耗日本的经济资源。”

“对策建议：皇军不能被中共的敌后游击战拖住，必须及时转向石油和橡胶的资源产地。”

郑文道早已看过全文，这分析结论和对策建议也看过，这不也是帮助日本侵略中国吗？

见郑文道不明白，薛有朋取走了郑文道面前的酒杯，换上茶杯。

“中西功向敌人提供的情报，非但没有泄露我党的秘密，反而诱使敌人转移战略重心！”

转移战略重心？郑文道抓起报告，再次阅读。

“转向石油和橡胶的资源产地”？那地方中国没有，只能去外国啊！

“不能被中共的敌后游击战拖住”？那就会放松对我根据地的扫荡，把军队调出中国！

郑文道深深敬佩薛有朋的见识，也不得不佩服中西功的水平。

用真实而不是虚假的情报，也能诱骗敌人！

敌人果然上当。

《支那抗战力调查》轰动东京，大本营指示支那派遣军：大力支持满铁的情报研究，凡重大战略问题，务必咨询中西君。

大笔大笔的情报经费，从东京拨到上海，拨给中西功，专门用于调研中共情报。中西功把多数经费交给郑文道，上缴中共组织。

郑文道不得不赞佩中西功的本事，用日本钱抗日！

中西功笑了，这本事是跟你郑文道学的，你缴获日本枪炮抗日。

谁跟谁学？

中西功说是向郑文道学习，郑文道却认为自己应该向中西功学习。

两人争执不下，只能请教老师。

薛有朋告诉郑文道：我确实是中西功的老师，可我的老师呢？我的老师是个日本人，叫作河上肇，日本的社会主义学家。我就是在日本老师的影响下，走上了革命道路。

谁是谁的老师？

这个问题，要用事实回答。中日两国，自古以来就是“互为师生”。

古代，中国是日本的老师。日本多次派出“遣唐使”到中国学习，把中华文化带回日本。

现代，日本是中国的老师。中国青年大批留学日本，通过日文学习西方的先进文化。就连“调查报告”这个词汇，也是日文的翻译呢。

互为师生！

郑文道赞成这个分析结论，这也算情报分析吧？

郑文道喜爱学习，郑文道下定决心，向中西功学习情报分析，向中西功学习日语……

结交日本女人，对于郑文道，是个极其新鲜的刺激。

中西功当然赞成郑文道学习日语，可是，中西功自己却不宜同郑文道过多接触，于是，就介绍了一个日本姑娘。

会面的地点，在豫园角落的一间茶室。豫园，古色古香的中式园林，在摩登的上海滩，这豫园怕是唯一的古典情调了。

走在这里，郑文道有些异样的感觉，尽管郑文道出自广东世家，尽管郑文道家里也有园子，但是，这种生活阔别已久。郑文道现在熟悉的，是山东的农村和上海的楼宇。这个日本女人是什么人，她为何对中华古典感兴趣呢？

中西功向中国同志保证，这隆子是个合适的日文教师，她同情中国人民，又没有介入政治，你同她接触，不会引起怀疑。

你再怎么说，她也是个日本人！郑文道满怀警惕，走进茶室，见到隆子，却感到没有警惕的必要——这女人太普通了。

衣着普通，普通的中式旗袍，束身不像别人那么紧，开衩不像别人那么高，这打扮像个乡绅家眷，没有任何时尚因素。相貌也很普通，肤色不白，鼻梁不高，这长相就是个小家碧玉，不带任何邪意。郑文道放心了，这样的女人，不会是女特务。

隆子的茶室，已经改造成书房，没有粉黛香，只有书墨香。隆子在这里学习中国书法，中国绘画，屋内屋外都是中国景色。郑文道进入这样的地方，立即回复当年的家居气氛，哪里还有反感情绪。

姑娘的眼睛放射着热情，微躬的身躯自下而上地仰望，每当郑文道说出一个看法，就会双手合十："哇！"

与这样的女子相处，任何男人都会感到放松，感到自傲，感到自己是个大丈夫。

离别隆子，郑文道还沉浸在愉快之中，隆子的表情对男人恭敬，隆子的态度让男人高兴。比较而言，梅笛的眼睛是沉静的，梅笛的态度是矜持的，和梅笛在一起时，没有这般得意……

骤然停住脚步。

我怎么把隆子和梅笛比较呢？

梅笛是我的爱人，她隆子算什么？

一个日本女教师，你凭什么对她产生好感？危险啊！

郑文道决定，立即切断同隆子的关系。

作为一个纯正的共产党员，郑文道把自己同隆子的接触，原原本本地报告领导。而且，保证今后再也不同日本女人接触。

没想到。薛有朋却决定：你应该同她走得近些。

对日情报工作，需要郑文道逐步进入驻沪日本人的圈子，这种渗入，通过一个灰色人物相对安全。隆子，正是一个合适的人选。

至于什么男女之情嘛……薛有朋严肃地看着郑文道：

"我相信你是个君子。"

君子！

隆子也认为郑文道是个君子。

到中国求学，日本姑娘隆子，对中华文化产生浓厚的兴趣，毕业了，还不肯返回祖国。家中父母着急了，你不回国也要在上海找个男人结婚啊！说完又加一条：务必找个日本男人。上海的男人很多，既有日本男人，也有中国男人，还有尊贵的白人男子，你日本姑娘还是找日本男人为好。

隆子接触的上海男人很多，可是，隆子眼里却没有国籍之别，隆子心中的理想男人，就是“君子”。

君子，一个满怀道义的男人，君子，一个文雅端正的男人。君子是孔夫子制订的修身目标，君子是卓文君托付终身的对象，君子也是隆子唯一的夫君。

可惜，现代社会，君子很少。即使在君子的原产地中国，君子也是稀有动物。同文书院有许多男生，可是，那追求自己的塚下，看来像个小人。那具备君子风范的中西功，娶了别的姑娘。少有的华生关南，还当了汉奸……

终于碰到这个郑文道，隆子一眼就认定——君子！

这，也许就是邂逅相遇吧？

隆子心中，最美丽的爱情，不是媒妁之言，也不是青梅竹马，那些爱情都不够浪漫。想想那篇古代小说吧，女神江妃在河边碰到一个男生，不用交谈，就心领神会，把贴身的玉佩赠予……

女伴笑话隆子，那种一见钟情的爱情，缺乏互相了解，没有牢固的基础。

隆子却认为，一见钟情很有基础，那情感基于多年的心理积淀。姑娘心中早已描画了一个理想的君子，四处寻觅，终于有一天，邂逅相遇！

邂逅相遇的爱情虽然珍贵，却是前途不妙。一个书生问路，碰到一个面如桃花的姑娘，待到来年再去找这个姑娘的时候，姑娘已经苦恋而逝，“人面不知何处去，桃花依旧笑春风。”这错过机遇的故事，又演成一出戏，叫作 《人面桃花》。

必须抓住机会！

隆子积极地联系郑文道，随时等在豫园书房，只要郑文道得空，两人就亲密相处。

这段时间，郑文道心情很好，不仅因为有了隆子这样的朋友，还因为工作顺利。薛有朋说了，你现在有些上路了，像个秘密情报员了。

只有一点遗憾，不能接触梅笛。

上海滩说大就大，说不大也不大，就那么几个社交圈子，两人不时在公共场所相遇，相遇不能交谈，只能眼神交汇。

就这样也行，郑文道心里也慰藉，眼神交汇，电光石火，胜过那庸俗的朝夕相处。

梅笛却发现，郑文道的眼神有些不对了。

以前，他的眼睛总是直勾勾的，每次都得我躲开，免得引起旁人注意。那次舞会，我和麦尔跳舞，他的眼睛直冒火！可最近变了，他的眼睛闪烁不定，比我转开得早。那次在豫园，我俩都是单身，本是一次难得的交谈机会，他却看都不看我，匆匆走开……

思来想去，不得其解。梅笛的脚步，不知不觉间，走向豫园，走向那邂逅相遇的地方。

刚进豫园，就碰到熟人，不是郑文道，却是韩霜。

韩霜热情地挽着梅笛，虽然我们都没带男友，但两个女人也能逛逛。

这一逛，就发现问题。在豫园深处，在一间密室，看到郑文道与一个女子单独相处。

看到装作看不到，梅笛牵着韩霜匆匆走开，心里却是好大不舒服。

你离开我，不是侦察这个军统女特务吗？那么那个女人又是谁呢？

韩霜仿佛看透梅笛心思："那女人我认识，同文书院的同学。"

"日本女人？"

梅笛大吃一惊。难道郑文道在做日本工作？

"日本的贵族小姐！"韩霜鄙夷，"这些中国男人真没劲，攀龙附凤都攀到日本了。"

"攀龙附凤？不会吧？"

梅笛更加吃惊了，他离开我，不是为了工作吗？

"你不懂男人！"韩霜像个大姐姐，"天下男人，个个都是花心。你不信？我分分钟就能把这个家伙搞定。"

梅笛的心思乱了，沉静如水的女人，心中也有涟漪，只要她爱上一个男人，心思就会乱。

梅笛决定，一定要找机会查证……

郑文道也在查证——中西功参军了。

经金原推荐，中西功荣任上海驻军司令部的嘱托。郑文道知道，这日文的"嘱托"就是中文的"顾问"，是个权力不大但级别很高的职务。

进入军方，对于情报工作，未必是坏事，郑文道本来就希望中西功搞到军事情报。

但是，但是作为情报组织的成员，你采取重大行动，应该事先请示上级。而中西功接受这个任命，并未知会郑文道。

郑文道分析，这任命肯定是日军特务的部署，拉拢这个中国问题专家呢。

党组织总是提醒大家，作为一个革命者，必须要过三关：金钱关、美女关、职务关，那是敌特诱惑我们背叛的三种利器。

现在，中西功也面临关口了，我怎么提醒他呢？他的职务比我高，他的年纪比我大，他能听我的吗？

必须请示上级。

郑文道匆匆寻找薛有朋，走到同文书院附近，意外相遇隆子。相遇就得应对，不能让隆子看出自己急于离开。

隆子却不肯放过机会，挽着郑文道的手臂，非要去豫园。郑文道正在为难，梅笛又出现了！

郑文道顿时不知所措，让梅笛看到自己挽着另一个女人，会引起误解的。

那梅笛径直走上前来，面对郑文道。

郑文道慌了，难道你要当面质问我？你忘了秘密工作的规则？

那梅笛却是大大方方："这位先生，请问去豫园怎么走？"

你知道我常去豫园？

郑文道更慌了，慌得一时说不出豫园的地址。

隆子笑了："我们也去豫园，一起走吧。"

于是，郑文道就不得不去豫园了。

右臂挎着隆子，左臂挨着梅笛，男子汉大丈夫，被两个女人押赴刑场。

郑文道的步伐乱了，大步幅变成了小步幅，慢步速变成了快步速，倒着凌乱的小碎步，追随着女人……

梅笛双眼前视，挺直胸膛，不看身边，也能感到郑文道的慌乱。

"你们两个去谈工作？"

郑文道不知如何回答，她这话是在审我。

隆子抢答了："我们去玩儿。"

玩儿？

梅笛转头，盯住郑文道的眼睛。

郑文道赶紧转开自己的眼睛，这质问无法回答。

"哦，我忘了，我还有别的事情。"

梅笛突然转身，离开了郑文道。

“再见。”隆子友好地告别梅笛。

郑文道也摇手告别，却看到，那梅笛根本不看自己，眼神没能交汇。

糟了，她误解我了，她一定是误解我了……

深夜，郑文道终于见到薛有朋，不是郑文道找到薛有朋，而是薛有朋找到郑文道。

郑文道的满腹心事还没有汇报，薛有朋就急切地通知：暂停同中西功的联络。

日本共产党领袖佐野学从莫斯科返回日本，途径上海，被日本特务抓捕。而后，日本国内的共产党秘密组织遭受大破坏，外围组织劳动同盟也被迫宣布解散。

紧急事态表明，佐野学很可能叛变了。他的叛变，不可避免地牵连上海，也许会暴露中西功等日本人。

薛有朋说完，不待郑文道汇报，就匆匆走了。切断联系不是个简单的事情，薛有朋还有其他紧急事项要立即处理……

郑文道懵了，被紧急而复杂的情况搞懵了。就是那危险的游击战也没能把人吓住，可这秘密战却让你陷入迷雾无法自拔。

切断联系并不简单，郑文道的电话、住址，都要立即变更，所有中西功知道的线索，都要彻底掐断。现实就是难题——今晚去哪里过夜？

必须尽快清醒过来，必须尽快清醒过来，可这上海滩哪里有个清静的地方？已经入夜，到处还是灯红酒绿，郑文道匆匆而行，寻找寂静的小巷，扑面撞上铁梯，原来是先施百货公司背后的防火梯。

四顾无人，郑文道纵身而上，手脚并用攀上楼顶，楼顶空无一人。躲在这里，也许能够度过这个长夜。

这是上海滩最高的地方，星空在脚下，那是不夜城的灯光；头上是大地，那是黑沉沉的夜空。天地颠倒，郑文道索性躺倒，闭目思索，思索这短短几个小时发生的剧变。

切断与中西功的联系？

那意味，我可以摆脱对日工作，重回战场。那意味，我可以离开隆子，重返梅笛的身旁。那好啊，我又可以重过正常的生活，脚下是厚重的大地，顶上是晴朗的天空。

不过，那还是有些遗憾。中西功提供的情报，我在战场上是得不到的。好不容易开辟的对日情报工作，就这样中止了？

这项工作能不能继续呢？他佐野学叛变，并不等于所有的日本同志都不可靠。中西功给我们提供过重要情报，日汪密约的情报！

不对，那情报不足以证明中西功绝对可靠。那情报虽然有用。但只是揭露了汪伪汉奸，并未伤及日本，我要的日军情报，他至今没搞到。老薛说过，考察双面人，关键要看情报的质量，那情报对敌揭露得越深，情报员就越可靠。检验他中西功，关键还看日本的军事情报啊！

日军情报？中西功不是正在加入日军吗？也许，他是为了给我搞日军情报？也许，我对他操之过急了？

那么，中西功就不该放弃！

不该放弃，又不能完全信任，那叫什么关系？利用关系？

人家出生入死为你搞情报，你却利用人家，不够义气吧？不，不能讲那些江湖义气。密战这行当，骗人就是正常业务。间谍行也有自己的职业道德，你可以欺骗敌人，你可以隐瞒公众，却绝对不能背叛自己的组织。为了中国人民的抗日战争，为了国际共产主义的事业，我必须提防日本骗子！

骗子，还是同志？这是个问题。

中西功啊中西功，我这样对你，你千万不要误解啊……

想中西功，中西功就出现。

暗夜中，中西功的眼睛闪闪发亮，发亮的还有金星，军装，肩章，金星闪亮。

你为何突然出现？郑文道正在诧异，中西功伸手掏出一个信封。情报？郑文道刚要接手，那信封突然变成手枪，枪口直指自己胸膛！

你是日本骗子？郑文道怒不可遏，那中西功更是青面獠牙，眼看就要开枪，梅笛挡在郑文道的身前！

自己人来了？郑文道上前拥抱梅笛，梅笛却抽身而去，郑文道追过去，梅笛竟然纵身跳楼！郑文道飞身扑救，自己也坠下高楼！

身体在空中飘浮，双臂在捕捉恋人，没有抓到梅笛，却抓到中西功……

骤然醒来，自己一人躺在楼顶，头上的夜空黑沉沉的，压得人喘不过气来。

第十章

“卖国奴”

——双重间谍的双重困扰

切断联系，对于秘密情报员是非常痛苦的状态。这也许意味你失去组织信任，你将永远断线。这也许意味你正在接收考验，只是暂时切断。当然，这也许意味组织上出于保护你的安全，你仍在组织视线之中。无论如何，你处于什么状态，你自己不知道，只有组织上知道，你又不能去问。按照秘密活动的规则，上线知道下线的地址，下线不知上线的地址，在中断联系期间，下线只能等待上线，不准擅自寻找上线。这等待，可能是几天，可能是几个月，也可能是几年。

等待，意味中止工作，对于秘密情报员，这就是业务生命的中止，对于共产党员，这就是革命生涯的中止！

等待的日子很难熬，郑文道只能独自踱步，踱步在闹市，一万张面孔没有一个对话者，踱步在小巷，与铺路的石子默默对话。不知为何，对话的对象，总是中西功。

虽然我是你的上线，可我同时又是薛有朋的下线，你被切断，我也断着。

不过，你比我更痛苦。中止工作，我还知道一些理由，那是别的组织出了问题。可是，这理由却得瞒着你，你是嫌疑人啊。

郑文道的步子慢了下来……

你在干什么？

你的心情正好，拿到日汪密约情报，得到上级的表扬。你的工作情绪正高，一定又拿到新的重要情报，急于交给我。

可是，当你按时来到事先约定的地点，我却没有出现。反复赴约，还是不见联络员。去同文书院打听薛有朋，也说休假了。

你会猜想，难道是上级组织出事了？

作为一个老练的特工，你会利用自己的身份，跑遍驻沪五大特务系统，看看有没有破获中共秘密组织的案件。也许，你能打听到，那佐野学已经叛变，供出多名同志，日共在国内的网络已被打散。那样，你会立即采取措施保护自己，免受牵连。

那就好了，那就好了，你会理解，我切断与你的联系，本是中共组织对你的保护。

那就好了，那就好了，你就不会痛苦，他就能耐心等待……

郑文道突然发现，自己的步子越来越大。有趣啊有趣，搞秘密工作改变的行走习惯，等待中复原了？

不对，这种状态不对，我现在不是放弃工作，而是等待工作。

我不该这么同情你，你现在是审查对象。我怎么知道你不会被牵连？我怎么知道你不会背叛？

想到紧处，郑文道的步子越来越快。

我这么苛刻地看待你，是不是不讲情义？不，这不是我不讲情义，这是组织纪律。为了整个组织的安全，让个人暂时委屈一下。不，这不算委屈，一个国际主义者，一个合格的情报员，应该能够正确对待这种处境。

脑子快转，步子快走，郑文道不得不承认，自己还不是一个合格的情报员，自己连自己的脚步都控制不住。

这些日子，郑文道总是在不知不觉间，走过那间日本料理店。

那同中西功接头的地方，现在本应回避。

这天深夜，郑文道又来到这里，漫无目的。也许，只是想远远地看看你？

想看，未必能看到。郑文道垂头丧气地转入小巷，独自徘徊。

小巷尽头，突然出现刺目的车灯！

郑文道转身就跑，刚刚跑到巷口，一辆吉普车戛然刹车堵住去路，车上跳下个日本军官！郑文道拔出腰间的匕首，对方扑过来压倒郑文道！

郑文道拼命厮打，只听得耳边说："自己人！有情报！"

动作骤然停止，郑文道这才辨清，来人是中西功，而中西功的胳膊，已经被自己刺伤。

中西功违反规定擅自联系上线，只因为情报万万火急！

茅山的共产党根据地，正好卡住南京和上海之间的咽喉要地。金原同陈幕暗中沟通，达成秘密协议：日军即将与国民党军队会剿茅山新四军指挥部。

危在旦夕！

郑文道顾不得核实情报的真假，先报告组织再说。当然，也顾不得那切断中西功联系的禁令了……

这几天，中西功心情极好：我为中国人民的抗战做出了实际的贡献。

前些日子，中共组织中断了同自己的联系，中西功并不埋怨。

就是放到自己身上，也要怀疑你个中西功。一个日本人，怎能心甘情愿地为敌国效力？一个日本间谍，怎能不计风险地为共产党提供情报？

扭转成见，要靠行动。现在，我用高质量的情报贡献，证明自己超越了狭隘的民族主义，我是个真正的国际主义者。

中西功认定，这世界，只有国际主义，才能朋友遍天下。中西功决定，为中共提供所有能够搞到的军事情报，以实际行动支援国际和平事业。

这几天，郑文道也心情极好。

新四军拿到日军的作战计划，预先设伏，一举歼灭日军联队。

在敌强我弱的条件下，仗打得这么漂亮，全凭情报准确，新四军首长高度赞扬上海情报科！

这生死交关的重要情报，已经证实中西功的可靠，那暂时切断的与日本人小组的联系，也可以恢复了。

我又能工作了！我又能为抗战做出实际贡献了！郑文道十分高兴，高兴自己的秘密工作不比打仗贡献小，还高兴中西功是个值得交往的好同志。

还有个高兴，连郑文道自己都不好意思承认——又能见到隆子了。

久别重逢，两人间格外亲近，隆子邀请郑文道，到崇明岛写生。崇明岛是长江中心的一块沙洲，人流稀少，林木繁茂，走到哪里都是一幅画卷。

两人并肩写生，隆子发现，郑文道写生不用炭笔用毛笔？抢过郑文道的毛笔，试用一下，画错了没法用橡皮擦掉。这毛笔画画最见功底，隆子十分钦佩郑文道，这人也像毛笔，每一划都正道。

郑文道却无心教授隆子画画，总感觉，身后似乎有一双眼睛。

这感觉，自然传递给隆子，隆子稍一留意，就判定有人监视，而且，那监视人正是塚下。

别看隆子不愿当特务，塚下那点特务伎俩，隆子都学过。跟踪，那种侦察手段应该用于大都市，你在这荒郊野外搞跟踪，只能暴露自己。

塚下其实也没有笨到那种地步，只是，现在顾不得那许多，不能让这个贱华人抢走我的女人！

茅山失利，日军内部判定为泄密。追查泄密，锁定汉奸。金原指令塚下，排查所有接近皇军的中国人。

塚下是驻沪领事馆特高课的警察，专责反间谍。别的日本人，也许喜欢卑躬屈膝的汉奸，塚下却不。塚下的职责，天然警惕所有的中国人，不管你是反日分子还是汉奸。反日分子是抗战侦探必须抓，汉奸也许是双重间谍也得查。

接到金原的任务，塚下乐了：我有个现成的目标——郑文道。

塚下早就盯上那家伙，不是因为反间谍，而是因为反情敌——我追求的隆子小姐，你怎敢第三者插足？

塚下跟踪到崇明岛，打算抓到郑文道什么把柄，然后就硬说他是中共间谍……

偷窥，偷窥使忍者气愤填膺。塚下握紧拳头，全身的肌肉充满了张力，一举将其拿下！

可是，偷窥许久，没有抓到什么间谍勾当，却看到男女之事。

那隆子不顾羞耻，竟然靠在中国男人身上。那中国小子不知天高地厚，竟然放肆地搂着隆子！

塚下看不下去了，又不敢出头得罪隆子，只能放松拳头，掉头走开。

塚下一走，郑文道立即推开隆子。刚才的亲近，那是演戏给跟踪人看的。

隆子心里，甜甜的、酸酸的。甜在刚才的亲近，你虽然是演戏，却没有任何反感的表示，酸在后来的推开，你为何不肯假戏真做？

郑文道此刻，哪里顾到男女之情。塚下的跟踪，表明我已经被敌特关注，联络任务危险！下线中西功危险！

紧急动态，迫使薛有朋做出大胆举措——把郑文道公开！

既然日本特务已经发现你接触日本人，那么，你就公开为日本人服务。只有这样，才能消除敌特怀疑，继续联络工作。

对于组织，这是周全的安排，对于郑文道，这是难堪的安排，这安排意味——郑文道的公开身份是汉奸。

要在过去，郑文道会毫不犹豫地拒绝这个安排，哪怕是组织安排，我受不了那种耻辱！

可现在郑文道无法拒绝，你已经承认中西功是同志，你已经看到日本同志的情报作用，你已经爱上这份工作！

所以，郑文道就甘心情愿地当汉奸了。

只有一个保留——千万瞒着梅笛。

郑文道躲避梅笛，梅笛却在追踪郑文道。自从看到郑文道同隆子亲近，梅笛就暗下决心——查证，查证他的真实情感，查证他的政治态度。

可是，梅笛很难得到这种机会，两人生活于不同的圈子。梅笛的工作对象是美国人，郑文道却在巴结日本人。

这场捉迷藏的游戏，被塚下破坏了。塚下不依不饶地跟踪郑文道，逼得中西功采取行动。

这一日，大巴黎酒吧人头攒动。日本学者中西功提议，上海的各国学者在这里聚会，讨论下次太平洋研究会的议题。

美国学者麦尔，早早地来了，上次会议就发现中西功这个人才，这次聚会不能放过。中西功敬酒麦尔不喝，非要中西功说明，那《支那抗战力调查》写得极好，素材是哪里搞来的？

中西功笑了，引荐身后的华人青年："我的研究方式，重视本土人才。"

麦尔并不服气，麦尔的身边也有本土人才。

于是，在两个外国老板的引荐下，郑文道和梅笛会面了，重逢当作初识。

郑文道注意到，梅笛的眼神充满警惕。

梅笛注意到，郑文道的眼神全是回避。

还有一个人在观察所有的人，塚下。

中西功特意邀请塚下与会，说是掩护反间谍专家暗中侦察外国间谍。

塚下由此认定，那两个华人都是汉奸，女子是美国间谍。男子是日本间谍，美国间谍是对手，日本间谍是自己人。

这结论让塚下为难，这自己人又是情敌，怎么对付他？他背后还有中西功，上海情报界举足轻重的人物，得罪不起。

中西功在上海，确实是个人物，一身横跨两界。在民间，国策公司满铁的情报头子，在军方，总军司令部的特务头子。比起来，军方似乎更重视中西功，军队不缺武夫缺文人，中西功是个大文人，能写。

进攻茅山的部队归来，金原特地邀请中西功到军营，找前线士兵调查新四军的情况。

昔日那严整的军营，如今满目疮痍。护引擎炸烂的卡车，炮管扭曲的山炮，瘸着拐着的伤兵……

金原十分痛苦："这次清乡作战失利，新四军好像拿到了我们的情报？"

中西功赶紧转移目标："皇协军泄密？"

"他们中国人，向来是脚踩两只船。"金原也不相信那种部队，中国人把他们叫伪军呢！"所以，我这次作战计划瞒着汪精卫，只有我们日本军官知情。"

"日本人？"中西功若有所思，"日本人不会有卖国奴。"

"也许是国民党那边泄密了？"金原也认为，日本人不会帮中国搞情报，缺乏动机嘛。

两人来到部队营房，只见满屋躺着酩酊大醉的伤兵，歪七扭八。

部队纪律这样差，金原很不满意，但又不好批评。全世界所有军队都有一条不成文法：谁上战场谁就是大爷。战场上下来的伤兵，见官大三级。

中西功却很自如，这些伤兵都是乡亲。

日军的编制，以乡里为基础，一个县的乡亲组成一个师团。这种编制方法，据说源自中国唐朝的府兵制，又由日本的幕府制度继承。虽然带有封建色彩，却是“上阵亲兄弟，打仗父子兵”，团体意识极强。

老乡见老乡，两眼泪汪汪，这次突袭作战的十八联队，都是中西功老家神奈川的乡亲。伤兵们围住中西功，纷纷哭诉：“中西君，你可来了，我们这一仗上当了！”

中西功的眼睛，却在四处寻找。

众人顿时沉寂，良久，一个老兵沉痛地说：“你的表弟战死了。”

中西功大吃一惊，跌坐在地。母亲的妹妹只有这一个儿子。他死了这家庭就毁了！

士兵们纷纷哭诉：“我们三重县的乡亲死伤太惨了！”

“新四军打了我们的埋伏……”

“准是有人泄密！”

“我们皇军出了内奸。”

“日本人怎么能有内奸呢？他有脸回家乡吗？”

“他不要脸，他是卖国奴！”

“卖国奴！”

“卖国奴！”

这是骂我啊！中西功面色煞白。

金原过来，安慰同伴。

中西功顿时警醒，自己的表情，很容易引起怀疑。

“乡亲们放心，我中西功不会放过那家伙！”

“卖国奴无耻！”

“他无耻……”

中西功骂得有气无力，别人骂的就是我，我也得自己骂自己。

金原满怀同情，搀扶着中西功，离开这伤心的地方。

“中西君，不要太伤心了，我们日本人，不会有卖国奴。”

“对对，我们日本人，不会有卖国奴……”

离开金原，中西功脚步踉跄。

“卖国奴!”“卖国奴!”“卖国奴!”

乡亲的骂声，总是在耳边回响，无休无止。

乡亲战死，家乡定是一片哭声，我的老父老母也在其中，也会哀哭，哭骂卖国奴。

我中西功为了国际和平而战，却战死了最亲近的人，成了亲人眼中的卖国奴?

心神恍惚的中西功，晃晃荡荡找到自家楼房，跌跌撞撞爬上楼梯，懵懵懂懂打开房门，进门就抓起酒瓶，连门都忘了锁……

郑文道急匆匆走向中西功的住宅。

中西功预先通知，今晚又有重要情报，茅山前线部队的情报。

自从郑文道身份公开，两人的接头不必偷偷摸摸，可以公开见面了。茅山大胜，郑文道兴致勃勃，脚下的步子也越来越快，刚刚转过街角，走不动了——

梅笛!

梅笛就在眼前，梅笛正在逗孩子，两个小孩抽打陀螺，他大姑娘一个不厌其烦，在旁边教人家玩儿。

郑文道悄悄过去，周边无人，这次也许可以交谈几句?

梅笛还在专心玩耍，那温柔慈爱的样儿，让人看也看不够。

“你们玩什么呢?”

郑文道有意发问，示意梅笛跟自己走，走开聊聊。

两个孩子眼睛一翻，鄙夷地看看郑文道：“打汉奸!”

“打汉奸?”郑文道被刺了一下，“打陀螺怎么是打汉奸呢?”

"打汉奸！就是打汉奸！"

两个孩子不管不顾，打得更狠，那劲头，仿佛打的不是陀螺而是郑文道。

梅笛，终于回头了，回头狠狠看了郑文道一眼。

这眼光足以杀人，杀掉一个无地自容的汉奸。

郑文道窘在当地，不敢应对。

梅笛转身就走，轻轻丢下一句："卖国贼！"

郑文道懵了：你真的当我是汉奸？你真的当我是卖国贼？

梅笛的鞋跟，响亮地敲击着地面，仿佛在喊："打汉奸！""打汉奸！"

郑文道的步伐慢了，郑文道的步子小了，一步一步，艰难地走向中西功的住宅。

我怎么不是汉奸？我正在走向日本特务的住宅。

我当然不是汉奸！那日本特务其实是我们的同志。

爱人啊爱人，你误会我了！

我不是汉奸，我不是卖国贼……

终于走到中西功的楼下。

抬头看看，整幢楼房灯火通明，只有中西功的窗户黑着。

悄悄摸上二楼，轻轻叩击暗号……

门没有开。

再次敲击，轻轻敲击，生怕惊动邻居。

门还是没开。

郑文道把耳朵贴上门板倾听，屋内没有声音。

中西功不在家？

不会，中西功办事极端认真，从不爽约。

郑文道轻轻扭动门把，门没锁……有情况？

不锁门，这在中西功是从未有过的情况。郑文道拔出匕首，掩身进入……

幽冥的灯影中，中西功瘫坐地板，手里握着酒瓶。

你怎么醉了？

作为一个老练的特工，中西功从不酗酒，酒醉失言，那会泄露秘密。可是今晚，中西功显然是醉了。

你醉于何事？

如果是庆贺新四军打胜仗，你会高兴地等着我来一起喝。眼前这状态，显然不是。喜事添量，愁酒醉人，你现在轻易醉倒，莫非有愁事？

你有何愁？你刚刚立下战功。要愁应该是我愁，我愁我的爱人误解。

这时，中西功缓缓睁开眼睛，认出了来人。

郑文道兴奋地鼓劲："这一仗打得漂亮，新四军首长奖励我们上海情报组！"

中西功却生气了："我帮了你，你却杀了我的亲人！"

原来如此，你还是心疼你的国人啊。郑文道想起那次刺杀事件，我去救刺客，你却救被刺的日本军官。你的亲人？是你的亲人先杀我的亲人啊。

酒醉人不醉，中西功看出郑文道的反对，喃喃自语："你高兴吧？你应该高兴。在中国人眼中，这一仗打得正义，打得高兴！"

郑文道赶紧说："你也应该高兴。"

"可我不是中国人，我是日本人啊！"中西功抓紧郑文道，就像抓住救命的稻草："你说，你说，你说我是卖国奴吗？"

原来如此，原来你有心理负担。将心比心，我能够理解你，帮了别人，害了乡亲，你够义气，也够难受。

我必须替你解开这个扣，否则你就无法继续工作。我必须替你洗雪骂名，否则你就无法自信地生存。

可是，怎么替你解开这个扣呢？你虽然为中国人民的抗战事业做出了重大贡献，可在日本人眼中，你确实是个卖国奴。

“我，我郑文道参加你的组织，在我们中国人眼中，也是卖国贼啊!”

中西功注意地听着。

“中文的卖国贼，日文的卖国奴，一样的。我们两个是一样的，我们都是身在曹营心在汉。”

“不一样!”中西功火山爆发，“我们不一样！你这个卖国贼是假的，你假装汉奸拿到了抗日情报。我这个卖国奴是真的，我提供情报伤害了我的祖国!”

郑文道也怒了：“你伤害的不是你的祖国，是那些战争狂人，你才是真的爱国!”

谁是真的爱国?

中西功何尝不懂这个道理。

日本统治集团把侵略别国作为爱国，人民群众把反对侵略作为爱国。共产党人闹革命，从来都把统治集团和人民群众区别开来。可是，中西功没有想到，自己的秘密反抗活动，还没有伤及上层统治集团，先害死了自己的人民乡亲。

“我当然是为了我的祖国好，可我的乡亲理解我吗？我的妈妈相信我吗?”

苦思不解的中西功，精疲力竭，昏昏睡去。

郑文道心如刀绞。

人们都说隐蔽战线工作危险，岂不知，最难的不是舍生忘死，而是忍辱负重。

舍弃生命只在一念之间，忍受骂名，却是心理煎熬，无期徒刑。

卖国奴!

中西功必须背着这个沉重的负担前行，你能坚持下去吗?

汉奸!

我郑文道也背着骂名，何时能够解脱?

轻轻把中西功手中的酒瓶拿过来，郑文道仰头就灌!

好兄弟，你是日奸，我是汉奸，我们两个都是卖国奴。

你，你是卖国奴，我，我是狗汉奸，我们两个都是大坏蛋，我们是一丘之貉!

半瓶烈酒咕咚咚灌下，火辣辣地，从喉咙直冲心口，心口堵上块大石头。

郑文道满地乱爬，又找到一瓶。

先给中西功灌上一口，再给自己灌下一口。

今天晚上，我不是秘密情报员，今天晚上，你不是日本特务，今天晚上，我们是难兄难弟。

中西功躺倒在地，郑文道躺倒在中西功身边：

“今夜与君共醉……”

第十一章

“住机关”

——隐蔽生存的家庭掩护

特务的鼻子比狗还灵，狗只能闻出化学气味，特务却能嗅出政治倾向。最恐怖的特务要算阴性分子，她不必开动思维，仅凭感觉器官就能识破间谍。

韩霜，就是这样的天才。

上海滩高手云集，明争暗斗，相互间却保持着专业上的尊重，谁也不敢幻想把对手拉过来当双重。就连狂妄的金原也只能对小特务韩霜下手，拿站长陈幕还没得办法。只有韩霜，只有嗅觉灵敏的韩霜，胆敢突击中西功！

突击？

这是国民党特工圈子的专业术语。密捕对方成员，通过短时间的威胁利诱，将其发展为双重间谍，及时释放，继续在对方卧底。国民党的中统和军统，惯于采用突击手段对付共产党，而且颇有斩获。

可是，这种手段，却从未用到日本人身上。中共处于弱势，你可以用生命威胁，用金钱利诱，他小党员不就范也难。日本却处于优势，你凭什么突击他？他还要突击你呢！

那中西功不是一般特务，而是以忠诚著称的日本特务，不是一般的日本特务，而是久经考验的日本高级特务。韩霜要突击中西功，似乎是天方夜谭。

即便如此，韩霜还是看好中西功，决心把他拉过来为军统服务。起因十分简单，塚下委托韩霜调查郑文道，看看那个汉奸是否从中西功那里盗取茅山情报。韩霜调查郑文道，又看到，郑文道和中西功的关系非同一般。别人会说关系好不奇怪，那是特务主子与汉奸奴仆。可韩霜感觉，那中西功对郑文道太好了，好到不正常。

尽管中西功声称郑文道是情报助手，但韩霜不信。在女人心中。没有私人情感的社会关系都不存在。怎么解释那两人的特殊关系？只有一条：他同情我华人。淞沪事变时，他就救过我。既然他同情华人，他就应帮助我中国抗战。这，就是我突击他的理由。

如果他不接收，那就只能从性的方面解释了。他救我个女人却不求报答，难道他偏好男色？

同性恋？陈幕站长哑然失笑，只有不讲逻辑思维的女特务，才能想出这么古怪的念头。在间谍战中引入同性恋概念？太可笑了。

转念一想，这不失为一种敲诈手段。你若不从，我就诬你！

检验那人是否同性恋，又有个简单的途径：看他是否喜好女色。你送上门去，看他要不要？

送色上门？站长的突击方案，连韩霜都觉得匪夷所思……

中西功苦不堪言。

为中共提供情报，被同胞斥为卖国奴。

国民党特务又来纠缠，你不卖都不行。

特别是那个女人难缠，她把色情和政治搅在一起。

中西功当然是个正常的男人，中西功当然喜欢女人，可是，绝不让女人参与秘密！

欧美大谍，总是一手偷情报，一手偷美女，可亚洲不同。在中国古代的谍战故事中，美女从来是祸水。吴王夫差中了西施的美人计，丢了江山丢性命。

为此，喜好中华文化的中西功，择偶并未选择华人女性，而是特意找个日本女子。不过，妻子方子也是在中国长大，两人颇有共同语言。

中西功在上海任职，夫妻两地分居，这就给韩霜留下无穷的机会，中西功拒绝同她交往，反而要找个理由。

同她交往？她自己都弄不清自己是为中国还是日本服务，同她交往你只会暴露中共秘密组织，干扰反战工作。

这处境真个是匪夷所思，一个穷凶极恶的日本高级特务，竟然被女人逼得难以在占领区立足？

别人看中西功风风光光，郑文道却知道中西功有苦难诉。作为他的同志，作为他的上线，我有责任为他解除困扰。

怎么解除？

毫无办法，不但郑文道没办法，就连老练的薛有朋也挠头。

郑文道烦了："我除掉她!"

"怎么除?"薛有朋显然带有讽意。

郑文道掏出随身携带的匕首："我不杀掉她，她就会陷害我!"

薛有朋拿过匕首，掂量着："杀人，不一定用刀。即使一定要用，也不一定用我的刀。"

郑文道恍然大悟，老薛这是提醒我，不能感情用事，要用计策。

"还有一个难题。"郑文道急切地求助，"那卖国奴怎么办?"

"怎么办?"薛有朋也找不到对策，"你说怎么办？你让他不提供情报了？那个侵略成性的国，他爱也爱不了，卖就卖了吧。"

"可他感情上过不去!"郑文道冲动地指着领导的鼻子，"你，你有办法，你一定有办法，你一定有办法给他解除负担!"

望着态度不恭的部下，薛有朋非但没有生气，反而感到欣慰。

你对中西功的态度变了！刚刚交你联络任务的时候，你还怀疑人家是骗子。现在好了，从对手到利用，从同志到朋友，你对他有感情了。

感情？薛有朋又有些疑惑。

秘密工作忌讳感情冲动，必须时刻保持理智。可是，秘密工作就能不顾感情因素吗？从事秘密工作的人，也是人，人是感情动物啊。

最好能够找到一个办法，既理智。又感情，让中西功心安理得。可是，那种两全其美的办法，哪里有？

作为一个双重间谍，你注定要经受双重困扰，你只能以理智战胜感情啊……

韩霜没那些烦人的心理困扰。都做双重，别人有理智与情感的矛盾，韩霜没有。

陈幕授课时总是说，男人有脑无心，女人有心无脑，韩霜却问：脑在哪里？心在哪里？你拿出来我看看？陈幕当然拿不出来，韩霜就说：什么心啊脑的太复杂，不如一句老话：率性而为！

领导无言以对，同事却哄堂大笑。

性？你韩霜是三句话不离本行。

性就性！韩霜才不害羞，性是我女特工的独特优势。

这不，那中西功推三阻四，最终还不是接受了我的邀请！而且，邀请是我，掏钱是他。天下男人都好色，日本男人更是极其好色。别看他是个什么高级特务，姑奶奶的魅力所向无敌！

俄华大饭店，门楣比同文书院还高。

韩霜仰头挺胸走进大门，才不管那门楣浮雕有没有什么白马王子。有趣，日本人尽管恨透了俄国人，吃饭却要来俄国餐厅，人家这里高档。

这就是待价而沽吧？情报交易讲究待价而沽，男女交往也要待价而沽，他请我到最贵的餐厅吃饭，这价码给的够高。

韩霜满怀得意跨进餐厅，进门就傻了——满屋子人！主人中西功，贵宾洞井、金原、塚下，还有女生隆子，你五个日本人一起对付我？

这次聚餐，正是中西功的精心策划。

间谍战不是请客吃饭，不能那样礼貌谦让，可请客吃饭也是间谍作战，礼貌谦让中麻痹对手相机进取。

聚餐的都是同文人，同文人亲切相会，相互间没有隔阂，从语言到心理都接近。韩霜却没有忘记突击任务，为中西功送上一片鱼生，似乎无意地问："中西君，你喜欢吃日本菜还是喜欢吃中国菜？"

"中国有句俗语，到什么山，唱什么歌。"中西功的回答，让韩霜的试探无的放矢。

"入乡随俗嘛。"洞井向来主张，同文学生应该学会吃中国菜。

"韩小姐不一样！"中西功给韩霜夹了卷寿司，"听说你喜欢日本菜？"

旁观的塚下，登时想起这韩霜是军统的人，她也是茅山计划的参与者，泄密嫌疑人！

塚下意味深长地说："中西君，你要小心，她喜欢日本菜，却不一定喜欢日本人。"

韩霜白了塚下一眼："我白和你当同学了。"

"韩霜小姐可不是外人！"金原相助自己的双重，"她和我们的关系，那是无话不谈！"

"中西君就拿我当外人！"韩霜撒娇，"他只喜欢隆子，不喜欢我。"

"胡说啊你！"隆子捶打韩霜。

"他不喜欢你，那还有我们啊！"老洞井色迷迷的。

"老师早就忘了我了。"

隆子温和地笑着："我们都是洞井老师的学生。"

中西功起立：“洞井先生，祝贺您桃李满上海。”

“桃李满中华!”

全座起立碰杯，洞井故意说：“中西功是我最好的男学生，韩霜是我最好的女学生。”

“最好?”隆子装作吃醋。

老练的洞井，早已觉察这场宴会话中有话，几个学生竟然在老师眼前勾心斗角。

洞井和韩霜碰杯：“中西君不但最好，而且最可靠。我看着他成长，就像我的孩子。”

韩霜顿时疑惑，你看出我要突击中西功了?

洞井又和塚下碰杯：“韩霜小姐是我最好的华人学生……”

塚下赶紧说：“而且最可靠。您看着她成长，就像您的孩子。”

学生说出了老师心中的话，大家哈哈大笑。

话中之话，被美酒稀释了。洞井是上海滩资格最老的特工，他的判断应该不会错，他亲手调教的间谍，应该不会背叛。所以，韩霜不必打中西功的主意，塚下也不必怀疑韩霜泄密。

一个色迷迷的老头，两个媚颜悦色的女生。三人缠着喝酒。

金原悄悄凑近中西功：“你别怕她，她是我的人。”

中西功思忖着：“我怎么记得她是军统的?”

“她是双重。”

“双重?我最怕双重。”

中西功说着，看了塚下一眼。

塚下在旁一言不发，却始终是犬视眈眈，猎犬的眼中只有猎物，没有男女，请客吃饭也要寻找泄密嫌疑犯!

听到中西功和金原的对话，塚下恍然大悟，那韩霜是双重间谍!也许，中西功只是在无意中向韩霜泄露了秘密，而韩霜又报告了军统上级?军统同中共有情报交换关系，一定是陈幕把茅山情报交给了中共!

怀疑，反间谍工作的职能就是怀疑。可是，你不该怀疑日本人，卖国不会给日本特工带来任何好处，却只能带来不堪忍受的耻辱。依照这个逻辑，中西功不可能是卖国奴，

那么韩霜呢？韩霜不是日本人，出卖日本情报也不算卖国，而且，在中国人眼中还是个爱国志士。

塚下亲热地缠住韩霜，色迷迷地非要喝个交杯。

韩霜当然乐得交往这个日本特务，一双美目热辣辣放电。

两人交杯，塚下贴着女人的脸，却偷偷望向中西功。

“中西君，这女人我吃下了！”

中西功举杯相谢，心里却在感谢郑文道的好主意，孙子兵法有个借刀杀人之计啊……

喝罢伏特加，再喝绍兴黄酒。中西功宴罢韩霜，回到家中，又自斟自饮。

解除军统女特务的纠缠，并不很难，说到底只是外部干扰。如何解决那“卖国奴”困扰，却是职业悖论，无解之题。一个间谍，注定要忍辱负重；一个双重间谍，注定要受到双重困扰；一个跨国间谍，注定要背叛祖国；这是宿命，间谍的宿命。

如何解除困扰？只能依靠自己，自己的心理负担，还要自己放下，不能依靠任何外人。

“以后我不给你们提供情报了，因为我不想当卖国奴。”你能对中共组织那么说吗？你那个侵略成性的祖国，难道不该反对吗？

你只能表态：“我今后继续提供情报！”那“卖国奴”的骂名，只能由自己承担，担不起也要担！

大杯黄酒，中西功一饮而尽。

情报工作的要害在于消除误判，消除误判的前提是忘我，摒弃个人利害乃至情感困扰。为了国际和平，为了可爱的中国，也为了我的祖国，我只能继续当个卖国奴了……

“当当，当当当当当当……”

门被敲响了，这是郑文道的暗号。

没到联络时间，又有急事？

中西功赶紧开门，担忧地望着同志。

郑文道却是满脸含笑，关上门，欣喜地说：“好消息！”

好消息？中西功给郑文道呈上大杯：“好消息我不着急听，我怕的是坏消息。”

郑文道哪里顾得喝酒，急切地说：“延安来电报了，日本人小组今后只搞战略情报！”

“日本人小组只搞战略情报？”中西功喃喃地重复，细细地琢磨。

“你怎么反应这么慢啊！”郑文道迫不及待，“这就是说，你今后不必提供战术情报。”

“不必提供战术情报？”中西功还是不解。

“延安说了，今后哪次战斗日军配备几挺机枪，不要中西功报。中西功只搞军政战略情报。”

“不要我搞战术情报？”中西功不敢相信。

“这你就不用当卖国奴了啊你！”郑文道兴奋地解释，“你不搞战术情报，你就不会直接作用于具体战斗，你就不会伤害你的乡亲，你就卸掉了心理负担啊你！”

中西功沉默着，沉默地泯了口黄酒。

“你怎么不乐啊你？”郑文道激动地摇着中西功的双肩。从薛有朋那里听到这个喜讯，郑文道等不到第二天，连夜赶来通报。

中西功还是不乐，非但不乐，而且面容严肃，异常严肃。

郑文道也严肃下来，难道，难道这安排还有什么不妥？

“中国式智慧！”中西功深思熟虑，只说了一句。

延安，中共中央，中央这安排太妙了。一方面，解除了我的心理负担，另一方面，又是对我的知人善任。

作为一个潜伏日特高层的情报员，我可以拿到华人同事拿不到的核心机密，这是我的独特优势。当然，我也能拿到许多战术情报，那对我并不困难，我也没有理由拒绝。

可是，情报渠道也是资源，是资源就有用尽的时候。一个间谍，不管你潜藏多深，只要你窃密传密，你就制造着暴露的机会，你活动得越多暴露机会就越多。所以，好钢应该用到刀刃上。

中央的新部署，就是把我放到刀刃上，这就是拿我当好钢啊!

这是高明的秘密工作方针，这说明中国共产党是一个成熟的大党。在这样的领导下工作，我高兴。

郑文道欣慰地看到，中西功终于乐了。

中西功笑着，向郑文道伸手，郑文道不知他要些什么。

中西功伸手，从郑文道腰间抽出了匕首，“铿——”

刀刃被弹响了，那响声，比乐器还好听。

中西功入神地弹着，听着，突然出手——“当!”那匕首稳稳地插上门板，正中靶心。

郑文道诧异，原来你也有这手功夫。

中西功轻松笑着，拔下匕首，还给郑文道。

“请转告组织，我做刀刃。”

好钢用在刀刃上，这是每个青年的人生志向，哪个好钢愿意用在刀背上呢？可是，好钢未必就能用在刀刃上，所以才有怀才不遇。对于一个间谍，这道理也是一样的，所谓高级间谍，那就是谍战的刀锋。

中西功当然是个好钢，那是日本特务机关的共识。可是，中西功却不好对中共组织讲价钱，联络员叫我搞战术情报，我就搞战术情报，我日本欠了中国的人情债。现在，中共组织珍惜我是个好钢，我这个刀刃怎能不锋锐？

搞战略情报，要有战略部署，所谓放长线钓大鱼。做战略部署，首先要从我做起，把自己打造成战略间谍。一个战略间谍，必须善于伪装，还要精于升迁，设法接近战略决策层。

中西功的伪装，从家庭做起。中西功把妻子中西方子从国内接来上海，妻子还带上小妹会子，一家三口，在中国过上家庭生活。

有个家庭很重要。身边不带家眷，同事和上司都认为你没打算在前线长期奋战，谁还提拔你进高层？身边有了家庭，也就有了客人，秘密联络就可以常态化，不会引起怀疑。

自从中西功有了家，韩霜不再上门纠缠，郑文道却经常登门做客，传送情报的同时，还可以学习日文。

大白天，郑文道提着点心匣子，招招摇摇，公开探望日本上司。

尽管这是公开拜访，走到楼前，郑文道还是抬头观望一下，看看事先约定的警报信号。窗帘，微微开了一条缝，这表明安全。

郑文道轻快地上楼，走到门口，刚要敲门，门就自动开了，一个小姑娘上来，递上拖鞋，侍候客人脱鞋。

郑文道不禁感慨，日本女子懂礼貌，看来是从小做起。

“撒以欧那拉!”

郑文道用日语致谢，自己动手脱鞋。自从来了女主人，这屋内实行日本习惯，榻榻米，和服。

中西功的夫人中西方子已经摆好了餐桌。中西功邀请郑文道入座，郑文道又寻找小姑娘，中西功介绍：那是我夫人的小妹。

会子来了，中西功故意问：“会子，你看他是中国人还是日本人?”

“日本人。”小会子毫不犹豫，“他说日本话。”

中西功笑了：“这说明你已经不被日本家庭当外人了。”

郑文道笑了：“我的打入也成功了?”

这时，隆子端着菜肴进屋，郑文道连忙起身。隆子放下盘子，向郑文道深深鞠躬，郑文道慌忙还礼，两人的脑袋碰在一起，惹得小会子哈哈大笑。

隆子恭敬地说："我来向郑老师学习中国书法。"

郑文道慌忙说："我来向隆子老师学习日语。"

两人越解释小会子越糊涂，两只小手指着两人："你是她的老师？她是你的老师？"

小孩子绕不清楚，又惹得众人哈哈大笑。

郑文道指着中西功："我是学生，他是老师。"

中西功就说："互为师生，互为师生，我从东京到上海来，就是找老师。"

小会子急了："上海好，上海好，我也要找上海老师！"

方子笑道："那你就拜师吧，郑老师就是上海人。"

小会子立即向郑文道鞠躬，深深鞠躬，那深度超过九十度，小脸贴到膝盖。小孩子韧带好，小会子尊敬老师呢。

沉浸在温和的气氛之中，郑文道心都化了，这是多好的家庭……

进入中西功家庭的情况，郑文道也向薛有朋汇报了。对于秘密工作，一切细节都必须注意。薛有朋充分肯定中西功的家庭设置，这有利于安全潜伏。

中共从创党之日起就从事地下活动，但早期的做法相当幼稚。国民党特工总结经验：一间阁楼，一张单人床，一个洗脸盆，抓起来再说！这是因为，中共党员都是职业革命者，不带家眷，生活清苦，只能单身活动。特务发现这个规律，以查户口为名上门检查，很容易就抓到秘密党员。

后来，大家学得聪明些了。每个潜伏的党员都要组建"家庭"。有的算"夫妻"，有的算"亲戚"，本不相识的同志住在一个屋檐下，圈内称为"住机关"。

"住机关"？

郑文道觉得这个代称好笑，那中西功算不算"住机关"呢？

中西功的家庭不算“住机关”。“住机关”是假夫妻假家庭，而中西功的家庭是真的。这种掩护，更有效更安全。

到了抗日战争时期，中共中央的政治领导走向成熟，秘密工作也有创造。周恩来提出“社会化”、“职业化”，地下党员都有职业掩护、家庭掩护，融入社会生活的海洋，敌特很难发现。

中西功有个家庭很好，既能掩护他，也能掩护你。你应该更多地进入他的家庭，不仅从事联络，而且向他学习，同时又帮助他。

中西功也打算，让郑文道更多地进入自己的家庭。这不止是情报工作的需要，也是中西功私人的愿望——

我有了中国朋友！

能够进入我的家庭，说明中国同志已经不拿我当外人。

“比中国人更中国。”

这是东亚同文书院对所有日籍学生的校训。混同华人，你才能拿到有关中国的隐秘情报。

“让别人不拿我当外人。”

这是尾崎秀实的自我要求。消除隔阂，你才能成为一个国际和平战士。

“让中共同志把我当作自己人。”

这是中西功对自己的要求，华人认同，才能证明你不同于那些“日本鬼子”。

中西功坚信组织，共产党主张国际主义，不会因为国籍而歧视任何同志，哪怕你是来自法西斯国家的日本人。可是，放到个人身上就难了，组织相信不等于个人接受。组织上一般都能保持理智，个人却难以超脱情感，这郑文道对我的态度，开始就相当抵触。

现在，郑文道对我也不见外了，这说明我中西功不但受到中共组织的信任，而且得到中国人的接纳。

东亚同文书院多年追求的目标，哪个毕业生做到了？只有我！

中西功热诚邀请郑文道：我欢迎你，我家的两个女士也欢迎你！不，还有隆子，三位女士都欢迎你！

组织鼓励，家庭欢迎，郑文道自己也乐在其中。经常登门拜访，不知不觉间，从客人变成了朋友。

中西功一切如常，三位女士却越来越热情，弄得郑文道经常大红脸。

这天刚进门，方子就指着郑文道问小会子："你看他是日本人还是中国人？"

"中国人！"小会子毫不犹豫，"他会写中国字。"

大人们互相使眼色，她早前还说郑文道是日本人呢。

隆子试探："你喜欢中国人还是喜欢日本人？"

"中国人！"小女孩还是毫不犹豫。

"为什么？"

"中国男人对女人好，日本男人欺负女人。"

三个女人哄堂大笑，都指着中西功嘲笑，你不如他！

隆子又问："你将来嫁中国男人还是嫁日本男人？"

"我不嫁中国男人也不嫁日本男人。"

大人们诧异了："那你嫁给谁？"

"我嫁给他！"小会子直指郑文道。

大人们拍掌大笑，小会子就生气了。

郑文道赶紧说："会子，你还小呢。"

小会子十分认真："我会长大的。"

隆子笑道："我比你大，你先把他让给我吧？"

小会子咬着手指琢磨，还不肯那么大方。

隆子侧脸，偷偷看看郑文道。

这一眼，直看得郑文道心惊肉跳……

一连两周，郑文道没有去中西功家，不敢面对隆子的目光。但是，中西功邀约了，郑文道不得不来，来也提心吊胆。

对于郑文道同隆子的往来，组织上不但支持，而且鼓励。那个日本女子出身贵族，有很好的掩护身份。那个隆子不涉足政治，可以作为联络中西功的中介过渡。只是，组织上从未提起，那种关系能否发展到跨国婚姻。

隆子的暗示，郑文道没有向组织上报告。老薛也许会说：好啊，你就同她结婚，那是最好的掩护！我要是说不爱她，老薛又会说：你就当是“住机关”嘛。

我怎么应对？我能说我还有个梅笛？那是个人问题，不能同组织上讲价钱。

郑文道提心吊胆地推开房门，却发现迎接自己的只有中西功一个，三个女人都不在家。

郑文道顿时松弛下来，两个男人会面，轻松多了。

“你最近来的少了，有什么不便吗？”

“你的家真好。”

“有家好啊，你也该成家了。”

“我不成家，不打败……”郑文道咽下半截话，本来打算说，不打败日本鬼子不成家。

“成家也是工作需要。”中西功并不在意郑文道的吞吞吐吐，亲切地说，“住机关嘛。”

你也知道住机关？郑文道不禁诧异，这日本同志对我党相当了解呢。

“隆子是个好姑娘。”中西功的感慨，似乎漫无目的。

郑文道敏感了：“我，我有……”

望着尴尬的郑文道，中西功笑了：“你要常来我家啊，小会子想你了，叔叔怎么还不来？”

叔叔？

一股暖流冲击郑文道的心田，好久没有听到这种亲密的称呼了！远离家庭，远离恋人，整天都是先生先生的，听着都见外。

“我来，我常来，我愿意来。”

中西功拿出个大信封：“女人不在家，这个东西请你交给组织。”

郑文道打开一看，竟然是一叠钞票，不是一般的钞票，而是军票。日军印制的军用票据，现在已经成了上海的通用货币，这叠军票价值不菲，起码是中西功家庭半年的生活费用。

郑文道把军票装进信封，还给中西功。

“组织上说了，日本人小组需要情报经费，由组织提供。”

中西功又把信封推回来：“我知道，组织上经费很紧张。这是日军给我的特务经费，我用他交党费。”

特务经费作党费？

郑文道乐了，这想法太有趣。日本特务机关要是知道这种经费用途，还不气死！

可是，郑文道还是把信封退给中西功：“你不是中共党员，不必交党费。”

中西功脸色登时变了：“我们不是同志吗？”

郑文道有些怕了：“是，你是同志，天下国际战士都是同志。”

中西功把党费重重地放在郑文道手中，动情地说：“四海之内，皆兄弟也！”

兄弟？

全世界革命着都是兄弟，国际和平战士都是兄弟。

郑文道的眼眶湿润了，这日本同志，就是我的兄弟啊……

这时，门响了，叽叽喳喳的话音，三个女人回来了。

郑文道登时紧张起来：怎么面对隆子？

“兄弟！”中西功拍拍郑文道的肩膀。

兄弟？郑文道恍然大悟，既然我是中西功的兄弟，那么，我和隆子就可以是兄妹。

“小妹妹!”

郑文道亲切地举起会子。

“小哥哥!”

会子亲切地抱着郑文道。

隆子不干了:“他是我的大哥哥!”

郑文道不敢搭话，慌忙转开眼睛，又看见中西功正探寻地看着自己……

第十二章

“远东慕尼黑”

——秘密情报的曝光运用

暗夜，暗影，暗色的楼房。

郑文道鬼鬼祟祟，溜回自己的居所。

一开门，却是满屋明亮，一双纤手递来拖鞋，还殷勤地为自己脱鞋……

骤然惊醒，原来是个梦。

向来少梦的郑文道，近来经常做梦，而且总是这个梦。这梦有什么含义？郑文道有些担忧，却又不去找算卦先生，那是迷信。郑文道也学过心理学，自己可以试着解梦。

惊恐中行走？回家温馨一片？

那梦境，其实是现实生活在潜意识中的反映：白天从事秘密工作，晚上到中西功家里串门，潜意识向往家庭生活呢。

家庭生活？

少小离家求学，青年从军打仗，实在没有多少家庭生活的记忆。近来。频频到中西功家中做客，很喜欢那个家庭气氛呢。那里有宽厚的大哥，那里有和蔼的大嫂，那里有可爱的小妹，那里还有……

她？

终于找到答案，那个屡次出现于自己梦境的女人。

每次进门时分，都有一双纤手替自己脱鞋。起初，以为那是小会子，没有在意。可是，那梦中身影却越来越清晰，像个家庭主妇。现在明白了，那是隆子。

不!

郑文道骤然警醒，我的家庭主妇只能是梅笛，不能是别人啊。

梦境再次出现，那女人的背影却更加清晰，清晰的和服背包——日本女子?

日本女子，只能是隆子，不可能是梅笛。

这个梦不能继续下去！这样下去，隆子的身影越来越浓，梅笛的印象就会越来越淡。

可是，那梦境还是继续出现。郑文道在梦中追寻。追寻梅笛，梅笛的影像却越来越模糊……

危险!

郑文道提醒自己，家庭生活，对于革命者不是幸福而是负担，匈奴未灭，何以家为!

可是，那梦境还是出现，那中西功的家还得去，只要你进入那个家庭，你就不可避免地陷入家庭生活之梦……

突然一天，郑文道不再做梦——

皖南事变!

1941年，注定成为世界情报史的转折年头。刚刚度过元旦，中国皖南就爆发枪声，国民党调动大军，围歼共产党领导的新四军。

同室操戈，共产党再次挨了闷棍。

1927年的“四·一二”，共产党还沉浸在国共合作的欢欣中，国民党突然下手，在全国清党屠杀。就是那个闷棍打醒了共产党人，周恩来在组织武装起义的同时，创建中央特科，开始搞情报。一手举起枪杆子，一手握紧刀把子，你才能在中国生存。

十年内战之后，国共再次合作。吃过大亏的共产党人，变得聪明起来。毛泽东经常提醒党内同志，合作中不要忘记斗争，要准备出现空前困难的时期。1940年10月，重庆的周恩来致电延安，如果国际形势更利于欧美派，局部剿共会进入全面反共。可是，尽管共产党人保持警惕，皖南事变还是遭遇重创——你没有拿到对手的作战情报!

第二个闷棍，再次提醒中共，必须极度重视情报工作。延安向各情报系统发急电，要情报，不但要国内情报，还要国际情报!

国际情报?

在中国，能够搞到国际情报的国际大都市，只有上海。

上海滩的酒楼茶馆卖的不是酒水，而是国际情报。美国间谍麦尔在酒吧摆起流水席，一坐就是一天，谁来请谁。中共秘密党员梅笛坐在席间，总是不可或缺的翻译。国民党特务韩霜也是常客，蹭饭也是搞情报。一俊男二靓女引得八方来客，来客川流不息，谁都想从对方腰包掏钱。

德国、意大利、日本三国建立军事同盟，他们下步要打谁?

德军纵横欧洲所向无敌，英国本土遭到轰炸，英国间谍最担心那德国跨海西进打英国，苏联间谍最担心德国东进打苏联。欧洲大国吃不住劲，纷纷在亚洲退让，苏联把中国东北的铁路低价转让日本，英国主动撤出上海驻军，英美苏都在和日本秘密接洽。

各方间谍各有各的关注点，但是，对于远东趋势，却有一个共同判断——慕尼黑。

慕尼黑，那个捷克小城，因签订“慕尼黑协定”而臭名远扬。德国侵略捷克，欧洲各国本应联手制止，可英法两大国不肯涉险，英国首相张伯伦同希特勒签署协定，把捷克领土让给德国，以图绥靖战事。没想到，德国从此摸到英法底牌，反而放手扩大战火，占了法国又图英国。从此，这慕尼黑，就成为姑息纵容侵略者的代名词。

西方有个慕尼黑，这边就是“远东慕尼黑”。

酒吧情报，只是表面信息，就把梅笛与韩霜听得心惊肉跳。这远东慕尼黑若是真的实现，那中国抗战不就被孤立了？

韩霜向上司汇报，陈幕十分紧张。中日大战打了十年，国民政府丢了首都还不肯对日宣战，就是担心这国际孤立，中国一家打不过日本啊。远东慕尼黑？这国际情报我们怎么搞？英美苏都在对日密谈，我们的特工应该打入那三国，可又谈何容易？

三对一密谈？韩霜脱口而出：我们就去搞那个一，搞了一就不用搞三。

陈幕不得不承认，这女人思路虽然简单，却也有效。只是，对一比对三更难，日本的官方机构最难渗透啊！

这对日谍报，只能依靠韩霜的美人计了……

梅笛向领导汇报，薛有朋深深忧虑。上海小组的多条情报渠道，都证实了远东慕尼黑阴谋。欧美大国重欧轻亚，为了在欧洲集中兵力抵抗德国。宁愿把亚洲让给日本。

经常和外国人交往的梅笛，有个感觉，上海滩的人际关系变了。过去各国人士都讨厌日本，现在日本人吃香了，欧美人士都热衷交往日本官员，对我中国人反而待搭不理的。

薛有朋认为，这个感觉很重要。现在不是日本在争取英美苏，而是英美苏纷纷巴结日本，我中国成了他们的交易筹码！

我们中国危急了？梅笛难过的眼泪盈眶，难道又要来个八国联军？

现在的中国不是清朝了！薛有朋鼓励梅笛，我们党中央会有办法打破这远东慕尼黑。令人担忧的却是重庆，国民党会采取什么对策呢？

国际情报加国内情报，上海小组的任务太重了……

韩霜正在发愁如何渗入日本机关，却意外地接到中西功的邀请。

满桌的日本菜肴，韩霜并不在意，在意的是中西功的态度。上次我想诱惑你，你搞了个公众场合，这次你却约成两人世界，莫非你想诱惑我？

对啊，他选择的地点就是表征。这家料理店是地道的日本风格，不但菜肴地道，房间也地道，满地榻榻米，能坐也能躺，上床方便啊……

韩霜正在琢磨，外面传来杂乱的谈话声，这日式房间的拉门太薄，不隔音。中西功听得烦躁，表示要出去干涉一下。韩霜却说不必，让他们闹好了。

眼前就是色迷迷的男人，韩霜却毫不动心，此刻的心思全在隔壁的谈话——情报！

在熟练的日语交谈中，有个磕磕巴巴的声音，说话人显然不是日本人。

谈到紧要处，那人找不到日语词汇，竟然说出了汉语，西南官话。

韩霜急匆匆走出日租界，赶回去向站长汇报重要情报：我中国的地方军阀正在勾结日本！

拿到重要情报的韩霜，早已忘了刚才同什么男人干了什么，更想不到探寻那人邀请自己的动机……

中西功当然有动机，那动机不是男女关系，而是情报交换。

超常的对华情报能力，使中西功得到日本驻沪机关的高度重视，诸多秘密行动，都事先咨询中西功的意见。别人只知英美大国正同日本密谈，中西功却得知国民党地方派系也在勾连日本。近期，驻沪领事馆和驻华派遣军都接待了一些密使。作为日本特务机关的高级顾问，中西功当然得表态：这对日本帝国十分有利，汉奸越多越好。可是，作为一个国际和平战士，中西功却深深忧虑。远东慕尼黑固然有国际背景，但背景产生作用，还得通过中国国内的政治力量。如果中国有人同日本秘密媾和投降，那才是最大的危险！

这次，中西功预先探知，国民党西南军阀派出代表，来上海秘密接洽日军。这种背叛行为，不是应该向重庆通报吗?

想到这些，中西功不顾情色困扰，给韩霜设计了一个局，让她耳闻目睹。传递情报也要有所技巧，中西功不能向军统暴露自己的反战态度啊。

中西功直接联系的秘密组织，只能是中共上海情报小组。只是，这种联系有所不便，塚下那些特务警察，整日整夜盯着租界里面的中国人。进入1941年，中西功这里的情报量越来越大，这些情报不只需要传送，更需要分析。

情报，不能等同于信息，原始状态的信息扑朔迷离，从这些模糊信息中准确判断未来动向，那才是情报。

中西功近期得到的国际情报，大多处于信息状态，需要中西功进行分析，也需要中西功与情报高手共同分析。可这共同就难了，别说会见薛有朋了，就是同郑文道见面也要躲躲闪闪，在家中会面还要回避家属。

这时，金原帮忙了。

日本陆军赞赏中西功的情报才能，驻华派遣军司令部特批一笔经费，要中西功自己筹办一个秘密情报组织，脱离满铁驻沪办事处，直接为陆军服务。有了陆军的支持，中西功神气活现，在最豪华的外滩大厦找到一处房间，这里过去是交通银行，现在由陆军接管。中西功又向金原建议，搞中国情报，最有效的方法是使用本土情报员。金原当然懂得重用汉奸的好处，立即应允。

于是，中共秘密联络员郑文道，就登堂入室地成了日本特务机关的雇员。这种联络方式太方便了，坐在办公室里就能传递情报，而且还能分析情报，面对面探讨。

尽管是个私人情报机构，也要有个规模，除了郑文道还得招收几个别的华人。为了保证安全，薛有朋给中西功派来一批共产党员，其中，就有梅笛。

梅笛和郑文道在一个房间办公！

久别重逢，梅笛这才知道，郑文道不是打入军统，郑文道也不是消沉退缩，郑文道的任务是打入日本特务机关。

是我误会了你！

梅笛期望向恋人道歉，可是不行。在这个日本特务机关中，每个秘密党员都是单线联系中西功，相互之间不能横向联系。也就是说，梅笛和郑文道只能装作初识，只能保有同事关系，不但不能工作交底，而且不能谈恋爱。

好在有眼神，梅笛细心观察郑文道的眼神，那眼神中没有半点埋怨，全是理解，那眼神中没有半点苦闷，全是快乐！

是啊，“两情若是长久时，又岂在朝朝暮暮。”那诗句，是在说隔着天河不能相会的牛郎织女。我们比他们强，我们是朝朝暮暮相会，又岂不两情长久？

这就是革命者的爱情吧？特殊的恋爱方式。可惜，这里还有第三双眼睛。

中西功的调查班不能全是华人，必须还有日本同事，于是请来了隆子。隆子对中国友好，隆子对郑文道友好，不会危害组织。另一方面，隆子出身高贵又懂得中文，报给金原也是顺理成章。

隆子待人温顺有礼，一双眼睛却是热辣辣的，梅笛一看，就知道她喜欢郑文道。整天看着自己的恋人同别的女人眉来眼去，你还得对情敌示以友好，这日子，比分别还难熬。

情报，情报，有情才有报。这情原来是情况，怎么成了情感？

韩霜近来时常出行香港，当陪同。国府要员在香港同日军代表密谈，白天，韩霜陪陈幕保卫会场，晚上，韩霜陪金原跳舞。陪来陪去，既不知那国府要员姓甚名谁，又不知那要员同日本人谈什么秘密，没意思。

没意思，让我陪日本男人跳舞，陪金原还不如陪中西功呢！谈男人，两个女人越谈越亲近。韩霜羡慕梅笛，能够同中西功那样的男人在一起工作。韩霜不喜欢自己的工作，你们密谈就在上海谈好了，何必躲到香港？

梅笛亲切地迎合着韩霜，从韩霜这里发现了情报线索：国民党中央系统同日军特务在香港密谈！

这情报，正应薛有朋急需。

最近，薛有朋得到大量国民党分子同日本勾连的情报。汪精卫向来与蒋介石争权夺利，投降日本后，还担心蒋介石直接拉上日本关系，东京会让重庆取代南京。于是，南京发挥汉奸优势，展开对新旧主子的全方位侦察。很快发现，国民党有多个派系正在勾连日本，山西、云南、山东、重庆，至少有八条线！

潜伏在汪精卫身边的关南，将汪精卫获得的日蒋情报，通过西里龙夫密报薛有朋。薛有朋的情报系统事半功倍，居然能够拿到敌人搞到的情报。

不管是八条线还是十条线，薛有朋最重视的还是重庆，蒋介石那条线。蒋介石代表国民党正统，地方派系投降还有中央制止，中央正统投降那就是全国性危机。

可是，重庆线索无处寻觅。日本方面也极其重视重庆，凡是和重庆的联系，都对南京保密。韩霜泄露的香港密谈，正是日蒋勾结的绝密情报，急需核实。如何核实？绝密情报只有核心圈子知晓，还得倚重中西功。

中西功完成这个极其艰巨的任务，竟然是极其轻松。金原主动找到中西功，咨询“桐”工作。

中西功这才知道，日本对华工作，又有新的进展。日本特务机关有“梅”、“兰”、“竹”、“菊”四大机关，“梅”对南京汪精卫，“兰”对重庆蒋介石，这“桐”则是新设，专责香港对蒋谈判。由于机密度极高，这“桐”工作瞒过外务省瞒过满铁也瞒过了南京汪精卫。

香港密谈，双方都很警觉，蒋方怕泄密遭到全国谴责，日方怕密谈对手是个冒牌骗子。日方派出的代表是陆军情报官，持有陆军大臣的介绍信。蒋方派出的代表自称宋子良。是蒋介石的妻弟。蒋妻宋美龄有个弟弟宋子文财政部长人人皆知，这再一个弟弟宋子良就不认识。金原派人偷偷拍了他的照片，找熟悉中国人的中西功辨认。

于是，中西功得知了香港密谈的内容，这内容，让薛有朋义愤填膺。

日蒋协商，主要分歧是地盘划分，蒋方要求日军退出华北，日方要求华北中立。这就是说，老蒋准备出卖东北。日蒋默契，主要在于反共，日本一旦北进攻击苏联，蒋介石就北上攻击延安。这阴谋一旦实现，中国的抗战就会解体，中国共产党就会陷入孤立。

远东慕尼黑!

皖南事变前后，毛泽东多次警告全党，要准备出现东方大黑暗。许多同志以为，那不过是极而言之，不大可能发生。现在有了情报，那空前的大危机已经和正在发生!

中国共产党如何度过危机？中国抗战如何击破远东慕尼黑？

薛有朋一时拿不出有效办法，只能立即将重要情报通过秘密电台报告延安。延安啊延安，远在西北山区的延安，你就是拿到了极密情报，又怎能改变国际风云？

乱世出英雄，危机看间谍。

远东慕尼黑让中国人着急，却令上海滩兴奋。这些日子，上海滩的娱乐场所都延长了营业时间，无论歌厅酒吧还是烟馆妓院，现在都是情报交易所。表面上，那美国间谍麦尔最是风光，到处打听别国情报，出手大方。背地里，最忙的还是日本特工，塚下。

作为日本驻沪领事馆的特高课长，塚下专责反间谍，防止外国间谍渗入驻沪日本机关。现在各国间谍疯狂侦察远东慕尼黑，那活动焦点正是我日本！

这晚，塚下悄悄来到百乐门舞厅。进入这个上海最大的舞厅，塚下还是很快找到那麦尔，个子最高的家伙。只见那麦尔正搂着韩霜转过来，眼看又要没入人群，塚下急了，抓过身边的美女就下场，这才认出舞伴是梅笛。

满场群魔乱舞，那麦尔还是好找，个头最高。塚下带着梅笛有意追随，这就听到麦尔的情报。那美国鬼子跳着舞还高谈阔论，谴责英国不该在亚洲向日本退让，谴责苏联不该对日中立，那韩霜也坏，不断称赞美国支持中国抗日，惹得麦尔得意忘形。

一曲舞罢，那麦尔看到塚下，竟然拉着韩霜，径直走了过来。

"塚下先生，我想请教你，你们日本还参加今年的太平洋研究会吗?"

什么鬼问题？塚下才不参加那些酸臭知识分子的学术会议，但塚下也知道，麦尔这问题，就是问你日本眼里还有没有国际协商。

塚下看看韩霜，闭口不言。韩霜知趣地要走，却被麦尔拉住："韩霜小姐是我的朋友，不必回避。"

韩霜讥讽："我是中国人。"

"中国人是美国人的朋友。"

"朋友？"塚下讥讽地看着麦尔，"朋友好啊，只有朋友才能出卖朋友，别人想杀熟还杀不着呢。"

这话难听，等于揭露美国出卖中国，麦尔的白脸变黑了，

塚下又转向韩霜，"敌人有时候比朋友还好，敌人可能变成朋友。"

这话也难听，等于揭露军统和日本特务勾结，不给韩霜面子。

韩霜径自走了，麦尔也要走，被塚下拉住。"你不知道她是军统吗?"

"她是我的私人朋友。"

望着天真的美国佬，塚下真是无可奈何，只得恳切地说："中

国特务正在刺探日美密谈，你要当心！”

日美密谈？麦尔从未听说美国正在和日本谈判，望着亲切友善的塚下，不知如何对答。

塚下甩开麦尔，得意洋洋地走了。

麦尔的脑袋嗡嗡作响，那个日本特务不会造谣，他是在保护他的帝国机密啊。美国为何同日本密谈呢？那不是纵容日本侵略吗？那不是同英国苏联一起制造远东慕尼黑吗？

这时，梅笛来到，亲切地坐在麦尔身边。

麦尔失态地抓住梅笛的手臂：“请你帮我分析，美国为何同日本密谈？”

梅笛惊讶地瞪大眼睛：“不会吧？你们美国不会不讲道义吧？”

麦尔起身就走，再也顾不得绅士风度。

我怎能向中国人泄密呢？我是美国间谍啊，我有责任保护我国的外交机密啊！

梅笛望着麦尔离去，心中感到欣慰，自己又完成了一项重要任务：核实日美密谈的情报。其他情报渠道已经探知日美接触，正要在当事国中得到证实。

梅笛正在紧张思索，韩霜来了，悠悠地说道：“中西功那人，不错吧？”

梅笛不置可否，心中却是着急：军统盯上中西功同志了？

“给我创造点儿机会？”韩霜毫不羞涩，“我也帮你拿下那个麦尔。”

“好啊！”梅笛高兴地答应了，看来你还没有识破他的真实身份，只是打他的主意。

“我送你一个情报。”韩霜高兴了，“小心那个郑文道，别让他连累你！”

郑文道？梅笛不能予以回答，这情报太严重。

“塚下告诉我，他也是共产党。”韩霜得意地走开了。

梅笛站不起来了，那是我的他啊！

难道他暴露了？立即通知他撤离？那远东慕尼黑怎么办？

这时，身边又来了一个人，隆子。

梅笛只得笑脸相迎，这是中西功调查班的同事。

“请你帮我参谋一下。”隆子十分坦诚，“我想追求郑君。”

“你要追求郑，郑文道？”梅笛几乎失态，那是我的郑啊！

“你看，我能成功吗？”

梅笛尽量冷却自己的情绪，斟酌着回答：“你们，你们不是一个国家……”

“爱情不分国界。”隆子十分坚定，“我爱他，我愿意留在他的祖国。我也爱中国，我把中国当做第二故乡。”

望着诚恳的隆子，梅笛也感动了，日本人不都是坏人。

梅笛不得不承认：“你们两个……确实合适。”

隆子笑了，笑得满脸放光。

梅笛赶紧补充：“工作！不要忘了，我们还有工作。”

隆子的脸色黯淡了，在特务机关里面，谈恋爱是没有个人自由的……

明亮的舞厅，黯淡下来，这段舞曲低沉，需要灯光黯淡。

灯光黯淡，乐曲低沉，梅笛放眼望去，满场舞者鬼影幢幢……

黑暗啊，阴谋啊！阴谋中怎么又掺杂爱情？

“远东慕尼黑！”

“远东慕尼黑！”

连日来，世界各大报纸不断出现揭露远东慕尼黑阴谋的报道，一时间形成舆论高潮。英日密谈和美日密谈难以继续，密谈代表躲到哪里都有记者追踪，哪里还有秘密可谈。

曝光，这是新闻媒体的基本功能。为了保护公众利益，媒体必须监督政府的秘密活动，为了吸引读者眼球，媒体热衷揭露名人隐私。这个远东慕尼黑阴谋，既是政府的不光彩活动，又涉及名人的隐秘行为，让他见光！

“见光死？”郑文道哑然失笑，“这些新闻媒体够厉害，一个国际大阴谋，就这么破产了？”坐在日本特务机关里面，谈论日本阴谋的破产，真是个有趣的讽刺。

中西功放下茶杯，瞪着交谈对手：“你没有注意到这些曝光文章的来源吗？新闻媒体怎能搞到机密情报？”

“延安？”郑文道跳到窗前，这间办公室的位置极好，窗户正对黄浦江，可以眺望无尽的远方。

郑文道望着远方，手舞足蹈地比划着，那情报是这样传播的，“从我们上海，到西北的延安，再从延安的山沟，飞向国际……”

“情报，情报工作是一个完整的大系统。”中西功饮了一口清茶，条分缕析。

“拿到情报，这只是第一步。作为一个侦察员，我们可以说已经完成了任务。但是，拿到情报，还要据此决策，这就是高层领导的任务。”

郑文道捂住茶杯，琢磨着：“拿到情报，还得用，否则你要情报干什么？”

“情报运用，又是一门学问。”中西功满屋踱步，侃侃而谈，“你发现了对手的阴谋，你可以比他更阴。我们破坏“桐”工作，就是一个范例。”

郑文道不得不佩服，那一仗，比自己的游击战还高明。

那个自称宋子良的人，中西功并不认识，薛有朋也不认识，可潘汉年认识，那是军统香港特派员王某，并非宋子文的胞弟。这就是说，国民党同日本密谈，还留了后手，一旦泄密，就说那谈判代表是骗子冒充，翻脸不认账。在这种情况下，你曝光他的阴谋，虽然可以制止密谈，却又陷入被动，人家会说你造谣。

那又怎么办呢？

潘汉年出了个主意。要中西功报告洞井，那个谈判代表是假的，其人曾经留学苏联，背景复杂。

洞井得到这个情报大为震惊，通过外务省向大本营汇报，大本营又提醒陆军大臣。陆军经过核实，那代表确实假冒，于是中止了“桐”工作。

以阴谋对阴谋？郑文道有些恐怖感，这手法虽然高明，却不大光彩。这正是我不乐意从事情报工作的原因啊。

“对敌斗争，可以不择手段，但手段也有高下之分……向西去，西边延安处于苦寒之地。可是，苦寒之地有智慧，这智慧之光足以照耀东方。”中西功的手臂从西向东挥舞，“秘密情报，公开使用，曝光对手的阴谋，从而制止阴谋的继续……”

“这是阳谋啊！”郑文道乐了，我们党这么打秘密战，光彩得很呢。

中西功仰天长叹：“搞情报，也要讲政治伦理啊……”

“呜——”

轮船的汽笛从窗外传来，那声音比号角还雄壮。

中西功和郑文道走到窗前，并肩眺望。

我们就是瞭望战场形势的尖兵啊！

帝国的战略密谈，屡次被干扰，东京不得不加强保密措施。防泄密的重点对象，当然是上海，上海的外国人比东京多，上海的外国间谍正在谋我日本。

塚下敏感地提出：中西功那个调查班不可靠，华人太多。

洞井不予采信：中西功最可靠，揭露那个假谈判代表，就是中西君的功劳。

洞井老师告诫弟子：反间谍，也是一门高深的学问。跟踪盯梢那些行动手段，只是简单技术，深层技巧是心理分析。

分析人性，你就会发现一条规律：人性攀高。人们都想过上更好的生活，这就是他们从事危险的间谍工作的心理动机。

分析心理动机你就会看到：只有中国人亲日，没有日本人亲华；只有日本人中西功玩弄中国女人韩霜，没有日本女人隆子会上中国男人郑文道的当。

塚下不得不承认老师说得在理，不在理你也不敢反驳。

退下来，塚下就去找中西功。

中西功向塚下保证，按照洞井老师的人性攀高论，郑文道等华人为我服务，正常而可靠。

塚下质问："隆子呢？郑文道是不是正在追求隆子？"

不好！中西功登时警觉，这家伙也在追隆子，他会因嫉妒而怀疑郑文道。

"他哪里敢，他没有那个地位。"

"你告诉他！他要是追求我的隆子，我就干掉他！"

中西功赶紧应承，不能因男女之情而影响秘密工作。

"那也不行！"塚下不依不饶，"他如果拒绝隆子呢？一个低贱的华人男子，不可能看不上外国的贵族小姐，他如果拒绝隆子，那他就不是汉奸，他就是共产党！"

中西功无法应答，这家伙疯了，因为情感而疯狂，像疯狗般死咬郑文道。

我必须保护郑文道，保住他才能保住我的调查班，保住这个情报班子才能拿到战略情报……

塚下这时却冷静下来，恶狠狠地提醒："中西君。我们必须提高警惕，今年不是别的年头，今年是1941年。"

"1941年？"

"洞井老师说了，1941年，我们日本将有大动作……"

大动作？

中西功对塚下表示赞同，间谍和反间谍这次有了共识。

我要的就是你的大动作啊！

第十三章

谁为大师？

——国际战略情报

灯火通明，游人如织，上海滩是个不夜城。尽管中日大战已经打了十年，尽管半个中国已经打烂了，可谁也舍不得宰杀上海这只下金蛋的母鸡，阿拉上海人还是照常歌舞升平。

突然，夜空划亮，曳光弹急速升空，接着就是震耳欲聋的炮声！

满街人群立时趴倒，西装革履旗袍马褂一律沦落尘埃。尽管上海滩是下金蛋的母鸡，可中日大战已经打了十年，半个中国已经打烂了，谁还在乎个上海滩，阿拉上海人胆小呢。

鼻子刚刚碰到地面，炮声停了，一抬头却是满目灿烂——烟花爆裂！

随着震耳的声响，众多烟花弹悠然升空，灿然开放。人们纷纷爬起来，原来不是打仗是欢庆。

怪了，今天是什么日子？6月，22日，23日……这几天没有法定节日，既不是日本国庆也不是天皇诞辰，当局为何举办大规模庆典？

茫然无序的人潮，渐渐有了流向，人流不自觉地涌向虹口公园，听说那里要放灯呢!

虹口公园的草坪是上海城难得的空地，今晚这空地也挤满了人群，上海人喜欢看热闹。

巨大的灯笼，每个都像房屋那么大，虽然体量大却显得轻飘，骨架是竹篾做的，灯笼是白纸糊的。这叫孔明灯，灯内点燃火烛，热气就会抬升灯笼，逐渐升上高空。这种巧妙的发明，据说来自诸葛亮，每到节庆，各地都要举办灯会，每逢灯会，都少不了这孔明灯，一灯升天，万众仰望。

今夜这孔明灯特殊，每个灯笼上都写着一个大大的墨字，中央是“华”，一边是：“美”、“英”、“苏”，另一边是“德”、“意”、“日”。上海滩到底是个国际都市，连灯笼都是万国博览。

万国博览，万国来宾，观灯人群也是各国都有。麦尔和梅笛来了，韩霜和中西功来了，隆子和郑文道也来了。只有塚下孤单单，一人隐在人群外面，阴郁地望着。

几个工匠忙着给灯笼点火，只见油灯点燃，热气渐渐充盈，那些灯笼就慢慢抬升。

观众掌声响起，灯笼摇摆升腾，观众欢声雷动，场中却跳进个日本浪人，挥舞长刀，砍向“苏”字灯笼。

那灯登时破裂，解体坠落。一个“苏”字掉在火上，缓缓烧灼。

人们惊呆了，这是为什么？日本浪人为何要破坏灯会？为何要砍这“苏”呢？

“Why?”麦尔跳进场，质问日本浪人。

那家伙见来人是个白人，非但不怕，反而兴奋，举起长刀，又要砍“美”。麦尔急了，跳到“美”前，以身护卫，那浪人作势要砍麦尔，梅笛急了，冲上去保护麦尔……全场乱作一团，日本浪人和围观群众撕扯起来……

全场突然呆滞，只见纷纷扬扬的纸片从天而降，只见那“德”、

“意”、“日”高悬空中，洒下无数纸片。

捡起一看——“1941年6月22日，德军全线进攻，突破苏联国境。”

原来如此，日本人搞这灯会，庆祝的是法西斯盟友的胜利。

人们震惊，人们沉默，人们纷纷退出场子。

场中，那“苏”、“美”、“英”都被砍碎，只剩个“华”还在摇摇晃晃，升也升不起来。

梅笛和韩霜上去，两人四手，扶起“华”，扶助上升。日本浪人又要过来砍，麦尔忍无可忍，冲上去阻拦，那家伙抓住麦尔来个背摔！

麦尔重重地摔在地上，梅笛和韩霜过去搀扶，只见麦尔满脸泥血，狼狈不堪。

几个日本浪人提刀相向，逼迫三人，逼迫三人去扯下“华”，三人不肯，日本浪人就刀锋相对！

旁观的郑文道，悄悄拔出匕首，又尽力隐忍，我有秘密身份，不能好勇斗狠啊……

这时，那日本长刀，刀尖已经戳到梅笛的脸颊！

“当啷！”

长刀落地，日本浪人惊慌失措，四面乱找，哪里来的暗器？

扔出匕首的郑文道被隆子紧紧抱住，隆子抱住自己的中国朋友，同时大喊：“中西君！”

中西功不得不出面了，再不出面这局势就要失控。

浪人们停手了，这是个有来头的日本人。

中西功过去，把三人从刀丛中拉出来，送到隆子身边。

中西功又过去，拉开浪人的手，把“华”字灯笼释放，那“华”，艰难地上升了。

围观的人们仰头相送，流下无声的泪。一个“华”灯，竟然要靠一个日本人相助，才能升天。

塚下也在望着，不是望灯笼，而是看着中西功，眼神中充满怀疑：你心里向着那“华”？

场中，只剩中西功一人。中西功没有流泪，也没有激动，只是平静地望着，望着高远的夜空。

夜空，那“德”、“意”、“日”持续升腾，越来越高，反而显得渺小起来。

地面，这残破的“华”，不知怎的跌落下来，缓缓燃烧，引燃了“美”、“英”、“苏”……

梅笛和韩霜，搀扶麦尔去疗伤，一路上，麦尔不停地嘟囔：“日本人疯了，日本人疯了……”到了诊所，护士给麦尔包扎伤口，麦尔还在嘟囔：“日本人疯了。”

“别害怕，我们已经离开了日本租界，”韩霜安慰麦尔，“这里是公共租界，你们欧美人的地盘，日本人不敢来这里打你。”

“我担心的不是打我个人啊，我担心的是国际战略情报！”

“战略情报？”两个女人瞪大了眼睛，你麦尔挨打怎么扯上国际？

面对两个无脑的女人，麦尔真是毫无办法，不得不从情报基础知识讲起。

斩灯事件，不只是日本浪人对我麦尔个人的侮辱，而是表明日本帝国的国际态度，这态度又反映日本的战略动向，这动向又将改变第二次世界大战的战略格局。

砍掉“苏”，意味日本陆军北进，与德国东西夹攻苏联。那么，大西洋的英国就可以有喘息之机，太平洋的美国就可以置身战外。

砍掉“美”，日本海军南进，将在太平洋诸岛碰撞英美。那么，苏联就可以腾出手来抵抗德国，而美国却不得不参与世界大战。

所以，日本南进还是北进，正是当前世界情报界最关注的国际战略情报！

国际战略情报？

这也正是韩霜追逐的目标，在麦尔面前无脑的女人，其实很有脑子，脑子全在这国际战略情报。

第二次世界大战有两项国际战略情报，一是德国战略方向，东进攻苏还是西进攻英？二是日本战略动向，北进攻苏还是南进攻美？两项国际战略情报，吸引着全球国际间谍的高度关注，谁能拿到其中一项，谁就是国际情报大师！

作为一个女间谍，韩霜当然也渴望名誉。现在，第一项国际战略情报已经揭底，唯有抓住这第二项！

望着天真无脑的小妹梅笛，韩霜安慰："别害怕，日本打苏联还是打美国，都对咱中国有利，免得他们坐山观虎斗。"

日本打苏联还是打美国？

这正是梅笛关注的问题，被韩霜当作无脑的梅笛，其实最有脑子，脑子里面琢磨的尽是国际战略情报。

日本南进还是北进，不仅关乎美国与苏联的命运，而且极大地影响中国战局。

日本南进，将逼迫美英开战，与中国联合组成国际抗日统一战线，中国的国共合作抗日也会继续。

日本北进，国民党也会乘机向北压迫共产党，英美则继续坐山观虎斗，中国的抗日联合统一战线有破局危险！

从今天的斩灯事件来看，日本浪人敢于同时向美苏挑衅，难道他们既要北进也要南进？

对于这种专业的军事问题，还得向郑文道请教……

郑文道，在寂静的街道上迎风独行。

烟花落地，灯笼升天，一夜的狂欢已然散去，不夜城终归平静。

郑文道心里却硝烟弥漫——

日本要动手了！

中国共产党将面临东方大黑暗？

必须拿到战略情报，必须拿到国际战略情报，只有提前拿到这项国际战略情报，才能避免党的损失，才能避免中国人民的损失。

大步幅，满步速，郑文道一人独行，忘了身边还有一个人。

隆子始终在伴随郑文道，隆子担心郑文道再掏出腰间的匕首，闯下什么祸端。

虽然不乐意当特务，但隆子毕竟经过间谍训练，当然懂得这国际战略情报的重要，也当然地知道窃取国际战略情报的险恶。

受邀加入中西功的调查班，隆子敏锐地感觉，负责对华谍报的中西功，对中国还是相当友好。这其实也是隆子的态度，尽管日中大战，但隆子还是期望日中友好。期望日中友好，却无力制止日中大战，隆子只能回避政治，只能专心文化，只能钟情中国男子郑文道……

身边的郑文道，以他特有的步伐，坚定地走着，旁若无人，仿佛身边没有隆子的存在。

别的女人遇到这种态度会感到羞辱，隆子却感到高兴。

旅居中国十年，隆子见过无数中国男人，见惯了中国式谦卑，见惯了中国式虚伪，那种态度，让热爱中国文化的隆子深深痛惜，难道中国没有男人了？

直到邂逅郑文道，隆子才发现了希望，他的步伐比日本还日本，不，应该说比中国还中国，他是个有尊严的男人，隆子心中的中国男人……

郑文道大步走着，身后的隆子以日式碎步小跑着追随。郑文道突然感到身边有人，这才看到隆子，连忙停步等候，满面歉意。

看见郑文道的友善，隆子乐了：“郑君，你不要生气……”

我生气了？

郑文道冷静下来。

面对国际战略情报，我不能放纵个人情感。作为一个秘密情报员，我的任务不是气愤日本的狂妄，而是要拿到日本的情报。

拿到日本的情报，正是薛有朋当前最急迫的任务。

夜晚，薛有朋亲自来到外滩大厦，进入中西功的办公室。这个日本特务机构，按说薛有朋不该来，作为上海情报小组的负责人，薛有朋一旦失手，将导致整个组织被一网打尽。以往，薛有朋同中西功的联系，大多通过郑文道那个中间人，偶尔直接见面，也是约在安全场合。可这一次薛有朋必须冒险，这是因为任务紧要。

日本的战略动向扑朔迷离，判断这个国际战略情报，需要进行周密的分析，这就需要两个以上的情报高手面对面交谈，长时间探讨。

中西功的办公室里资讯齐全，全球战略态势图，可以清晰地看到德国在欧洲的部署，也可以直观日本的动向。向北的箭头陆地行动，沿着中国东北边境，向苏联、蒙古突击，拿下西伯利亚，再向西突击，同德军会师莫斯科。向南的箭头多为海军，从日本列岛出击，北海道出港攻击夏威夷群岛的美国舰队，九州岛出港攻占东南亚的菲律宾印尼，囊括太平洋诸岛，再向西突进，同德军会师印度洋。

薛有朋虽然没有打过仗，却深入研究过军事历史。两线作战，兵家大忌，日本不可能北进南进同时搞。那斩灯事件，一刀砍苏一刀砍美，日本浪人够狂。可在战场上呢，辽阔的大地，众多的人口，只一中国就拖住了日本陆军。野心虽大，资源短缺，战略冒险，兵力不足，日本没有实力两线作战。

中西功同意薛有朋的判断，日本确实兵力不足，确实资源短缺。这个状况，在别的国家，可能导致怯战，在日本却导向好战，日本军阀会用扩大战争来摆脱困局。

扩大战争，这是日本的必然趋向，至于北进还是南进，中西功就要深入剖析日本政坛的两大派别。

陆军主张北进。关东军在中国东北经营十年，兵力已达七十多万。张鼓峰、诺蒙罕两战被苏军打败，陆军一直想报仇雪耻。

海军主张南进。支那战功大多归于陆军，如果再往北进，海军还是英雄无用武之地。

从军事上看，北进把握较大。苏联两面受敌，防御日本的东线部队实力不如关东军。南进则处于劣势，美英两国的海军实力天下第一。

军事战略的背后呢？军事学家克劳塞维茨论断：政治决定军事。薛有朋提醒中西功，还要分析日本政治。

日本政界也分为两派，首相近卫倾向南进，外相松冈更是对美强硬。

政治选择的背后呢？马克思主义认为：经济决定政治。薛有朋又提醒中西功，还要掌握日本的经济状况。

日本经济界的意见比较一致，大财阀都支持南进。北进是西伯利亚的冻土地带，没有什么经济利益，南进则能拿下东南亚的石油和橡胶，补充战略资源。

经济决定政治，政治决定军事。两位共产党人按照马克思主义分析方法，共同判断：日本将南进。

这个判断，能够作为国际战略情报而上报吗？

薛有朋认为，这还不够。

这只是基于公开信息所作的基础性分析，只是针对大趋势所作的概略性判断。这种分析判断，只具或然性，未具必然性。这种情况报上去，可以提供高层参考，却不足以据此做出战略决策。

真正够格的情报，还需要多方印证。不仅有公开信息，还要有绝密内情；不仅有趋势判断，还要有行动计划；这样的准确情报才能防止误判，为中央提供决策依据。

掌握国际战略情报，这任务，对于中共情报系统也是全新的课题。中共中央最新设立了一个秘密机构——中央情报部。中央情报部专责军政战略情报，当前的主要任务就是判断日本南进还是北进!

情报任务紧要，需要经常会商分析。薛有朋和中西功商定，把每月一次的两人会面，改为每周一次，必要时天天见面。见面越多，暴露的可能性越大，但是，面对无比重要的国际战略情报任务，情报员的安全，只能放到次要位置了。

薛有朋告辞走了，中西功才发现，两人面前的茶杯都是满的，谁都没有顾上喝水。

情报分析，这是情报界的高级工作。情报分析员，必须具备社会科学家的学术素养，必须具备作战参谋的军事谋略，还要具有艺术家的敏锐直觉。这等水平的工作，上海小组只能由薛有朋和中西功来做，连郑文道都不够，他那人总是情绪化，而情报分析，最忌讳的就是主观主义。自己期望一种战略趋势，再为这种趋势去寻找情报依据，那不误判才怪呢!

薛有朋悄悄走出外滩大厦，却发现外面天光大亮，原来两人已经谈了一夜。

清晨的黄浦江边，怎么万头攒动?

赶过去一看，江中漂流一个大字——“意”!

原来是昨晚昂扬升空的孔明灯，如今已然黯然坠落，随波逐流。

“意”完了，“德”呢？人们发现，那灯笼挂在桥梁下面，摇摇欲坠。

再找“日”，正拴在高楼顶尖，南北摇摆。

人们乐了，这就是法西斯三国的困窘处境啊。

薛有朋却乐不起来，这南北摇摆，很容易让人误判啊!

误判？有人要的就是这误判。

麦尔被塞进轿车，这轿车窗帘拉紧，外面看不到乘客。麦尔被戴上头套，这头套没有眼孔，麦尔看不到外面的路线。无可奈何，麦尔任由韩霜操弄，进入一间神秘的暗室。

接待人只有一个——陈幕，国民党军统上海站站长。陈幕相约麦尔，两人共同分析日本南进还是北进。

麦尔一向看不起陈幕，只搞些暗杀爆炸的勾当，哪里懂得分析国际情报？可是，进入这间屋子，麦尔就承认没有白来。

满屋都是日本资料。

正在发行的日文报纸，这里一份不缺。所有的军政人物，这里都有照片。更为可贵的，还有日本政府的内部文件。

情报宝库啊！

麦尔贪婪地翻阅着，翻了报纸翻文件，几乎忘了身边的陈幕。

陈幕倒是宽容，给麦尔沏上咖啡，给自己沏上茶。麦尔把茶水拿过来，把咖啡推给陈幕。

你怕我下药？内心狐疑的陈幕，装作坦然。

陈幕递给麦尔一张照片。照片上两排人物隔桌会谈，虽然都是西装革履，但一方是黄种人，一方是白种人。

麦尔一看就认出，黄种人是日本人不是中国人，白种人是俄国人不是美国人。

陈幕不得不承认麦尔具有情报分析才能，相同人种的不同国籍，这种细微差别，一般人看不出来。

这是日本外相同苏联签订秘密条约的照片，陈幕告诉美国朋友，这个松冈外相亲苏仇美，对苏谈判主动妥协，对美谈判寸土不让。军统获得的日本情报表明，下一步，日本将南进攻美！

日本南进？

麦尔担心的就是这种趋势，日本南进必将触犯美国利益，美国将不得不对日作战。美国和欧亚大陆之间隔着大洋，这种地理位置得天独厚，幸运地躲过第一次世界大战，还托管了太平洋岛屿，接管了英国殖民地菲律宾。现在二战来了，美国依然能够处于超然地位，左右逢源，乘机增强国力。可是，这二战同一战又有所不同，日本海军实力大增，直接威胁美国在太平洋的势力范围。日本若是选择南进，美国就不可能独善其身。

为了防御可能发生的日本侵略，美国当然要提前侦获日本的南进情报，只是，这情报来自陈幕，就令人生疑。

陈幕有日本情报，麦尔却有中国情报。麦尔在上海有许多中国朋友，有梅笛，有韩霜，还有国民党官员。中国朋友告诉麦尔，国民党军统接受了一项特殊任务——挑拨日美关系！

中国人惯于以夷制夷，现在，这陈幕提供的南进判断，不过是以美制日，战略欺骗。

麦尔把照片还给陈幕，这张照片上的人物，不重要了。日本首相近卫宣布内阁总理辞职，没几天又重新上台，重新组阁，两个内阁班子只有一项人事变动，外相。这意味，这次内阁改组的目的只是挤出松冈，这趋势，难道不是日本向美国示好吗？

陈幕无言以对，这日本内阁改组的内情，军统尚未拿到。

东洋鬼子打中国，西洋鬼子隔岸观火，军统接到上峰指示，设法输送假情报，挑拨日美关系，把美国拉下水。本以为，凭借我对日情报的优势，可以蒙蔽这个初出茅庐的美国小子，没想到，他的日本情报比我还及时。

陈幕正在为难，那位却毫不客气，抓起自己的茶杯一饮而尽，又抓过陈幕的咖啡，一饮而尽。

眼睁睁地看着那大个子扬长而去，陈幕怒火中烧：

“韩霜！你的日本特务朋友干什么呢？”

日本特务中西功，正忙得心力交瘁。

德国突然袭击苏联。极大地震撼了中西功，苏联是国际共产主义的大本营啊！中西功反复责问自己：我们为何不能提前拿到那个情报？

当然，也可以说，那次情报失误没有我的责任，我中西功是日本人，对德国情况不熟悉。那么，这次情报我就义不容辞！正因为我是日本人，我就理应拿到日本情报，必须拿到日本情报，拿不到日本情报，就是我的失职，就是我对不起苏联人民和中国人民！

可是，拿到日本情报谈何容易。

这不仅由于日本当局严格保密，还因为日本当局举棋不定。

就在中西功判断南进之后，满洲日军举行“关特演”，关东军特别大演习。众所周知，演习，向来是掩护战争的手段，借演习之名公开调动部队，乘对手麻痹大意之机，假戏真做发起突然袭击。这“关特演”就十分危险，不仅七十万关东军全体参与，听说还调动关内部队出关参演。这近百万大军若是对苏发起突然袭击……

这迹象表明日军将要北进，可这时又传来公开信息：美国中断对日石油出口。这新的情况，又会刺激日本南进！

再次判断南进？外务省又传来情报，日美密谈取得进展。那么暂时不会南进？

南进北进？北进南进？南北变换瞬息万变，没有深层内线，无法得出准确结论。

中西功在东京有内线，和尾崎秀实一直保持私人通信。这个渠道，可以随时交流上海和东京的情报。近期，东京高层争论激烈，陆军海军各自备战，陆军大臣东条英机备好了北进作战方案，海军大臣岛田却委托山本五十六指定南进方案。

情况瞬息万变，中西功盯着公开的报纸，盯着内部的满铁通报，盯着东京的尾崎秀实来信，盯着上海的军方内部电讯，恨不得二十四小时睁着眼睛！

这时，突然接到洞井的邀请，喝茶的邀请。

在这种时刻，你还有闲情逸致喝茶？

中西功满怀狐疑，走进富丽堂皇的领事馆大楼。

明亮的会客室，没有洞井的身影，中西功被领上狭窄昏暗的顶楼。

中西功知道，这不是慢待，而是厚待，这顶楼有电台和绝密文件，只有极其可靠的人员，才能登上这个楼梯。

洞井看见中西功，立即起立。还亲手为来客斟茶。

这又是例外，按照惯例，洞井接见学生从不起立相迎，也不会为你斟茶，斟茶应该是学生向老师敬茶。

这破格的尊重，让中西功有些警惕，老狐狸不会吃亏，怕是要搞我的情报。

"东京出大事了！"洞井不绕圈子，直接告诉中西功一个惊人的情报。

10月16日，近卫首相突然因病住院，18日，陆军大臣东条英机继任首相，重组内阁。

这消息，对别人也许平常，日本内阁经常换马。可是，对洞井和中西功，却是晴天霹雳。日本政坛派系林立，近卫领导着一个举足轻重的庞大派别。近卫的祖上创建日本东亚同文会，主导日本的亚洲政策。支那事变以来，虽然内阁频繁改组，但近卫任首相时间最长，已经三次组阁。这次换马却不同以往，文官内阁变成了军人内阁。近卫派系向来与军方友好，这次军方取代近卫，必有隐情，也许近卫派要倒霉了？

近卫曾任上海东亚同文书院院长，可以说是洞井的师父，又是中西功的师祖。洞井在外务省高升，有近卫的门路，中西功在太平洋研究会走红，有近卫的提携，现在近卫落马，当然会连累洞井和中西功。

洞井提醒中西功，现在东京政局变幻不定，我们两个要小心些。现在近卫首相下台了，别的派系也许会乘机整我们东亚同文派。

洞井说得推心置腹，中西功却听得若即若离。

近卫下台，东条英机上台，这确实是个重要情况。近卫是南进派，东条英机是北进派，这换马是否会导致日本改变战略方向呢？

同一情况发生，有人担忧事件对个人地位的影响，有人思考事件对战略情报的影响，这也是高下之分吧。

这时，门，没敲就开了。

金原闯人，兴冲冲地说："东京出大事了！"

洞井并不吃惊，我早就知道东京出事了。对于这个学生的不请自来，洞井有些警惕，他是陆军情报官，东条英机的人。

金原倒不见外，自己落座，自己斟茶，自己主动汇报详情。

东京出大事了，出了个"国际谍报团"！一个共产国际的间谍，还是德国人，在东京建立了一个情报小组，其中还有日本人。近卫下台，就是因为身边有人是间谍！

原来如此！洞井松了一口气，既然是国际间谍案，那就不是国内政治斗争，也就不会牵连整个近卫派。

原来如此？中西功胆战心惊，那"国际谍报团"的德国间谍，莫非是那佐尔格？那日本间谍，莫非是我的挚友尾崎秀实？

"现在我们陆军掌权了！"金原十分高兴，"还是东条有魄力，上台就抓治安，加强反谍部署。"

"反间谍？"洞井十分敏感，"听说，东京警视厅一直在追查支那作战的泄密事件？"

金原有些沮丧："东京那些吃饭的家伙，他们躲在后方，却找我们前方的麻烦。"

前方？上海？中西功抑制紧张，等待下文。

"东京怀疑我们上海泄密，我把他顶回去了！"

"不怕贼偷，就怕贼惦记。"洞井忧心忡忡，"谁要是被特高课盯住，谁就很难脱身了……"

金原盯住中西功："中西君。你说，他们会来我们上海追查吗？"

中西功神情肃穆，默默点头……

这些日子，薛有朋也越来越忙。上级领导潘汉年奔走于上海和香港之间，薛有朋值守上海密台，接连收到延安密电。这一日又接受紧急任务，来不及等待潘汉年回沪，先找郑文道商议。

会面地点，不能在电台隐藏处，也不宜离电台太远，就选在隔街的报栏。

上海的报栏特殊，同时贴着中文、英文、日文报纸。各报立场不同，标题也经常斗气。今天的报纸，日文是“盟国大胜，兵临莫斯科城下”；英文是“美国强烈要求，日本必须撤出中国华北”，中文是“关特演消息，日军图谋北进”。

报栏立在街角，薛有朋面对报栏，郑文道也面对报栏，两人隔着报栏对话，由于身后行人不断，对话也得简单。

郑文道不待领导布置任务，急切地问：“撤不撤?”

“德军对莫斯科发动总攻。”薛有朋这句话，像是读报，也是说给郑文道听的。

这半月，上海接连收到延安三封急电，都是要求查明日军南进还是北进。莫斯科危急，要求延安把八路军调往东北进攻关东军，牵制日军北进。延安如果执行，就会蒙受重大损失，如果不去，就必须拿出日军不北进的确实情报。在这种情况下，你怎能提出撤退呢?

我不是说我撤，我是说日本同志撤不撤。郑文道心想，领导大概是误解我了，望着报栏，喃喃地读道：“日本人，撤退?”

薛有朋当然知道郑文道的意思，他提出撤退，并不违反组织纪律。按照秘密活动的规则，一人被捕，他知道的相关人员必须立即撤退。现在东京出事，尾崎秀实很可能被捕，他认识的中西功，理应撤退。可是，中央急需的国际战略情报，又非中西功莫属!

薛有朋咬紧牙关，低沉地说：“情报，重于生命。”

郑文道神情肃穆，任何一个战士，面对如此严厉的命令，只有服从，不成功，毋宁死!但是……

郑文道执著地追问：“山大王怎么办?”

薛有朋知道，这山大王是说的中西功，郑文道担心中西功的安危。可是，眼下最不能撤出的就是他中西功啊!

郑文道激动得声音都变了："他是日本人啊!"

他是日本人？薛有朋也激动了，这句话你以前说过，那时说出来是误判，不相信日本人也会支持中国抗日……

现在，我再次说出这句话，却是把日本同志的安全摆在首位。这说明，我已经克服了对日本人的误判。

郑文道坚定地站在薛有朋对面，你不让中西功撤退，我就不走!

"误判，这是情报人员的大忌，也是国际关系的大忌。"薛有朋急促地解释，"东京的国际谍报团案件，说明苏联不是没有优秀的情报员，那为何还会遭受突然袭击？我认为，很可能是误判，误判了外籍情报员的可靠性。"

"我们中国不能误判！"郑文道恳切地说，"我们不能重犯别人的失误，不能误判他这个外籍情报员的可靠性啊!"

怎么说你也不明白呀！薛有朋看看周边没人，索性转过报栏，站到郑文道身边，眼睛望着报栏，对身边的郑文道解释："所以我要倚重他，只有他，只有他才能拿到日本的战略情报。"

郑文道不顾周边情况，转头盯着薛有朋："我们中国人，当然有义务为了中国的抗日大业献出自己的生命，可他是日本人啊，你凭什么让外国人为你中国牺牲？"

薛有朋瞪大眼睛，狠狠地看着郑文道，这是秘密接头，你竟敢大声争吵？

郑文道知道自己又冒失了："我是想，我是想，既要情报，也要安全……"

薛有朋也心软了，你关心他，难道我就不关心他？作为他的老师，我是看着他成长的啊。想想看，一个日本的高级特务，忠心耿耿地支持中国抗战，这样的内线。你到哪里找？

"那，那你就征求他的个人意见吧……"

征求个人意见？郑文道大喜过望。从来没有听到这样宽容的组织决定，这大概是中共组织对外国同志的格外关照吧。

郑文道转身就跑，薛有朋望着郑文道离去，十分担心。

你怎么把习惯的慢步子丢了？这说明你慌了。

情报人员不该慌乱，你慌是为什么？

为了中西功的安全，合理的情感。

同志啊同志，在这种关键时刻，咱们不能感情用事啊……

眼前的郑文道，身影模糊。

薛有朋擦擦眼泪，怎么我也感情用事了？

夕阳西照，光影斑驳，烦闹的街市唯有一处安静，这金顶辉煌寺庙，令人心静。

这地方，叫作静安寺，又静又安。

郑文道匆匆穿过人群，进入静安寺。

进入寺院大门，所有人都保持安静，郑文道的脚步不由得放慢。一看左近无人，又忍不住奔跑，直奔后院。

僻静狭小的后院，狭小低矮的小门。郑文道收敛动作，镇定情绪，钻了进去……

禅房低矮幽暗，中西功独自一人，宽袍大袖，瞑目打坐。

“东京出事了！”

中西功眼皮一跳，仍端坐不动。

“国际谍报团是不是你的东京同志？尾崎秀实是不是你的秘密关系？东京警视厅来上海追查的对象是不是你？”

中西功闭目不语，摸出一张电报纸。

“向西走。白川次郎”

暗语？郑文道琢磨，从上海向西是新四军根据地，再向西是延安。

“这是潜伏在敌营深处的同志通知你撤离啊！”

瞑目打坐的中西功，眼皮下，眼球在迅速跳动，但还是不肯睁眼。

郑文道急不可耐："你立即撤离，我全力掩护！"

中西功闭着眼睛，缓缓地说："这东条英机上台，会导致什么战略转变呢？"

我说你，你却说他？"这都什么时候了，你还想着情报？"

中西功充耳不闻，还是闭着眼睛自说自话："尾崎秀实被捕，东京小组就拿不到内部情报了。"

"尾崎秀实被捕会牵连你！"

"我必须找到别的情报渠道……"

"你就是最珍贵的渠道，你必须立即向西走！"

"向西还是向东？"中西功瞑目沉思，"我不能等，我应该行动……"

郑文道急死了！

中西功啊中西功，你是我的同志，你又是我的老师，你还是我的兄长！同志老师兄长遇到危险，我必须拯救！可是，你这个比我更成熟更老练的大间谍，怎么会误判自己的处境呢？

小屋静谧，二人静谧，静谧的空气不断膨胀，持续增压，马上就要爆炸！

郑文道焦急地等待中西功答复，只见那中西功还在瞑目打坐，已经进入忘我状态……

郑文道长舒一口气，憋气憋得太久了，憋不住了。

你中西功心里，只有战略情报，没有个人安危？

对了，这是你的习惯，这是你的觉悟，这是国际大谍的心理境界……

这时，中西功微微睁开眼睛，看到郑文道急不可耐，又再次闭上眼睛。

越是紧急时刻，越要理清思路，防止误判。德国侵苏，日本何向？我本来指望尾崎秀实，可关键时刻东京小组失手了！

间谍为情报而存在，一人失手，另一个必须顶上去，就像战士一样前赴后继。现在到了关键时刻，相比战略情报任务，我中西功的安危微不足道……

郑文道盯着中西功，憋得满面通红。

你为了我们中国人民的抗战事业，宁愿背上卖国奴的骂名。你为了国际和平事业，也不会顾及个人安危。你是英雄了，可这恰恰是我最担心的事情。

你们日本人性格执著，搞侵略执著，反战也执著，误判执著，服膺真理也执著，现在你不撤也执著，执著到忘我的状态。

你忘我，我不能忘你，你为了中国人民不惜牺牲，我也要拼死保护你的安全……

中西功长长吸气，气沉丹田。

尽管你像战士一样勇敢，尽管你要前赴后继，你却无法及时潜伏到那个内线位置，你还是拿不到情报。顶级间谍，必须具有超人的胆识，才能超常发挥自已的潜能。这，就要达到忘我的境界，不仅忘掉个人的荣辱利害，而且忘掉个人的生命。

这就是孙子说得“死间”吧……

中西功豁然贯通，睁开眼睛，却发现屋中已经没有郑文道。

面前放着一张字条，只有两个字：“死间”。

死间？

孙子兵法将间谍划分五种：因间、内间、反间、生间、死间，其中死间最凶险，情报送回，间谍死去。这最凶险的死间，其实又是间谍的常态，作为死亡概率最高的行业，所有的间谍都得预先准备牺牲。这又是间谍的极致，你死了，但你同时把情报拿回来了，间谍与情报共死生！

现在，郑文道留下这两个字，就表明他已下定必死的决心。

“兄弟！”

中西功连滚带爬追到门口，哪里还有郑文道的身影。

郑文道兄弟走了，义无反顾地走了。他拿不到情报，他不必死的，可他非要死，那一定是为了我啊！

我，为了侦获国际战略情报，我决心去死。

他，为了保护我的安全，他也决心去死？

中西功狠狠捶打自己，捶胸捶心。

兄弟，你不能为我去死啊……

第十四章

深入虎穴

——内线侦察的上乘之道

黄埔江边，风吹雾卷，这能见度极差的日子，特别适合两种活动：幽会或暗杀。

中西功拔出手枪，子弹上膛。仔细藏到腰间，毅然走入浓雾。

赴韩霜之约，你必须同时准备幽会和暗杀，她是个双重间谍，军统在上海滩大肆暗杀呢。

雾中的景致扑朔迷离，雾中韩霜泪水涟涟。一个强势女子，被谁气成这个样子？

“金原欺负你了？”

韩霜瘫软在中西功怀中：“不是别人，就是你。”

中西功不禁困惑。

“你的事总瞒着我。”

中西功无言以对，我的事怎能告诉你呢？

韩霜闪电般偷望一眼，看到的全是温柔，于是抱紧男人：“我们虽然各为其主，却不能改变私人之间的友好关系。在所有的日本男生中，还是你对我最好！”

中西功感动了，也抱紧怀中的女友。还是你了解我，我恨不得向所有中国人呼喊：我不是日本鬼子！我爱你们！

韩霜泪眼婆娑：“我的上级命令我，必须提前掌握日军行动的时间……”

你要日军的行动时间，还不是为了袭击共产党？中西功不禁失望，这女生不是真朋友啊。

觉出对方反感，韩霜赶紧说：“你不是帮我的上级，而是帮我，这不涉及你的政治立场。”嘴里说着，右手却摸索人家腰间。

女人的身体弹簧般扭动，中西功警惕地将其推开，“请你转告你的上司，我不喜欢卖国奴。”

你这是什么意思？你是说你自己还是说我？韩霜急不择言：“你不是，我也不是，我让你卖情报，也是为了爱我的国，我们都不是……。”

中西功笑了，韩霜窘了。

中西功站起来，居高临下地说：“我的行为，不是卖我的国；你的行为，不是爱你的国。”

这双关语让人费解，这拒绝的态度却分外明晰。韩霜知道，这次对中西功的突击，失败了。

中西功转身离去，突然脑门顶上手枪！

“日本鬼子，少啰嗦，拿情报来换命！”

中西功尽力保持冷静，辨认来人，原来是那个韩国刺客林得山。

林得山的枪口狠狠地戳：“我可不喜欢日本男人，我一心烦就要杀人。”

中西功反而笑了：“杀人？那就能拿到情报吗？”说着，悄悄向腰间摸枪……

“学长自重！”腰被狠狠捅了一下，韩霜握着中西功的手枪，温柔地说：“我这样求你，你难道不动心？”

中西功扫了韩霜一眼，微微嗤笑。

林得山登时急了："我毙了你！"

韩霜赶紧阻拦，自己的腰间也被枪口顶上了，中西功手里怎么还有第二支枪？

三人三支枪，形成僵局。

这时，林得山却首先放下手枪——一支枪顶在自己的后脑勺。

"韩霜小姐，你误判我们的日本武士了。"金原现身，身后的几只枪口直指林得山和韩霜。

日军士兵上来，缴枪，捆绑，动作蛮横。

中西功从韩霜手里取回自己的手枪，微笑着，看着，直待捆绑完毕，直待韩霜露出绝望的神情，才走过去，解开捆绑韩霜的绳索。

这举动，让韩霜更加不解，难道你对我有情？

金原抢上，一脚踢在林得山脸上："亡国奴！"

林得山面孔血肉模糊。

韩霜气了："亡国奴也比卖国奴强！"

中西功认真地对韩霜说："我中西功，永远不当卖国奴。"

你不当卖国奴，为何要放了我？韩霜怀疑地看着中西功，可是，从这张脸上看不出情感，没有爱情也没有同情，没有任何情感。

是啊是啊，手枪相对，没有男女只有敌我；情报战场，没有情感只有理智。

在这种场合，我不能用私情来解释你的动机，我也不能相信你对中国友好。

"我不信！"韩霜狂呼着跑了，"我什么都不信……"

中西功欣慰地收起双枪，终于渡过一场危机，而且没有暴露自己的真实态度。

赴约之前，中西功特意知会金原，以免误会，没想到，却在金原面前证明了自己的可靠。

可靠？你们最好不要怀疑我的可靠，那样，我才能坚持下去，拿到你们的战略情报。

这时，金原身后，又转出个塚下。

中西功顿时警觉，怎么？我已在你特高警察的监控之下？

那塚下走向林得山，大皮靴踏在林得山脸上："我看不起亡国奴，我更恨卖国奴！"脚下蹂躏林得山，眼睛却看着中西功。

中西功坦然面对，眼睛对着眼睛。

你虽然怀疑我，但你拿不到证据，还是无奈我何。

对视五秒钟，塚下不得不转开自己的眼睛，人家的眼睛更亮。

他也许是尾崎秀实的上海关系，可他又是金原的特工骨干，没有把握我不能动他啊……

金原押解林得山离去，临行，意味深长地拍拍中西功的肩膀。这场游戏很好，抓到了一个韩国刺客。只是，你老兄不该太重儿女私情……

塚下也走了，临行，又回头，示威的地再看中西功一眼：你小子等着！

现场只剩中西功一人，摇曳的树丛，静静的江水。

中西功颓然坐地，太累了。

韩霜盯着我，塚下盯着我，金原盯着我，你们所有人都在盯着我，我还怎么隐身，我还怎么搞情报？

那么。我只能向西去了……不！那塚下公然威胁，显然是在逼我行动……那么，我若逃走，岂不正中圈套？

不走？我已是圈套中人，不走也拿不到情报了……今天这事，重庆和东京同时对我下手，这说明什么？说明他们迫不及待了，说明那战略时刻正在到来！

我有战略情报任务，我不能消极等待，我还是得行动，还是得走……

只是，我不能随着你们的意愿走……

中西功失踪了。

冢下在上海向西的车站和码头、统统布置警察拦截，可是，谁也没有看到中西功通过。

郑文道在上海往西的旅店饭馆，安排秘密交通员迎接，可是，谁也没有看到中西功的身影。

从上海去新四军根据地，必须向西走，失踪的中西功没有向西，难道向东不成？

大江东去。大海东去，向东去！

中西功潜回祖国，重返故乡，却有种异样的感觉——日本生疏了。

田野荒芜，劳作的农人都是老弱妇孺，青壮男人都从军了。

街道寥落，汽车都背着烧煤的火炉，汽油都供应军用了。

军人稀少，兵士的个头没有大枪高，未成年男子也征召了。

新闻单调，知识分子纷纷转向，歌颂皇军的伟大胜利。

昔日人口拥挤的日本列岛，如今显得空疏冷落，从人到物，样样短缺，不短缺的只有警察，举国强化治安。

你们鼓吹多年的东亚共荣，原来就是这个样子？

进入大东京，找到一个小旅社，中西功放下箱子，疲惫地躺倒在榻榻米上、东京的榻榻米用三重县的草秆编织，有股家乡的味道。

门，轻轻拉开了。

中西功身子不动，眼皮微微张开，只见有人悄悄进屋……中西功纵身而起，一下扑倒来人！

那人并不反抗，也不叫喊，原来是个女孩子，浓妆艳抹，雏妓。

中西功慌忙放开她，镇定情绪，点燃一根香烟。那雏妓又巴结地凑过来，中西功厌恶地挥手赶开，那雏妓坐在门口就是不走。中西功无可奈何，扔出一张纸币。

雏妓十分高兴，鞠躬致谢："谢谢！"

“回来！”

雏妓胆怯地过来。

“你是三重县人？”

雏妓点头。

“你知道川下纺织厂吗？”

雏妓兴奋了：“我就是那个厂的工人啊！”

“那你为什么不在家里做工？”

雏妓低下头，嗫嚅地说：“厂子倒闭了。全厂的女工，都来东京了。”

“都做这个？”

雏妓也急了：“不做这个做什么？现在老人和孩子都，都靠我们女人吃饭。”

中西功仰天长叹，这就是称霸东亚的帝国吗？

雏妓悄悄溜走，中西功又轻声追问：“你们的老厂长呢？”

“病了，中西厂长的小儿子被警察抓走了

雏妓走了，中西功颓丧地倒在地上。

怎么办？回家看看父亲？设法营救弟弟？

不能回家，前些日子，尾崎秀实曾经提醒，东京正在追查上海泄密，你不能回国！

不能回也要回。

为了拿到日本的战略情报，我必须返回日本，哪怕这里是虎穴。不入虎穴，焉得虎子？

想起家乡的境地，想起自己的崇高使命，中西功激情澎湃。

我满怀激情返回祖国，就是要完成任务拯救祖国！返回祖国，我又要压抑情感，保持冷静。搞情报，不能放纵情感，理智分析才能避免误判。搞情报，又不能没有激情，没有激情谁来探秘？

游荡于情感和理智之间，中西功双眼精光四射，找情报！

这是个军港，威武的军舰，高大的储油罐。

中西功在军港附近找到一家小饭馆，这里有一桌海军士兵聚餐。

“打吧！再不打我们军舰就不能出动了！”

“我们只剩三十天油料了。”

“我们的油库都快空了。”

中西功偷眼望望港口，只见那些储油罐孤零零地立着，无人问津。

军舰只有三十天油料储备？

这表明，日本海军必须立即做出战略决策，不能再等，再等就会失去战斗力。

找油？

中西功熟悉亚洲的石油矿产，找油只能去印度尼西亚，南进！

下午，中西功又来到一家工厂。

这被服厂倒是热闹，工人们小跑着忙碌。中西功过去，给看门老人递上纸烟。

“中国烟？”老人兴奋了，待中西功点燃，一口长吸就吸掉半截，看来是好久没有吸上纸烟了。

中西功同情地再递上一根，老人把两根烟接起来，感叹：“现在的日本，穷得还不如中国……”

中西功乘机试探：“好东西全做军用品了？”

“哪里还有好东西！”老人贪婪地闻着烟卷，舍不得吸，“现在就连军用品也打折了，我们厂子本来是做棉衣的，现在改做裤衩。”

“内裤？”

“不是内裤。”老人十分神秘，“外穿的短裤，日本陆军的新装备。”

陆军新装是短裤？

这说明，日本陆军正在准备热带作战，还是南进！

不用收集文字，不用分析数据，只要你来到日本，放眼一看，战略情报的内容就在眼前——南进。

中西功深深庆幸，自己冒险回到祖国，还是做对了。日本帝国对国外隐瞒战略意图，在国内就大意多了。

这情报分析，不只需要理论学术，还要重视直观，直接观察，亲身体验。文字可以虚构，数字也能造假，这备战环境却是实实在在，你只需身临其境。

中西功不禁想起，那情报大师毛泽东不是强调实践论吗?

夜晚的东京，没有上海那样的霓虹灯，没有上海那样的夜总会，只有黑乎乎，黑黝黝。

街道人迹稀少，中西功仍然不肯回旅社，仍在四处巡行，以直观感受情报。尽管白天的直观已经得出结论，但中西功内心还是忐忑。

薛有朋说，两线作战，兵家大忌，无论北进还是南进，对于日本都是实力不足的冒险犯难。依照常理，日本海军无力对抗强大的英美海军，除非日本军人疯了。

中西功则有不同看法，日本海军虽然吨位不及英美，战斗作风却异常强悍，甲午海战击败强大的清朝北洋舰队，对马海战击败强大的沙俄舰队，日本海军不怕英美!

经济决定政治，政治决定军事，这条马克思主义原理，必将决定战争的最后结局。可是，日本军人向来不按常理出牌，在战争初期，海军的突然袭击定将大胜!若要打败日本海军，还得像中国抗战那样长期消耗，让那经济困境逐渐削弱日本……

中西功同薛有朋争执不下，却得出共同结论：日本打不打，不由马克思决定，也不由中西功决定，要由日本帝国决定。

日本帝国还敢大打吗?

回国以来，中西功亲眼看到经济社会的凋敝景象，不禁怀疑，就是一个支那事变已然拖垮日本，再扩大战争，那简直是发疯!

一个国家，一个懂得制订战略计划的国家，会发疯吗?

“呜——”

刺耳的警笛，飞驰的囚车，中西功急忙隐身暗处。

一辆囚车飞驰而过，立即吸引路人的目光，一伙老头子纷纷叫骂："抓卖国奴！抓卖国奴！"

囚车没影了，老头子们还在骂，而且指着中西功骂："成年男子，不上前线，丢人啊！"

中西功被骂火了，突然爆发："他东条才是卖国奴！"

"你说谁是卖国奴？"老头子耳朵不好，"快报告警察！快报告警察！"

"愚昧！"中西功恨恨丢下一句，径自离去。

疯了，疯了，日本人真的是疯了。

经济社会困窘到这个地步，若是别的国家，肯定要改弦更张。可是日本不，日本的民族性格执著，一条道走到黑，越是困难越发疯，不撞南墙不回头。

直观，直感，中西功判定：日本肯定会南进，而且是大举南进。

战略动向判定，这个情报的下一项内容，就是战略决策。

日本是否已经决策南进？

熟悉日本政情的中西功知道，在战争问题上，最有发言权的还是军队，陆军和海军。海军当然主张南进，唯一能够制约海军的力量，就是陆军。所以，中西功的侦察目标，不必是海军，反而应该是陆军。

大白天，中西功大踏步进入陆军总部。

军装，便衣，各色人等出出入入，这日本也是外紧内松，即使是戒备森严的陆军总部，只要你昂首挺胸往里走，卫兵也不会阻拦。阻拦我也有预案，就说去找佐藤，报道部的老朋友佐藤。

熟门熟路，中西功挨门巡视，这间屋里只有一个人，身着便衣，头上却戴着军帽，双脚翘在桌上打电话。

中西功进屋，随便地问："佐藤在吗？"

"出发采访了。"

"关特演？"中西功苦笑，"冻掉他的大鼻子。"

"热死他！"那人放下电话，神秘地说，"他这次的任务是去东南亚……"

"跟海军走？"中西功讥讽，"老大当老二了？"

"海军迫不及待地要求南进！"那人对同行不守秘密，"就等御前会议最后敲定，万一改成北进，佐藤又白跑了。"

海军？陆军？

中西功醒悟，这最后决策，还要看两军是否团结，现时的日本，连天皇也要看军人眼色。

如何探知陆海军高级将领的决心？

若是尾崎秀实在，这不是难事。可是，现在佐尔格的国际小组已经破坏，中西功只能依靠自己，依靠自己的直观直觉。

行步街头，只见一群老头和妇女，头缠标语带子，涌向神宫。

当天报纸报道，陆军大臣和海军大臣，共同参拜伊势神宫。

"啪！"

中西功把报纸拍在案头，最后的疑问解决了。

那伊势神宫是天皇的神社，参拜那里必有军国大事。

什么大事？什么大事能让势不两立的两军首脑尿到一个壶里？

直观，直觉，不只是逻辑直觉，还有艺术直觉。两军首脑共同参拜，这个并不引人注目的细节，提供了一个绝大的情报：日本两军已经就战略方针达成一致。

中西功完全自信，我已经拿到了战略情报，应该回国复命了。

怎么，我把回中国当作回国，那回日本算什么？

计划回中国的里程，最近的海路不是上海，而是大连。经由大连的轮船拥挤，那里正在举办"关特演"，日本国内的留守部队正登船驶往大连。

关特演？

想到那个中苏边境的大演习，中西功冷汗浃背：万一我的直观受到欺骗呢？

凡搞突然袭击，必先隐真示假。德国袭击苏联，曾经造出德苏友好的假象。现在日本也要搞突然袭击，当然也会隐真示假。如何识破真假？南进是真还是假，目前还“隐”藏，“示”出来的，正是那关特演。要想揭露真相，先得识破假象，我要想敲定南进，先得否定北进……

回国，中西功先到大连登岸。

一到实地，真相就昭然若揭。

关特演的演习内容，不是渡江进攻而是跨海登岛，这就不会北进而只能南进。关特演从本土调到大连的部队，没登岸就直发台湾，那里也是南进方向。

事实表明，这关特演不过是隐南示北。

搞情报，一要拿到信息，二要分析信息，这分析就要去伪存真，识破对手的隐真示假。

中西功庆幸，此行不但完成了第一步，而且达到了第二步。

还是得深入虎穴啊，中国有话，不入虎穴，焉得虎子。真正的情报，都藏在绝密深处，必须使用内线侦察。密战大师周恩来说过，内线侦察，要有深入虎穴的精神，方为上乘。

上乘固好，却很危险。深入虎穴，往往是尚未得到虎子，先被母老虎吃掉了。中西功此行足够幸运，不仅拿到情报，而且全身而退。

下一步，可以回上海复命了……

返回上海，中西功竟然有一种返回家乡的感觉。这感觉并不虚幻，我的青春在那里，我的家庭在那里，我的朋友也在那里。

回上海先见谁？不是妻子，而是同志。中西功急切盼望重逢郑文道，向兄弟报告：我不是死间是生间！

路过南京，西里龙夫登上火车，交给中西功一份情报：驻华日军的南进部署。

拿到这份情报，中西功就完成了情报步骤的第三步：印证。

搞情报，特别是搞重要情报，那不是拍拍脑袋就能办成的事情。第一，你得拿到信息；拿到信息还不够，第二你得分析，从纷乱的信息中得出判断；得出判断还不可靠，第三你还得拿到确切情报来印证你的判断，否则只是猜测，算不上情报。

西里龙夫这情报，来自南京总军的绝密作战计划，极其可靠。有了这份情报，中西功的南进判断就不再是猜测，而是情报，准确的情报。

西里龙夫向“山大王”报告，自从接到侦察国际战略情报的任务，我日本人情报小组全员开动，从上海到南京，从南京到北平，从北平到太原到大连，全线攻关，已经拿到大量情报，可以向延安汇报了！

这时火车晃荡起来，从南京到上海要渡过长江，没有大桥，只有轮渡，轮渡船虽然巨大，在更为巨大的长江之中，还是会晃荡。

这一晃荡，西里龙夫有些发晕，中西功的眼睛却更亮了：

“我们的任务还没完成！”

判定南进，拿到南进部署，这固然可喜，可是，还有发动时间呢？

战史上，决而不行的战事，数不胜数。日美谈判正在进行，万一日本又改变决定呢？即使决心不变，也可能引而不发。

你提前预报开战，那战事却迟迟不来，你能永远处于备战状态？那也是作战资源的浪费啊！

在国际间谍圈，谁能拿到国际战略情报，谁就是国际大师。可是，对于国际和平战士，这大师还不够。拿到情报不是目的，目的是以情报辅助决策。你提供的情报，必须有利于中央掌握战略先机。毛泽东说，不仅好看，而且好吃。

于是，中西功又给自己的任务增添一项：判定日本南进的时间地点。

中西功回到上海，碰见的第一个人就是最想见到的郑文道。

中西功失踪，急坏了郑文道，你怎么连我都不通知？紧张地寻找一圈后，郑文道定下心来。中西功没有被韩霜刺杀，也没有被塚下密捕，中西功的去处没有报告组织，也没有告知家人。这种异常的行动，肯定是“向西去”的反向，向东。

中西功去日本了，深入虎穴，现地侦察。

自从得出这个判断，郑文道每天定时到车站等候，等候中西功归来。

等到中西功，郑文道立即将其拦截，带出上海。对于你，回东京是深入虎穴，回上海是再入虎穴！

东京的“国际谍报团案件”，已经牵连上海，牵连中西功。

就在中西功失踪的时候，塚下也离开了上海。富于境外侦察经验的塚下，被调回东京，接受紧急反谍任务。

东京警视厅认为，在国内侦察共产党很难，他们有多年就地潜伏的基础。从国外联络着手，往往能有意外收获，上海抓捕佐野学就是明证。东京警视厅追查每个从境外回国的日本人，果然发现了一个共产党员。追踪这个宫城宇德。居然连到德国记者佐尔格。

此人深受德国大使信任，参与多项机密，居然是秘密共产党员，在东京经营国际间谍网，侦获德攻苏的战略情报。特高课追查佐尔格的同伙，又发现有日本人暗中协助，其中最危险的就是尾崎秀实，近卫首相的亲近顾问！

“国际谍报团”案件，导致近卫下台，内阁改组。东条英机继任首相，立即指令警视厅大力加强反谍，严保战略机密。塚下奉调回国，参与彻查，这一查，就查出尾崎秀实曾经长期在中国上海活动。

上海？

上海本来是我塚下的地盘，那里不但有尾崎秀实的同伙，还有我的情敌，中西功和郑文道。

捧着新任首相的尚方宝剑，塚下得意洋洋回到上海，追查所有泄密嫌疑人，不管他是中国人还是日本人。

东京的严厉督促，改变了上海的间谍生态。

金原抓捕陈幕，只因陈幕曾经判断日本南进。庞大的军统上海站，一夜间分崩离析，只剩个双重间谍韩霜，惶惶不可终日。

韩霜揭发梅笛，只因梅笛是美国雇员，肯定是她泄露日美谈判秘密。梅笛当即撤离中西功的调查所，转往根据地避难。

洞井揭发中西功，只因中西功曾经参与左翼学潮。树倒猢狲散，近卫首相下台，大家都得舍卒保车。只是尚未发现中西功同尾崎秀实的关系，一时还不能下手抓人。

塚下盯上郑文道，尽管韩霜是军统特务，尽管梅笛是美国特务，尽管中西功可能是日共特务，但塚下对他们都不上心。塚下的目标始终是郑文道，那家伙勾引我的隆子，他就是共产党特务！

陷害郑文道，又要提醒隆子，于是，隆子就得知了塚下的反谍机密，这机密，又转达给郑文道。

郑文道不怕塚下追查自己，却担心自己被抓会牵连中西功。所以，郑文道也不去中西功的调查所上班，整日等在车站码头，营救中西功。

中西功得知上海的险恶处境，仍然坚持要返回上海，而且，返回自己的调查所上班，只因那里能看到东京发来的机密文件。真所谓明知山有虎，偏向虎山行。

郑文道佩服这个日本同志，为了中国人民的抗日大业，你不惜背上卖国奴的骂名。为了世界和平大业，你个人甘冒极大的风险。

中西功却异常平静，我重返上海，也可以说是再入虎穴，也可以说是牺牲精神。但是，我这样做。并非完全出于激情，同时也是理智的判断。

想想看，近来敌人为何疯狂地加强反谍部署？这正说明，说明他们要掩盖什么，那就是更加疯狂的战略行动。

这就是说，公开战争即将打响，秘密战线提前决战。你想想，决战关头，最上乘的战法是什么？是撤出还是深入虎穴？

“我，我当然知道，撤出只能失败，深入虎穴倒有胜利的可能。”郑文道嘴里承认，可身体还是拦着中西功。道理是道理，感情是感情，我不能眼看兄弟去送死啊。

“你还是让我进上海吧？”望着尽力阻拦的郑文道，中西功的眼光温柔了，这个中国同志，真像自己的弟弟，那个弟弟在东京被捕，这个弟弟在身边掩护。

中西功耐心解释，我同尾崎秀实的密切接触，是在从上海返回东京的轮船上，上海这些特务并不知情。没有拿到证据，塚下不敢对我这个高级特务动手。

“万一尾崎秀实供出你呢？”郑文道终于说出内心的担忧。

中西功十分自信：“他是我的同志加兄弟，他不会出卖我。”

同志加兄弟？

郑文道深深震撼，这同志加兄弟是什么关系，直让人生死相托？

我和你，也是同志加兄弟啊！

有同志，有兄弟，对于一个男子汉，那是最大的快乐。郑文道在抗日游击队，过的就是那种兄弟生活，一帮同志同吃同住，打仗的时候，你不会担心背后有人打你的黑枪，冲锋的时候，你相信受伤后有人把你扛回家，那就是同袍之谊，那就是团队精神。

从事秘密工作，就是另外一种生活状态。你是单线联络，接头只能说短短的单词，你要独立活动，四面八方都是敌人，没有同袍，没有团队，只有孤军奋战。

孤独的日子，让郑文道不快。同梅笛分手时，梅笛笑道：今后，我们从灵长类动物变成猫科动物了。灵长类是群居动物，猫科是独居动物，可人类本来是群居动物！

今天，郑文道突然发觉，这秘密工作，依然是人类的生活，你还是有同袍，有团队，哪怕你的团队成员除了你只有一个。

郑文道愉快地同意中西功返回上海，而且指定了返回方式，两人分手，各自行动。

中西功的任务，当然是侦察国际战略情报。

郑文道的任务，就是暗中保护中西功。

同志加兄弟，生死相托。

第十五章

死间

——秘密战争提前对决

日军司令部戒备森严，中西功悄悄绕到侧面，抛出钩索，钩住顶层窗台，准备攀爬。

突然窜出只狼狗，咬住中西功的腿！

郑文道利刃一挥，割断那狼狗的咽喉！

郑文道望着中西功攀登，警惕周围动静……突然那狼狗翻身而起，咽喉还淌着血，那头颅却变成塚下！

郑文道以身体护卫中西功，那人狗却穿透郑文道的身体直扑中西功……

"中西功！"

大喝一声，郑文道惊醒。

醒了才发现，自己正站在黑暗的街角打盹，身边窜过只野狗。

突然想起什么，赶紧抬头看看，中西功家的窗口黑黑的。

自从中西功返回上海，郑文道就开始跟踪他，没日没夜地跟踪。别人跟踪是侦察目标，郑文道跟踪是保护目标。今晚中西功回家，郑文道就蹲坑守卫，蹲得久了怕瞌睡，郑文道就坚持站着，没想到站着也困，没想到站着打盹也会做梦，更没想到做梦还喊出了中西功的名字。

说梦话，这是郑文道的老毛病，对于常人这不过是个生活习惯，对于秘密工作这就是致命缺点。

你是个严谨的联络员，你不会暴露任何组织秘密，可是，你却可能在打盹的时候说话，向周边人说出不该说出的秘密。这样，你还是个合格的秘密战士吗？你是个忠诚的共产党员，你被捕也不会供出同志，可是，你在受刑昏厥时却说出你的同志的姓名。这样，你还是个可靠的革命同志吗？你不泄密也泄密了，你不是叛徒也背叛了！

大步幅，慢步速，步幅越来越慢，步子越来越大，郑文道独自走在黑暗的街道，不住地谴责自己。

间谍无小事！一个小毛病，可能暴露一个大机密，一失足成千古恨。为了保护我的兄长，我必须设法预防这说梦话的毛病……

郑文道担忧的兄长，此刻其实并不在家。

作为一个老练的特务，中西功当然能够发现郑文道的暗中保护，只是，中西功并不欣赏这种做法。秘密行动，敌众我寡，互相掩护也无济于事，关键在于隐身，你根本就不要让敌人发现你。

所以，中西功进入自家的楼门，又从后门遁出，甩掉了郑文道的保护。

此夜，中西功的目标是自己的办公室。满铁驻沪办事处调查班的保密室里，有满铁的内部通报，其机密级别等同军方，也许可以查证南进情报？

深夜的外滩，静谧中渗出神秘。路灯下明亮而安逸，黑灯的楼房却隐藏着危险。中西功没有绕到侧面，也没有抛出钩索，挺直身躯，堂堂正正走向正门。

看门人见到来人，恭恭敬敬拉开门，没有多问半句。

走上高高的楼梯，中西功心怀得意。

我还是这里的主人！监视我这样的高级人物，你塚下不会布置给底层人员。

这个判断，就是我敢于深入虎穴的原因。深入虎穴比深入狗穴要安全些，狗连睡觉都耳朵贴着地面，老虎却有打盹的时候。

宽阔的楼道，没有任何人来往，中西功顺利地进入保密室，先拉紧窗帘，再打开台灯，特别注意不开顶灯，以免灯光从窗户外泄。

一切齐备，却看到桌上空空的，没有一份文件。

中西功双手抱头，狠揪头发，狠揪头发。

亏你还是个高级特工，你忘了你自己布置的规则：下班之后，所有文件必须锁入保险柜。今晚，就在决定命运的关键时刻，你被你自己的规矩锁住了。就像那变法失败的商鞅，逃亡时被自己定下的旅行法规给困住了。

中西功这个悔啊，早知今日，当初就该预留一把保险柜的钥匙。后悔也没用，还得想办法，怎么打开这坚实的铁家伙呢？

没有撬杠，没有钢锯，身边只有一把手枪……对了，就用枪弹击破锁闩！

开枪会惊动保安，还要设计个理由？

急思苦想，中西功像困在笼里的老虎，满屋乱转。

不能再想了，再想也想不出办法，现在必须动手，现在不能再拖！

中西功拔出手枪，瞄准柜锁——

钥匙就在保险柜的门上插着！

这隆子，真是麻痹大意，锁门忘了拔钥匙。我把最重要的保密任务交给最稳重的你，没想到你也会出错。

出错好啊！你的失误，就是我的幸运。中西功从保险柜里面取出文件，在台灯下翻阅。翻着翻着，《每日简报》的一行字跳入眼帘：

“御前会议决定：日美谈判限于本月底结束，皇军将视势采取行动。”

轰！中西功的脑袋炸了。

这信息表明，日军将在本月底下月初开战。时间紧迫，我必须在开战前发出警号，给统率部留出备战的时间……

这是昨天的简报，还有今天的呢？

文件夹里有张纸条："从今天起，所有国内文件，一律由驻沪海军控管。"

海军？海军控管机密？

这保密规定意味，今后的战略行动由海军主持，那就是南进开动啊！

这情报太重要了，中西功再次阅读，仔细辨认，这就看出笔迹是隆子的。

隆子留下钥匙，隆子留下字条，可隆子不是我的秘密情报员啊……

隆子留下钥匙，隆子留下字条，都是有意而为。

同中西功一家经常来往，同郑文道亲密接触，隆子早已看出两人有秘密，隆子也是同文毕业，也有间谍素养。看出来了也不深究，隆子是个文化人，不乐意介入任何政治阴谋。

我只要知道郑君是个君子，就够了。

就这样，隆子在日中密战之间独善其身，拒绝帮助塚下工作，与郑文道的关系却越走越近。

可惜，这种中立姿态，无法继续。近些日子，塚下发疯地侦察间谍，郑文道发疯地侦察情报，两人似乎都忘了隆子，这让隆子不得心安。

这种局面叫作二选一，你必须做出选择，选错了你将失去幸福，不选你将失去一切。

塚下和郑文道摆在那里，隆子当然要选郑文道。于是，隆子把钥匙留在保险柜上，而且在文件夹里留下字条。隆子相信，郑文道看到这些，会高兴的……

郑文道并未入室窃密，也就没有见到隆子的好意。

在中西功家守候半夜，郑文道没有发觉任何异常，于是离开。离开又不想回家，不知不觉走到外滩。

心里有种莫名其妙的感觉，感觉中西功大哥也来这里了。

来到楼下，果然发现异常，那保密室的窗户，似乎不如别的窗户那么暗。这说明，有人正在室内工作，也许就是中西功?

困意全消，郑文道警醒地在楼外巡视，掩护大哥。

路灯明亮的外滩，路人稀少，对面街角有个站街的妓女，远远看到男人，伸手召唤。

郑文道厌恶地转开，这就想到，自己一人蹲守在空空的街道，显得有些别扭，反而会暴露楼内窃密的人。

正在琢磨对策，对面的妓女惊慌走避，一阵咔咔的皮靴声——宪兵巡逻队来了!

日军宪兵是个特殊兵种，不但纠察军内的奸细，而且搜捕社会上的反日分子，每个宪兵都是特务，人人具有反间谍经验。

五个宪兵，成集团状，警惕地巡行在寂静的外滩，这种队形可以防备敌人袭击。领头队长发现前方有个单身男人，指挥手下分散包抄。深夜独行，非偷即盗，那家伙肯定是个望风的贼人，楼里还有同伙!

“老子在狭窄的日本呆腻了……”

那小贼怎么唱起日本的《马贼之歌》?

围拢上去的宪兵刚要动手，那家伙竟然挥刀抵抗!

脚步踉跄，刀风凛冽，那刀虽然不过是根木条，却招招是日本刀法……

宪兵们不好动粗了，这人肯定是个喝醉的日本人，而且是个刀法纯熟的浪人，不好惹。

刚有犹豫，那木条已经架上队长的脖颈!

“你的，熊本第五师团?”

宪兵队长傻了，自己只是下了两句口令，人家就听出了口音，断定了来历，肯定是个特工高手!

众宪兵恭恭敬敬，搀扶烂醉的浪人。

望着身边的日本大兵，郑文道得意地笑了。

“不让别人拿我当外人。”

这中西功的座右铭，今夜我用上了。

深入虎穴，就要让老虎不拿你当外人。

看来，我郑文道，也有中西功大哥的本事了……

中西功驾驶厢式货车，驶向军港。

窃密!

中西功今夜必须窃密，那密件由海军收管，中西功今夜必须潜入海军基地。可是，自己手边有满铁通行证，有陆军通行证，却没有海军的证件，潜入海军基地，分外危险……

一个高级间谍，通常不搞盗贼勾当。可现在不同，现在中西功必须采取行动，哪怕是莽撞冒险的窃密行动。

战略间谍的使命是侦察战略情报，战略情报的价值是辅助战略决策。所以，秘密战争的决战，总是比公开战争早，你提前拿到情报，才能赢得战略先机。

现在，日本即将发动公开决战，中共情报系统就不能再等，秘密战争提前对决，我中西功就是先锋。养兵千日用兵一时，藏谍万日用谍一刻，世界大战到了危险时刻，我必须先作死间!

根据已经拿到的情报，可以判断日军将南进。但是，这些情报虽然可靠，却不够直接，不够确实。你从日本的战略物资储备，可以判断南进才能获取资源；你从日军的备战部署，可以判断南进即将实施；但是，这资源需求和备战部署，并不等于作战命令，何时打，打哪里，还要拿到确实情报。

拿到确实情报，不能依靠道听途说，不能等待文件送达，必须行动，亲自行动，去偷，去抢，去拼命！

今夜的军港戒备森严，车辆进出的大门，也被钢架阻拦。

第一道门，中西功连车都不下，坐在驾驶室内，高傲地吼叫几句日语，声明自己是领事馆的车。

那门，就敞开了。

中西功驾车，长驱而入。日军基地的第一道检查，通常由中国人担任，任务是审查中方来客。你只要显出你的日本身份，那些汉奸就不敢多问。

前方是第二道门了，这里的检查，通常由日本军警担任。中西功提前减速，缓缓而行。

这第二次怎么骗过去呢？

骗人，通常只能得手一次。当塚下拦在面前时，郑文道就不能再唱日本歌了。

你抓捕我，不过是要突破口供，追查的目标却是中西功。我相信自己，自己不会出卖同志，不会出卖兄长。可是，我又担心自己，自己有个说梦话的毛病，这毛病在受刑昏厥时也可能发作……

想到这里，郑文道恭恭敬敬，给日本特务鞠躬九十度，郑文道老老实实，被日本特务塞进轿车。

轿车飞驰，车上的特高警察轻松地聊天，后座中央那个中国人畏缩猥琐，没人重视。

轿车急转弯，离心力向外甩，郑文道乘机猛撞，和特务一起飞出车厢……

中西功也下车了，在第二道门前。

恭恭敬敬，向警察鞠躬，说出几句中国话。

这几个警察都是日本人，塚下布置的特高警察，专门侦察日本人内部的奸细。专注于日本人，就不大看得起汉奸，面对这个送货的华人司机，日本特高警察就不屑盘问。

于是，中西功就顺利地骗了第二次。

不是因为是日本人，而是因为太像中国人。

作为一个日本高级间谍，中西功受到的训练，就是“比中国人更中国”。

作为一个热爱中国文化的日本人，中西功对自己的要求，就是“不让中国人拿我当外人”。

所以，当中西功需要假扮中国人的时候，毫不费力。

有，是个愿景；无，是个境界。老子曰：大音无声，大象无形。这就是说，能够做到“无”，才能得到“有”。对于一个间谍，你要“有”那情报，先要“无”了自己，变声隐形，以致无名。

中西功驾驶货车，缓缓驶入海军基地。

我能扮好中国人，还得感谢我的中国兄弟啊！

想到郑文道，中西功忽然感到心头发紧，难道我兄弟有所不测？

心有灵犀，郑文道也在思念中西功。

日本料理店，我和他初次接头，并不情愿地鞠躬致意。

黑夜小巷，他向我的刀锋扑来：“自己人，有情报！”

留青小筑，他家的小丫头非说要嫁给我。

外滩大楼办公室，他掏出日本军票交党费……

痛！

骤然醒来，郑文道察觉自己正在遭受鞭刑。

我被捕了？

摇摇头，这才想起，刚才的昏迷，源于跳车自杀。可惜，那次跳车摔死了砸在下面的日本特务，却没能摔死想死的我。

仔细辨认，面前的凶手，正是塚下，日本特高警察。

塚下恶狠狠地问：“中西功？共产党？”

中西功？

我没有说出你的名字吧？

郑文道紧张回忆，刚才昏厥时刻，自己脑海里闪过中西功许多镜头，好像两人重新交往一遍。

刚刚接触他时，我心里还在反感，他是日本特务啊！

从何时开始信任他？从他提供日军清乡情报挽救了我国军民？

从何时开始尊敬他？从他讲解《论持久战》传授情报业务？

从何时开始爱戴他？从他临危不撤坚守情报岗位？

说不准了，算不清了，我俩的交往已有四年，四年的友谊胜过终生。

我没有说出他的名字吧？那是我们组织的核心机密，我们可以失去我，却不能失去他！

既然你塚下反复追问，那就说明你没有从我口里听到他的名字。郑文道庆幸，即使在昏迷状态中，自己也没有泄密。

痛！

皮鞭又打在身上，郑文道闭上眼睛，装作昏厥。晕刑，也是反审讯的有效手段，你假装昏晕，既可回避审问，也能避免继续承受那难熬的刑罚。

啪！啪！啪！

尽管郑文道昏晕，塚下却没有停止鞭打，而且越打越狠。

让你分数比我高！

让你女友比我多！

让你升官比我快！

塚下越打越来劲，鞭鞭击打的不是别人而是中西功。

虽然你不是中西功，但你可以牵连他，只要打得你出卖他，我就能再破大案，我就能再升高官，我就能吃掉隆子！

郑文道一声不吭，忍受暴打。

你打死我，我也不会出卖他。论人格，人人平等，论情报作用，他比我重要。这就是我们中共秘密战线的人性观，这就是我们为何宁死不屈。

郑文道下定决心，即使在心中，也不再叨念那个名字，以免泄密。

我只说他，誓死保卫他！

塚下的鞭子越打越狠，郑文道已经昏厥，塚下依然挥鞭狠打。既然你不肯出卖他，那我就打死你，打死你我就再无情敌，打死你我就可以独吞她！

这时，洞井出现了。

同塚下不同，洞井不要性命，只要姓名。洞井至今吃不准，那中西功到底是忠诚的学生还是卖国奴？

人不畏死，奈何以死惧之？洞井制止塚下用刑，审讯也要讲究技巧。对于胆怯者，你可以采用逼供；对于顽强者，你应该改用诱供。

对于这个华人男子嘛，洞井自有办法，有办法从他嘴里掏出秘密，包括内间的名字中西功……

中西功正在军港潜行，黑衣黑裤黑头套，两只黑洞洞的眼睛，中西功也有忍者装备。

今夜的军港戒备森严，就连军舰的舷梯都收起了，全体海军官兵禁止下舰，一级战备。

暗影中，一个黑影悄悄潜入，接近军舰。

扔出钩索，刚刚钩住甲板，突然窜来个黑影——狼狗！

中西功立即掏出手枪，却不敢开枪，那会召来卫兵。中西功又摸出匕首，却不敢出手，那狼狗吼叫也能引来卫兵……

这时，那狼狗却偎依在中西功腿边，摇头摆尾，认出熟人了。

原来，海军从来不准动物上舰，近日加强戒备，从陆军借用狼狗，而这狼狗经常被调查班运用，把中西功当做主人。

中西功手抓绳索，攀援而上，脚下，大狼狗忠诚地护卫着。

忙于攀登的中西功，心思却飞向郑文道，他怕狗！

他混过日军岗哨的时候，曾经被日本狼狗识破，饱受凌辱……

凉爽，沁人肌肤的凉爽，这从头淋下的清凉，是哪里来的泉水？在这炎热的夏天，我有幸沐浴在清泉中……

温暖，荡人心胸的温暖，这围绕全身的温暖，是哪里来的棉被？在这寒冷的冬季，我有幸沉浸在床榻里……

啊，不是泉水，不是棉被，是梅笛。梅笛给我淋浴泉水，梅笛给我围上棉被，梅笛的身体就是清泉，梅笛的身体就是棉被……

痛！

郑文道从昏厥中苏醒，这就看到，自己的身体正在受到温柔地对待。

一双纤手，纱布蘸水，轻轻地擦拭自己的伤口。那双手是女人的手，梅笛？

仔细辨认，她不是梅笛，她穿着和服。

日本女子！

郑文道骤然惊醒，警惕地观察其动作。

这日本女子，肯定是个女特务……

隆子没有发觉郑文道醒来，还在轻轻地、小心地擦着，他被打得太惨了！

隆子深爱这个男人，虽然他是中国人。隆子就是偏爱中华文化，隆子就是偏爱中国男人，比起那个狭隘狠毒的塚下，这郑文道才是真君子。

郑文道这时才认出，这日本女子，原来是隆子。

紧绷的心情顿时松弛，隆子来了，这就是亲人来了啊。

尽管一直回避隆子的爱情表示，郑文道还是喜欢隆子的。回避隆子，那是工作保密的需要，而不是因为隆子是日本人。

什么日本人中国人，这世界判断一个人，国籍并不重要，重要的是看你是什么人。你要和平还是要打仗？你搞团结还是搞结束？

日本人也是人，男人或女人。日本男人中西功就是最好的男人，日本女人隆子也是极好的女人。

隆子欣慰地看到，郑文道的眼神充满温柔，隆子赶紧为男人解开手铐脚镣……

隔壁，洞井和塚下戴着耳机，认真监听，洞井听得饶有兴味，塚下听得痛苦不堪。

耳机里，那边的语言含糊，音色清晰。

女人软语呢喃……

男人叹息连连……

洞井十分满意，那华人男子没有拒绝。

只要你不拒绝，你就会迷恋女性的温柔，只要你迷恋美色，你就会接受她的肉体，只要你深陷其中，你就再也不能自拔。

到那个时候，你就不再是党员，不再是间谍，你就是个赤裸裸的男人。

男人？

男人一生的最大敌人，一个是女色，一个是死亡。女色如水，死亡如刀，二选一，任何男人都会选择女色，那是温柔的死亡。

在这个时候，如果我答应你不死，你还会放弃女色吗？

你会享受快乐，你也就会说出秘密，你说出了一句，你就背叛了一切，哪怕你的亲爹亲妈。

洞井朝塚下挤挤眼睛，这个共党特工就要被我搞定了，不怕他不当叛徒。

塚下看到这恶毒的示意，怒火中烧。

鞭打郑文道，被这老家伙制止，他提出一个怪异的招数，还说那招数来自中国历史。想当年，清军俘虏明军大将洪承畴，用尽劝降手段却不能得手。这时，皇太极的宠妃亲自出面，美人软语，那坚贞不屈的汉人就乖乖就范。于是，洞井唤来隆子，亲自交代任务：为了实现帝国的使命，你有义务献身。

献身？

让一个女人，为了所谓特殊任务献出肉体？

这招数，对于任何妇女，无异于离经叛道，可在日本黑道却是司空见惯。女人算什么，就是个器官而已，器官是什么，男人的玩物而已，男人为帝国而献身，女人就应该为男人而献身，男人献出生命，女人就献出肉体。在日本驻外军营，普遍设有慰安妇，征用妇女为国献身，在日本特务机关，也普遍招募女特务，专门勾引外国间谍。

面对帝国使命，日本的女人不该拒绝，男人也不敢反对。可是，塚下希望隆子反对。塚下把隆子当作自己的女人，自己的女人还没尝鲜就让给外人？可塚下又不能出面反对，隆子还没有答应成为自己的女人。一个日本特工，怎能反对上司使用美人计呢？

没想到，隆子答应了。

隆子没有拒绝这个怪异的任务，因为隆子也想拯救自己的爱人。

于是，塚下就只能听着，听着别的男人享用自己的女人……

痴迷中的郑文道突然醒悟，一把推开隆子。

这是美人计！

隆子却紧紧抱住郑文道："我知道你是什么人，我不要求你背叛。我知道你宁死不屈，可是，可是我，我不能让你在死前没有女人。"

死前没有女人？

监听的洞井十分得意，我找到了他的死穴！

这个郑文道也许不怕死，他自幼受到舍生取义的中华文化教育，他是个忠贞不屈的共产党人，可不怕死的人也仍有所怕，怕死前留下遗憾。有人遗憾死后家属无靠，有人遗憾死后声名不显。比起所有的遗憾，男人的最大遗憾是没有尝过女人。所以，堂堂皇军要在军营设置慰安妇女，让军人死前不留遗憾。

现在，女人送到嘴边让你尝，你还能死吗？

只要你不死，我就有办法让你说，你不说口供我也会让你说梦话！

“他会死的！”

塚下打断上司的思考，再不制止，隆子就要失去童贞了！

“那家伙跳车，那家伙自杀，那家伙还会跳楼……”

塚下语无伦次，但洞井还是听明白了。

你是说，那中国人会乘机跳楼自杀？

你错了！

中国人怕死，中国人没有勇气自杀。

自杀是什么？

那是舍生取义，这天下，只有我们日本人才敢自杀。

中国人？中国没人肯自杀，中国人是好死不如赖活着，中国没有男人！

塚下无言以对，洞井对中国人性格的分析，完全符合塚下的看法。

可是，能够看透中国人的塚下，却看不懂日本人了。

日本没有卖国奴，那中西功为何帮中国人搞情报？

日本人比中国人高贵，那隆子为何爱上郑文道？

这些问题，塚下不能问洞井，你日本人还能不懂日本人？

那洞井，那老特务，非但没有任何疑惑，反而十分得意。

洞井得意地听着，欣赏一场自己导演的戏剧。

塚下紧张地听着，聆听一场对自己的审判！

那是女人的呻吟……我的隆子被他干了？

那是男人的喘息……他正在蹂躏我的女人！

塚下虽然看不起妇女，却不肯轻视高贵的隆子，塚下虽然是忍者出身，却不堪忍受自己的权益被剥夺。听着隔壁的声色演出，塚下恨透了那个华人男子，看着洞井色迷迷的表情，塚下恨透了这个日本老特务。

你不是卖国奴，你却比卖国奴更可恨，你卖我的隆子，你卖我的女人，你卖我日本的人格!

洞井没有注意到塚下的反感，洞井全神贯注于监听。

不是监听是偷听，洞井已经把监听任务变成了偷听娱乐，色情娱乐。

老了，老得不能勃起，不能实干，可老头依然保持对女人的兴趣，不能实干也能意淫，洞井的最大乐趣是偷窥别人性事。今天，洞井的娱乐格外刺激，这偷听比偷窥更神秘，你要根据音色发挥自己的视觉想象……

听着，想象着，洞井琢磨隔壁的状况，是男人欺压女人还是女人操弄男人呢?

想到这里，洞井有些不甘心了，向来都是日本男人欺负中国女人，现在怎么中国男人享用日本女人了?

洞井决定停止这场吃亏的游戏，招呼塚下出门，我们去录口供吧……

黑沉沉的海水，黑沉沉的军舰，大战前夜的军港，静谧中潜藏凶险。

军舰上溜下个黑影，从甲板坠落地面。中西功试图抖落钩索，却不能成功。那就让它留下吧，反正我拿到了情报，你们追查也追查不到我。

中西功匆匆离开军港，却发觉狼狗在身后追随，不得不停下脚步。

明天早晨，海军就会发觉钩索，追查窃密，那时，这只狼狗就是破案侦探，它能循着气味追捕我。

中西功蹲下，抚摸着狼狗，紧张地思索。那狼狗亲热地蹭着，好似遇到亲人。

一刀割断咽喉!

中西功把狼狗的尸身丢下大海，水声惊动，一个卫兵持枪走来。

中西功紧握匕首，随时准备出手。

黑暗中，黑衣掩护了中西功的身躯，那卫兵没有发觉什么，转身走了。

不用杀人了，中西功仰天长叹。

为了这份拯救亿万人的战略情报，我必须除掉任何阻碍，哪怕你与我国籍相同。

突然一阵心悸，我得手了，你呢?

中西功感到，自己的兄弟正处于危急关头……

郑文道被隆子抱着，感动不已。

这不是美人计，这是一个女人真诚无私的爱。一个日本女人，公然爱上一个中国男人，而且是国家的敌人，这要多大勇气!

可是，我不能接受这个爱，这爱的力量太大，她也许会软化我的意志，她也许会让我珍惜爱情而不肯再死。

“我不让你死，我不让你死。”女人在耳边喃喃。

活下去?

郑文道心弦颤抖。有这样的人儿相伴，活着多好。

活着，我们并肩在豫园钻研书法，活着，我们结伴去崇明岛写生……

郑文道在心里喃喃地说着，隆子在耳边喃喃地说着。

我们亲如兄妹，我们亲如一家，我们一起去大哥家，你像日本人般执著，他像中国人般大度，你们两个像是亲兄弟……

大哥?大哥是谁?

郑文道的身体剧痛，郑文道的脑袋剧痛，剧痛地挣扎，剧痛地思索。

他像中国人般大度？我像日本人般执著？我们两个像是亲兄弟？

你说的是中西功！

不，不能提起这个名字，说梦话也不能说出这个名字，这个名字比我的生命更重要。可是，即使我不肯出卖这个名字，但我也许会在温柔的梦乡说出这个名字，所以，我必须死。

死？何必一定要死？我不说他的名字，但我也不死？

左右为难，心弦颤抖，这颤抖令人恐惧，我怎能想活呢？

我早已下定决心，为了保护我的兄长，一旦被捕就自杀。可跳车自杀没有成功，敌人给我上了手铐脚镣，我连自杀的机会都没了。

现在怎么，没了镣铐的桎梏，有了女人的束缚，我居然不想死了？

我不死，他就会死。

既然我在女人的束缚中不敢再死，那么，我就会在女人的温柔中出卖我的兄长……

人人都想活，但不是人人都能活。我的最大愿望是让他活，那么，我就只能死。

现在就死？

郑文道的身体，被隆子缠绕着，可以感到那缠绕的力量，那力量让人无力摆脱。

望着女人的身体，任何男人都会心旌飘摇，这是世间最美丽的曲线，美不胜收。不够不够，女人的身体不只是冷冰冰的形象，还是温度，那温暖能够孕育生命，能够激发快乐，让男人乐死忘生！

死吧，我该死了，死得了无遗憾，死得无比快乐。

郑文道温柔地对隆子说："打开窗户吧，我要透透气……"

屋外，洞井握住门把，准备开门进屋。

突然涌上一股恶意，又把耳朵贴在门上偷听。

"嗵！"撞碎玻璃的巨响！

“啊——”女人一声惨叫！

赶紧跑出大楼，只见楼窗破碎，跳楼者横躺地面。

郑文道仰面朝天，明亮的眼睛洋溢笑意……

破案的线索断了！塚下仰天大叫：

“中西功——”

中西功！

中西功的眼睛炯炯闪亮，中西功的步伐急促有力，中西功在黑暗中疾行，总感觉背后有强大的推力，那是兄弟的推手啊！

匆匆奔走，奔向郑文道预约的接头地点。分手前兄弟相约，一旦拿到确实情报，立即到那里接头。

好兄弟！等等我！

现在，我终于可以自豪地对你说：

我不是鬼子，我是人，我是与你同样可爱的人……

第十六章

误判？

——统帅决策的历史重责

中西功赶到秘密联络点，没有见到郑文道，却见到上级薛有朋，还有上级的上级，潘汉年。

这是一次超出常规的会见。

以两人的公开身份，绝对不能见面。一旦被发现，将无法解释中共的特务头子和日本的特务头子为何相会。

但今天顾不得了！

国际战略情报万分紧要，中共中央社会部副部长、上海情报科负责人、日本人小组负责人，三个情报高手，必须会商。

会商的房间高大轩畅，却显得幽暗深邃，偌大的房间，只开了一盏壁灯。

房间还摆着个巨大的地球仪。这是个外贸公司的办公室，用地球仪演示国际商路。

潘汉年特地选择这个地方，不仅因为这里安全，还因为这里有个地球仪，可以用来展示国际战略走向。

望着欣喜万分的中西功，潘汉年却是眉头紧锁。

拿到情报，并不等于完成情报任务！

你拿到的情报，可能只是模糊不清的多重信息，还需整理才能得出判断。

你拿到的情报，也许只是敌人隐真示假的计谋，还需分析才能得出判断。

中西功现在拿到的情报，异常重要，它不仅影响中国的战局，还预示第二次世界大战的走向！

如此重要的情报，当然应该立即上送，可是，越是重要的情报，越是不能误报、你上报的时候，应该确保情报的准确无误。

作为一个情报员，作为一个情报系统，工作中最大的风险并非窃取情报，而是判定情报。窃取失手导致个体生命的牺牲，还能前赴后继，判断失误却造成系统失效，全盘皆输。

所以，重要情报上送之前，必由系统负责人亲自组织，综合分析。

情报工作也是科学，科学必须遵循严密的逻辑。你做出正向论证还不够，这很可能是误判。你还需进行逆向反驳，驳不倒的判断才不是误判。现在，综合情报已经表明日本将南进，需要的只是反证。

对于潘汉年情报系统，那种坐而论道的分析，实在是一种奢侈。你的身边没有关东军的西伯利亚地图，没有日本海军的太平洋海图，连满铁的资料柜都没有，你只有一个地球仪，三个人脑。

所幸，这三个人脑，都储藏着大量情报信息，三人会商的目的只有一个：消除误判。

断定日本南进，是否误判呢？

质疑！最有效而且最快速的分析方式，就是自己质疑自己。薛有朋提出：南进不合军事常识。第一，两线作战，兵家大忌。你日本连中国都没有消化，怎么又会扩大战争？

潘汉年盯着中西功的眼睛：难道你疯了？

中西功没有被激怒，冷静转动着地球仪：南进不是两线作战，而是双面夹攻!

德国还没有消化西欧，为何又要跨海攻击英国？那是因为英国支援西欧抵抗，德国要扫清外围。

日本的南进，也是大包围战略。我之所以不能拿下全中国，是因为重庆在西南后方领导全国抵抗。我为何不能拿下重庆，是因为美英从缅甸输送物资支援。所以，我要南进占领东南亚，抄重庆的后路。

潘汉年点头了，分析合理。

薛有朋提出第二质疑：以强击弱，胜算最高。苏联兵退莫斯科，日本只要加个指头就能将其扳倒。美国独霸太平洋，海军吨位天下第一。你为何放弃趁火打劫的便宜，非要单独挑强敌?

中西功辩解：军事实力的强弱，并非简单的数字统计，还要动态对比。

苏联是久战之军，曾在远东三次大胜日军，现在还有二十万防御东线，而我陆军被中国拖住，拿不出多少机动兵力北进。说实话，北边不比我弱啊。

美国坐山观虎斗，养得虚胖，缺乏实战锻炼，而我海军养精蓄锐，倾巢而出，定将一战而胜。可以说，南边未必比我强啊!

潘汉年裁定：分析深刻。

反方质疑三：兵法云：步步为营。日本即使南进，也要逐步攻占中国沿海的第一岛链。从台湾打菲律宾再攻印度尼西亚，那逐岛争夺要耗上几年，不会现在就大打，除非你疯了!

正方没有在意这种讽刺，冷笑回应：疯狂出想象力，偏执出执行力。德国能够发明个闪电战，我也要出奇制胜。

南进之敌是谁？东南亚各国都是英法荷美的殖民地，法荷被德国占领了，英国被德国打怕了，日本的唯一强敌其实只是美国。

美国的要害在哪儿？从美洲本土到东南亚菲律宾，中间隔着辽阔的太平洋，全靠海军，海军的中转基地位于太平洋中心的夏威夷群岛，那里的珍珠港是太平洋舰队司令部。

南进怎么打？逐岛推进，那就给了美国逐步设防的空间，弥补实战经验的时间，那于我不利。慢刀子割肉不如掏心斩首，最佳打法就是奇袭珍珠港，一下打掉太平洋舰队！

反方由不得感叹：打掉太平洋舰队就打败了美国海军，打败美国海军就把美国隔绝于大洋对岸。到那时环顾全球，还有谁能支援中国抗战？

薛有朋看看潘汉年，已经无可质疑了。

中西功是日本人，最了解日本的民族性格，偏执加疯狂，疯狂加偏执，这南进已成必然之势。

裁判其实也是运动员，这些日子，潘汉年周密部署，全力侦察，侦察这国际战略情报。为了防止误判，潘汉年部署了多条渠道，上海、南京、香港，美国、国民党、日本，从不同的外部视角观察，从不同的内部机关窃密，最后，又有中西功这个打入深层的内线来验证。

情报齐全，来源可靠，分析深入，态度客观，现在，终于排除所有误判因素，可以有把握地判定：日本即将南进。

南进的具体日期？

三人达成共识：12月7日。

日美谈判以11月底为限，日本侵略惯于突然袭击，那么，发动攻击的日期就会选在12月的第一个礼拜天，乘美军休息日突然袭击。

情报分析得出结论，会商结束。

按照秘密会议解散的规则，应该一个一个地走，相互间隔半小时，以免引起街头眼线的注意。

重点保护上级，开会时上级最后到，散会时上级最先走。但是今天，潘汉年请中西功先走。

你的任务完成了！

作为一个情报员，你向组织提供了准确的情报，你的使命就完成了。

过去，你必须舍生忘死侦获情报，今后，你可以考虑自己的安全了。

所以，你可以先走……

这些话，潘汉年没有说出来，但中西功也听到了。

中共同志如此待我，不是上下关系，而是同志关系，甚至不只是同志，还是兄弟啊……

潘汉年晚走一步，还要和薛有朋商讨下步任务。

如何传送情报?

拿到了，判定了，并不意味情报工作的终结，还要将其传送到位，才能发生作用。

这份国际战略情报极其重要，当然要立即报送延安，延安还要知会莫斯科，中共和苏共有情报合作关系。但是，这还不够，日本南进的打击目标是美国，还应该设法把情报送给美方。

美国支援中国抗日，中国人有义务帮美国预防损失。但是，美国政府的传统政策倾向反共，中共同美方没有情报交换关系，你白送人家情报，人家也许还不相信呢。

潘汉年指示薛有朋，这份人情，就让给国民党吧，由军统特工把情报转给美国。

送走领导，薛有朋一人琢磨起来。

军统上海站和中共上海情报组的关系也很微妙，那陈幕站长和日本人勾搭，经常要整新四军情报，他的副职倒乐意和薛有朋合作，联手抗日。现在陈幕被日本人抓了，薛有朋正好借机扶持一下那个副站长。不过，那副站长缺乏日本情报渠道，凭什么让美国人相信呢?

倒是还有人选，那韩霜同日本特务有所来往，可以利用她?

转送情报成功，美国就可以提前进入战备防止损失，美国就会更加积极地支援中国抗日，我党的统一战线就会从国内扩展到国际……

薛有朋越想越兴奋，手把地球仪使劲一推，那地球登时飞转起来。

中国——日本——美国——英国——苏联，世界大国轮番登场。

小情报转动大地球！

这就是我情报工作的作用啊……

“我拿到了，我判定了。”

薛有朋得意地说出两句简单的话，突然感到有所雷同。

古罗马统帅凯撒挥兵非洲，在亚历山大城下说道：“我来了，我看见了。”于是，那坚固的城池不攻而下。凯撒的名言流芳百世，太牛了！

情报界却认为这不是吹牛，“我来了，我看见了”，这就是“我拿到了情报，我判定了情报”。决战之前，你拿到并判定情报，那就掌握了战略先机，当然能够不战而胜。

今天。我薛有朋也“拿到了”，也“判定了”！

眼前，那转动的地球渐渐慢了下来，停在薛有朋手边的，还是中国，还是日本。

薛有朋突然觉得不对，“我来了，我看见了”，这话不仅凯撒说过，拿破仑也说过。拿破仑在莫斯科城下说了此言，却只是拿到一座空城，从此陷入冰雪，走向末路。

这就是说，你拿到情报，你判定情报，还不是胜利，你还得正确运用情报。

如何运用情报？

这就超出情报系统的范围，进入高层决策程序。

最高统帅部拿到战略情报，还要再分析再核实，再次判定之后，才能据此做出战略决策。

到那个时候，你才可以说你的情报发生了实际功用。

薛有朋小心地转动地球仪，不知它会停留于哪个国家，这种行动，像是轮盘赌……

美国、苏联、中国，中国的国民党、共产党，各方统帅拿到这份情报，如何处理？

地球的步伐渐渐放慢，薛有朋闭上眼睛，紧张得不敢再看……

1941年12月7日，珍珠港，太阳刚刚升起，三百架飞机突然降临！

十八艘战舰被炸沉，上百架飞机被炸毁，两千多人被炸死，美国遭受史上最惨重的战争损失。

同日同步，日军大举攻击关岛、威克岛、中途岛、香港、菲律宾。马来亚，太平洋战争全面爆发！

次日，美国对日宣战，中国政府随之对日宣战，中共中央号召组成国际反法西斯统一战线。

上海滩一夜大变！

黄浦江上停泊的美英军舰遭到日机轰炸，美舰沉没，英舰投降。日本陆军公然开进公共租界，欧美侨民慌忙外逃，白人也没有治外法权了。

梅笛领着麦尔，从租界逃往华界。

麦尔边跑边痛苦的嗥叫，从中国传回的情报，本来可以避免珍珠港的损失！德国袭击苏联，他斯大林误判，那是专权独断，日本袭击珍珠港，我民主国家的罗斯福总统为何也误判？

韩霜和金原有关系不用怕，可也要忙着逃跑，掩护军统同事撤离租界。这狼狈的撤退让韩霜纳闷，我们不是也拿到情报了吗？太平洋战争爆发之前，日本提前抓捕我陈幕站长，可中共的地下组织居然没人遇难。战争一来，梅笛已经提前隐身，就连宋庆龄那些名人雅士也一夜失踪。而我们军统却毫无防备，好像自己不相信自己的情报。难道中共对情报的判定超过我军统？

最安全的还属薛有朋，同文书院教授算日本的人。人身安全的薛有朋也得忙，忙着布置撤退，把存身公共租界的秘密党员和民主人士转移到新四军根据地去。偷渡本是黑道特长，江湖上都靠走私捞钱。可军统擅长走私却不擅长偷渡，走私运的是黑货容易夹带，偷渡送的是人口很难装扮。日军一进租界，军统就遭受重大损失，薛有朋却有办法偷渡人口，而且偷渡那些曝光率极高的社会名流。这是因为共产党有内线网络，中西功掌控上海，西里龙夫掌控南京，日本高级特务协助偷渡，地下就变成了地上，当然安全。

最忙的要数潘汉年，不仅要撤退上海，还要撤退香港，香港聚集着大批内地民主人士，还有中共南委地下机关，都要及时转移。

忙于撤退的潘汉年，心情异常愉快，这撤退其实是进攻！

表面上看，日本突然袭击占了便宜，其实，这是第二次世界大战的重要转折。

中共中央提前侦获日本南进的战略情报，通知苏联，斯大林把防御日本的二十万大军从东线调到西线，取得莫斯科保卫战的重大胜利。美国摆脱中立，同中苏联合抗日，国际反法西斯统一战线得以形成，那德意日三国就孤立了。

国内的统一战线也会更加巩固，日本兵力南移，蒋介石不敢北上压迫共产党。八路军不必调往东北作战，可以在华北大发展，新四军抓住机会，可以在华中大发展。

大战争，大转折，大机会，谁能掌握战略先机，谁就能反败为胜，逆转危局。

如何掌握战略先机？

靠情报，情报是第一战斗力。

情报工作的特质，就是快，你要比敌方的突然袭击更快。快还不够，最好是提前，快能应对，提前却能预防。面对新形势，潘汉年又要提前调整情报工作了。

中西功的日本人小组怎么用呢？撤离还是坚守？

中西功沉浸在欢乐之中。

太平洋战争，日本人称为“大东亚圣战”。大东亚战争大胜，上海的日本人欢喜若狂，中西功也不能自外。只是，中西功的欢乐与别人不同，别人公开欢呼日本胜利，中西功暗自欢呼反法西斯胜利。虽然公开战场尚未胜利，秘密战争却已提前大胜，提前拿到情报，提前得出正确判断，提前做出战略部署，这就是情报工作的完胜！

这胜利，有我一份，我能不乐吗？

俗人的欢乐在街头，特工的欢乐在密室。作为驻沪特工的元老人物，洞井从不公开闹腾，高兴了，坐着领事馆的顶楼密室，清茶一杯，自我欣赏。

欣赏之余，又会萌生下一个情报高招。

现在，大东亚战争打响了，情报任务，也该转换了。

转向美国？

那不是我洞井的专长，我的专长在中国……

这时，中西功来访。

洞井十分欣赏这个弟子，他总是能够在恰当的时候来看老师。

洞井正要找个人探讨探讨，这上海滩，能够同洞井谈论大事的人物，只此一人。塚下只能反谍，不擅长搞情报；金原只能执行情报任务，缺乏策划能力。

清茶两杯，两位情报高手，高谈阔论。

中西功好像知道老师的关注，首先把话题引向美国，美国的情报能力不弱，为何误判珍珠港情报？

洞井十分得意，这是我日本施行战略欺骗的战果。战前，日本海军隐秘出航，日本外务省公开出访，一暗一明，配合默契。派往美国谈判的日本外交代表来栖，还是罗斯福的老朋友，公认的亲美派，罗斯福被我误导了！

中西功心中狐疑，那情报我们送给美国了！举起茶杯，向老师致以敬意，然后就质疑：这会不会是罗斯福的苦肉计？他拿到情报故意压下来，放任日本开打，打疼美国，民意才会支持参战？

洞井放下茶杯，哑然失笑。周瑜演出苦肉计，打黄盖可没有打死啊。那罗斯福就是搞阴谋，也犯不上付出这么大损失。其实他还是误判，手边虽然有情报，却是两种信息，有判断日本开打的，还有判断日本谈和的，你让他个情报外行怎么判断？

中西功同意老师的看法，拿到情报靠间谍的本事，运用情报却要看统帅的水平。美国人不是没有水平，而是太骄傲，看不起日本的作战实力，看不起中国人的情报能力，老子天下第一。你误判天下所有人，还能不误判情报？

评得痛快！洞井端起茶杯，得意地酌了一小口。中国人的情报能力，其实不可小视，重庆的密码破译就很有威胁。只是，那个蒋介石也误判了。他也被我们日本误导了，我们说北进打苏共，他就想北进打中共。就在这个时候，他的驻美大使胡适，又报告日美谈判即将成功……

中西功恭敬地给老师斟茶，轻轻试探：共产党呢？

毛泽东是个情报高手！洞井放下茶杯，瞪着中西功：他亲自撰写调查报告，比你写的还好。蒋介石总是对下属说，对日宣战要等待国际援助。毛泽东总是对全党说，要警惕国际慕尼黑。一个用主观愿望去找情报，不符合心意的情报就不信。一个用客观态度去找情报，不符合事实的情报就不信。上有好者，下必甚焉。最高统帅的情报水平，影响整个情报系统啊！

你说得浅了！中西功在心中驳斥。毛泽东不仅会运用情报，还会用人。佐尔格给苏联提供德国侵苏情报，斯大林不信，德国人会反对德国吗？我为中共提供珍珠港情报，毛泽东采信，日本人也会反对日本的侵略国策。所有的情报专家都知道，情报工作必须防止误判，实质上，你误判的不是情报，而是人！

攻城为下，攻心为上。如何攻心？运用内线，让敌方要员为我服务，那才是攻心的极致，非雄才大略者不能为，非心胸开阔者不能为……

可惜啊可惜！洞井叹道，像毛泽东和周恩来那样的情报领袖，太少了，太少了。

这是什么意思？中西功暗自琢磨，你称赞中共领袖，是发牢骚还是试探我？

中西功也叹道：大有大的难处，统帅收到的情报太多，太杂，难以判定啊！

那你为何不重用专家？洞井忍不住发了牢骚。谁都知道统帅重要，统帅决策战略，战略决定全局，统帅承担着改变历史的重任。可你统帅怎么用兵？用兵先用谍啊！孙子曰："亲莫亲于间，赏莫厚于间"，那就是重视统帅与间谍的关系啊。

端起的茶杯，停滞在唇边，中西功悄悄关注老师的神情。看来，洞井对日本的军人内阁不满，嫌他们不重视洞井提供的情报。这种态度也是情报，反映了日本统治集团内部的矛盾……

在这个亲信学生面前，什么都可以说。洞井激动地站起来：一个小小的间谍，却能拿到大大的战略情报，也会影响全局，也会改变历史。以小搏大，舍谍其谁？

中西功赶紧也站起来：只是，只是间谍发生作用，必须通过统帅。反过来看，统帅决策，又何尝离开间谍的情报？总而言之，还是大小结合，系统决胜，有杰出的间谍，有英明的统帅，才有伟大的情报战绩。

英雄所见略同！洞井举杯相邀，以茶代酒。

中西功举起茶杯，一饮而尽！

我虽然没有向西去，我虽然没有去过延安，可是，我的情报工作始终与延安相联，我的心灵始终与中国统帅相通，我的身边，就有一位中国兄弟啊……

洞井望着喜不自禁的中西功，不禁有些疑惑，你怎么兴奋得把茶叶都喝了。我夸赞共产党的情报能力，你何必这般开心？

中西功发觉不对，赶紧压抑情绪：我是不是该走了？

“报告!”

门开了，塚下恭谨地走了进来。

塚下脸色阴郁，这么大的喜事，也不能让这个忍者高兴起来。

中西功友好地看看塚下，却发现人家没有任何表示。

“我，该走了。”

中西功知趣地向老师告辞。

中西功该走了!

早就纳入东京特高的视线，坚持不撤，就是为了这国际战略情报，现在情报到手，现在情报运用，中西功的历史使命已经完成，应该考虑个人安全了……

望着中西功离去，看着塚下进来，洞井突然想到：下一步要用的人，不是那人，而是这人。

大东亚战争刚刚打响，还有许多战略动作需要保密，东京查获的国际谍报团就是极大威胁。那个案件的主角佐尔格和尾崎秀实，都有在上海活动的经历，他们在上海是否还有同党？

撰写情报分析报告要靠那中西功，反间谍抓内奸却要倚重这个塚下……

塚下恨恨地望着中西功离去，刚刚接到东京通知，追查国内的共产党分子，已经牵连到上海的同文书院。

你中西功虽然官阶比我高，可你也是同文毕业，你也应该算个可疑分子!

第十七章

大谍无名

——伟大间谍的悲剧命运

塚下的反谍工作很快就有进展，抓获了美国间谍麦尔。就凭麦尔那身材和长相，过去是令人嫉妒的鹤立鸡群，现在对己致命的骆驼立羊群。

麦尔的被捕，震惊了上海特工界。

潘汉年通知，允许中西功立即撤出上海，“向西去”。

向西去？

这是中西功多年的梦想，去新四军根据地，看看自己的反法西斯战友，去延安，拜访情报分析大师毛泽东。

可中西功又犹豫，向西去，意味离开自己的情报岗位。

我一走，就会惊动日本反谍机关，我这个日本人小组的其他人也不能继续潜伏，我们经营多年的情报网络就会前功尽弃。

间谍的价值在情报，你拿到的情报越重要，你的个人价值就越能最大化。离开情报岗位，间谍的性能价格比就急剧下降，上战场你不如一个战士，搞宣传你不如一个文人，百无一用，只是活着。

活着，我何必那么珍视活着？

想到自己的生死，就想起已经死去的兄弟。自从郑文道为了保护中西功而死，中西功就背负了沉重的心理负担。

做任何事情，都感觉郑文道在看。

决定任何事情，都想到郑文道会怎样考虑。

现在，你会同意我离开岗位吗？

会的，你总是把我的安全放在首位，甚至放得比情报任务还高。

那么，我应该走，为了你，我也应该走。

可是，你也会走吗？

不会，你总是把情报任务放在首位，放得比个人的安全还高，我走了你也不会走！

那么，我就不应该走。

我的兄弟郑文道，为我活着而死。我活着坚守情报岗位，他为我而死才值。

士为知己者死，就是为那不误判我的人去死啊。

既然中国兄弟能够为我而死，那么，我也要为他而死，为他坚守岗位，宁死不撤……

薛有朋无法劝说中西功离开，这些日子，中西功似乎有些心神恍惚。

不管你提出多少理由让他撤离，但只要有一点儿不撤的理由他就不肯撤离。我撤了，谁能拿到日军清乡情报？我还要保卫新四军根据地呢！我的战略情报任务也没有完结，太平洋战争的胜利刺激了日本军方，陆军又在谋划北进了，我还要保卫苏联呢！

坚守难，撤退也难。

中西功的犹豫不决，让薛有朋十分为难，你不撤就会连累其他同志，你不撤日本人小组十几人都不撤，围绕这个小组的三十几个中国人也不能撤。

不撤也要得到好处，上海、南京、天津、太原、大连，诸多重要情报汇集中西功处，通过薛有朋掌握的秘密电台，持续发往延安……

中西功能撤不肯撤，麦尔想撤撤不了。麦尔被塚下投入战俘营，没有连累其他美国间谍，却连累了中国间谍。

国共双方的秘密机构，都接到营救美国盟友的指令，都派出人马，都没能成功，也都损失了自己人。

塚下把麦尔当钓饵，专门诱骗中国特工上钩，干的得心应手。

中国特工前赴后继，明知咬钩，还是要咬，这就是鱼儿的命运。

面对命运，向来莽撞的韩霜，突然冷静下来。能够咬日本钩又不上钩的鱼儿，只能是熟悉鱼钩的日本鱼！

于是，这营救麦尔的任务，就交给了韩国死士林得山。

林得山穿上日军的黄呢官服，驾驶吉普车闯入国际战俘营，说是金原要接美国特务去审讯。熟练的日语骗过了狱卒，冲出了大门，不承想迎头撞上塚下。一场枪战，塚下把麦尔丢给中西功，自己去追捕林得山。

中西功的车上拉着麦尔，可以送回战俘营关押，也可以送出日军防地纵放逃亡。

怎么办？

中西功面临选择：选择送回关押，就坑害了反法西斯战友；选择送出纵放，就暴露了自己的秘密身份。

作为一个高级间谍，当然会权衡利害，战略间谍不能为战术目标而暴露，哪怕你面对的是一条生命。

可是，高级间谍中西功，亲自开车把麦尔送出城市，送到日军和新四军的交界地域，纵放。这路线，本来是薛有朋为中西功准备的撤离密道。

这种低级错误，中西功一犯再犯，自从完成珍珠港情报任务，中西功已经忘了自己是个战略间谍，已经不再掂量自己生命的重要。

郑文道要是遇到这种情况，一定会冒死救人！

中西功的蠢招，让塚下精神焕发。

这是反间谍专家称雄逞凶的时候，塚下咬住中西功纵放事件，秘密报告陆军特高课。对于中西功这样的满铁高官，不宜由塚下出手，还要依靠军方。

金原大佐得到消息，给了中西功一项任务：去浙江侦察，陆军要打那里的舟山机场。

这是一项奇怪的委托，战场侦察并非中西功的专长。

中西功明白，这是老同学在掩护自己。

金原是个忠诚的皇军军官，他为何要保护我呢？

中西功百思不得其解，但还是迅速离开了上海，这是难得的机会。

塚下得知中西功离去，这才明白，斗垮中西功那样的人物，并不容易。

这不，情敌郑文道死去，隆子小姐离自己反而更远了。能够见到隆子的唯一地方就是中西功的家，可那里恰恰是塚下的禁地。

不仅要除掉中国人郑文道，还要除掉他的日本兄长中西功！

嫉妒使人发昏，嫉恨使人振奋，塚下想出曲折的路径：策反林得山。

你的反日行动为什么总是失败？那是韩霜出卖了你，她是中西功的奸细！中国人不缺汉奸，你个韩国人为何帮助中国汉奸呢？

林得山被塚下绕昏了，侍候奴才不如侍候主子，林得山决心为日本特务效劳，报复韩霜和中西功。

远在浙江的中西功，脱离了塚下的监控，接近了共产党的浙东游击区，可以说相对安全了。这时，突然接到韩霜的电话，东京来客！

听说东京来客，中西功立即想到尾崎秀实，一定是那个兄长同志有什么重要委托。

不及细想，中西功匆匆返回上海。

郑文道要是遇到这种情况，一定会赶回去搭救兄长！

中西功回到上海，就钻进塚下的圈套。

这是中西功第三次犯下低级错误，自己把自己送入虎口。

一个高级间谍，失手于一个低级特务。

中西功的被捕，震动上海情报组！

按照秘密规则，凡是中西功认识的人，应该立即撤离。

南京的关南，匆忙逃到上海，忘了请示西里龙夫，我要去根据地！

根据地的梅笛，不肯陪同麦尔，匆忙赶往上海，我营救郑文道的兄长！

薛有朋坚定地制止关南的胆怯：你不能逃跑。你走了，就证实中西功是我们的人。我们不走，中西功就可以采取反审讯策略，还有脱身的可能。

关南这才知道，情报员的价值也有高差。现在，那些日本同志的生命比自己这些中国人更珍贵。

薛有朋和蔼地劝说梅笛，你不宜留在上海。你个人没有能力营救中西功，反会暴露自己而连累他。

梅笛不得不承认，情报员应该把理智置于感情之上，现在，一切要听组织安排。

薛有朋命令别人待命，自己却拿不出有效办法应对，值得向本系统所有同志布置：不出卖、不反抗、不逃跑。

潜伏组织，也得有应急方案。在这种时刻，这三不，就是对日本同志的最好掩护，因而也就是最好的应急方案。

三不，使上海滩保持短暂平静。

塚下的反特进展停顿，从中西功嘴里挖不出任何秘密。东京对上海进度不满，把中西功调回本土审讯。

韩霜不能原谅自己，中西功原来是帮我中国的日本好人，却被我的电话诱捕？

不能原谅自己的韩霜，出手干掉林得山。

塚下关注隆子的态度，却发现隆子回国了……

1942年6月，“中共谍报团案件”被东京警视厅侦破，中西功、西里龙夫等十几个日籍情报员，全数被捕。

为了掩护日本同志反审讯，相关的中国情报员坚守不撤，关南等人也被逮捕。

上海情报组遭遇重创，薛有朋等少数几人避过追查，继续坚守。

中西功被押回日本审讯，在巢鸭监狱重逢尾崎秀实。

负责审讯中西功的塚下，再次相遇隆子，隆子定期为中西功送饭，送信，送中西功给方子夫人的狱中通信。

塚下判定，征服隆子的途径只有一条——先征服中西功。

我有把握征服他，他连犯三次低级错误，早已方寸大乱……

轰动日本的“国际谍报团”和“中共谍报团”两案，主犯都被判处死刑。

案件宣判那天，隆子自杀了。

得知隆子自杀，塚下没了信念。

没了隆子，塚下的奋斗就没了目标……

这天，塚下又在审讯了。

中西功盘腿端坐，交代罪行。

这交代像是讲课，中西功侃侃而谈，从自己的少年谈起，谈上海留学热爱中华文化，谈上海文人的进步团体，谈中共党人的牺牲精神……

自从判处死刑之后，中西功又换了一个人，再也没有犹豫不决，再也没有心神恍惚。

我要死了，我可以同郑文道相聚了，我不会再犯错误辜负我的兄弟了。

郑文道现在会做什么？

积极开展狱中斗争！

中西功精心筹划，利用审讯机会，宣传自己信仰的主义……

面对中西功的教诲，塚下并不服气。

你的主义不能战胜我的手枪！

这时，头上突然响起飞机轰鸣，跟着就是炸弹落地。

爆炸！爆炸！

天崩地裂，审讯室塌了半边，日本的皇都遭遇轰炸……

烟尘散去的时候，塚下发现：

那中西功端坐不动，菩萨般尊严。

而自己，四脚爬在地面，卑微的蜥蜴。

塚下崩溃了，跪倒在地，向菩萨忏悔！

中西功的讲述继续下去，而且得到允许，在狱中撰写《中国共产党史》……

1944年11月7日，十月革命纪念日，佐尔格和尾崎秀实在这天被处死。

白井行幸、尾崎庄太郎等人，先后在狱中病死。

1945年9月美军进驻日本，尚未执行死刑的中西功和西里龙夫等人，无罪释放。

金原参与签订日本投降协议，得以免予追究战争罪行。

洞井在中西功案发后离开情报职位，撰书怀念与薛有朋和关南的交往。

塚下偷偷抄出审讯中西功的记录，公开发表。

薛有朋和关南等人，在政治运动中被怀疑为日本特务，后来得以平反昭雪……

尾　声

第二次世界大战结束以后，日本开始反思。

中西功同妻子的狱中通信公开发表，轰动文坛。

尾崎秀实的弟弟尾崎秀树撰书怀念兄长，成为日本笔会会长。

作为日本的反战英雄，中西功和西里龙夫当选国会参议员，中西功长期主持研究中国问题，西里龙夫任日共熊本县委员长。

中西功于1973年病逝，逝前撰文怀念中国战友，称赞郑文道是五千年中华文化培育的精英。

西里龙夫于1983年访华，重逢中国战友。

中西方子重访上海，带来中西功生前为郑文道书写的悼词：

> “你为了掩护别人而甘洒热血，
> 你为了世界和平而献出生命，
> 你为了共同信仰实现了自己的诺言，
> 你是我心目中最值得尊敬的中国共产党员！”

德籍苏联情报员佐尔格，真实身份长期隐秘。直到1964年，佐尔格死去二十年后，苏联当局终于承认并纪念这位无名英雄。

国际情报界轰动了，公认佐尔格是超级间谍。

超级大谍不该埋没。

中西功和郑文道，堪称“东方大谍”。

大音无声，大象无形。

大谍者，变声隐形以致无名……

图书在版编目（CIP）数据

东方大课/郝在今著. －北京:作家出版社, 2011. 7
ISBN 978－7－5063－5892－7

Ⅰ.①东… Ⅱ.①郝… Ⅲ.①长篇小说－中国－当代
Ⅳ.①I247.5

中国版本图书馆 CIP 数据核字（2011）第 095698 号

东方大课

作　　者：郝在今
责任编辑：罗静文
装帧设计：张晓光
出版发行：作家出版社
社　　址：北京农展馆南里 10 号　　邮编：100125
电话传真：86－10－65930756（出版发行部）
86－10－65004079（总编室）
86－10－65015116（邮购部）
E－mail：zuojia@ zuojia. net. cn
http://www. haozuojia. com（作家在线）
印刷：北京明月印务有限责任公司
成品尺寸：152×230
字数：230 千
印张：18.5　　插页：4
印数：001－10000
版次：2011 年 7 月第 1 版
印次：2011 年 7 月第 1 次印刷
ISBN　978－7－5063－5892　－7
定价：29.00 元